新潮文庫

# くまちゃん

角田光代著

目次

# くまちゃん

# くまちゃん

くまちゃんに会ったのは四月で、そのとき古平苑子《コダイラソノコ》は二十三歳だった。

まえの年に大学を卒業し、子ども服を扱う会社に就職していたものの、学生気分は未《いま》だ抜けきらず、週末に会うのは決まって学生時代の友だちだった。

そのときも、お花見をするために集まったのである。三月の終わりごろから、今年の桜は早いらしい、とか、お花見は四月第一週の土曜に決定、とか、その日にはまだ五分咲きらしい、とか、じゃあ次の週の土曜、とか、その日は雨らしいからまだ未定、とか、かつてのサークル仲間たちから次々と連絡がきて、結局、四月第二週の金曜夜、井の頭公園に集まることが直前になって決まった。

六時半に仕事を終えて、古平苑子は大急ぎで駅に向かい地下鉄とJRを乗り継いで、井の頭公園に向かった。桜はもう散りはじめていたが、公園は花見客で埋まっていた。他人の広げたシートを踏まないように歩いて、いつも花見をするステージ周辺の空間をさがすと、すでに酔っぱらって騒いでいる仲間は難なく見つかった。

　敷き詰められたビニールシートには十五人ほどが座っていた。つぶれたビールの空き缶が散乱し、真ん中にはカセットコンロと巨大鍋《なべ》があり、あちこちに、焼き鳥やいなり寿司《ずし》や煮物ののった紙皿が置いてあった。学生時代の友人たちは、苑子を見ると歓声を上げ、尻《しり》をずらしあって場所を作り、紙コップにビールをついで苑子に渡し、だれかが「かんぱーいっ」と素《す》っ頓狂《とんきょう》な声で言うと、全員が「かんぱーいっ」と腹の底からしぼりだすような大声を上げて、乱暴に紙コップを重ね合わせた。泡があふれて苑子の手の甲を流れ、苑子はあわててコップに口をつけて笑った。

　知らない顔はいくつかあった。それもいつものことだった。飲み会の母体となっているのは苑子を含め七人のグループで、「全国駅弁研究会」の同期生だ。だれかが恋人を連れてきたり、友だちを連れてきたりするのは学生のころからで、そのまま居着いて毎回くるようになる人もいれば、一度きたきり二度と顔を見せない人もいる。たとえば経済学部だった木谷文弥《キタニフミヤ》は、半年ごとに違う女の子を連れてきては「恋人だ」と紹介している。いつだったか、恋人であるはずのその女の子が、見知らぬ男の子とともにあらわれ「彼氏です」と紹介したことがあった。女の子は次の飲み会には姿を見せなかったが、その「彼氏」は何が気に入ったのか、半年ほど飲み会に参加していた。

紙コップにビールがつぎ足され、鍋の中身をすくった紙皿を手渡され、だれが場所取りをしたのか説明され、その場所取りをしただれかがどんなにたいへんだったか話しはじめ、苑子は薄暗がりのなかでビールを飲み、何鍋なのかわからない鍋を食べ、うんうんと笑ってうなずき、ああやっぱり、私の場所はここだわ、と思っている。

ひととおり騒がしさが落ち着くと、「はじめての人もいるから自己紹介しよう」とだれともなく言いだし、順繰りに自己紹介がはじまる。麻実子《マミコ》が職場の友人を、ニキちゃんの彼氏がその友だちを、コタが飲み屋で知り合ったという女の子を、マユ太郎が仕事仲間だという男女のペアを連れてきていた。人数が多いし、どうせ次にはこない人もいるのだから、苑子はちゃんと名前を覚えようとしない。知らない人の自己紹介が終わるたび、わーぱちぱちとみんなとともに騒ぎ、自分の番には「古平苑子です。山羊座《やぎ》のO型です。彼氏募集中です。インドア派です」と、毎回している自己紹介をした。

モチダヒデユキです、と挨拶《あいさつ》した男も見覚えがなかった。彼はだれのどういう知り合いかも言わず、ぺこりと頭を下げて座ってしまったので、わーぱちぱちとやりながら、だれかの友だちなんだろう、という程度にしか、苑子は記憶しなかった。どういう字を書くかわからないその名前も、覚えるつもりはなかった。

だから、酔いが進むにつれ席が入り乱れ、気がつけばその男の子が隣に座っていたとき、苑子は彼を「くまちゃん、くまちゃん」と呼んで会話していた。彼がくまの絵のついたトレーナーを着ていたからである。会話もほとんど、その場かぎりのことだった。しかも、苑子はそうとう酔っぱらっていて、会話するそばから、自分が何を訊《き》いたのかも、くまちゃんがなんと答えたのかも忘れてしまった。

苑子たちのグループは、毎年井の頭公園でお花見をしていた。近くに大学が多いからか、井の頭公園に集う花見客は若い人が多く、騒ぎかたが派手だった。池に飛びこむ人もいたし、季節はずれの花火をする人もいたし、ギターをかき鳴らし大声で歌う人たちも、知らないグループと喧嘩《けんか》をはじめる人たちもいた。毎度毎度、深夜になるとパトカーがきた。だれも花なんか見ていないのである。

その年も公園は、うんざりするくらいにぎやかだった。あちこちでわき上がる笑い声は雄叫《おたけ》びに近く、半裸で木に登る男たちが遠くに見えた。苑子たちのグループも、負けじと騒いだ。ビールがこぼれたと言っては奇声を上げ、鍋に大福が入っていたと言っては転げまわって笑った。ゆるやかな風が吹くと、桜の花びらがほろほろと落ちた。でもだれも、そんなものを見てはいなかった。恒例のパトカーがくるころには、みんなも、苑子も声がかれていた。

ねえ、きみんち、どこ、と、あとかたづけをしているとき、くまちゃんが苑子に訊いた。

「うち、吉祥寺《きちじょうじ》と三鷹《みたか》のあいだ」と答えると、

「いってもいい？」と、にこにこしてくまちゃんは言う。

もし酔っぱらっていなかったら、やだよそんなの、と言っただろう。あるいは、もしまだ学生であったなら、じゃあ朝まで飲もうよ、と言っただろう。苑子はのちのちになってそう考えた。でもそのときは、ひどく酔っぱらっていて、なんだかどうでもいい気分だったし、男の子を泊めるのは「全国駅弁研究会」のころから慣れていたし、そして大学をすでに卒業してしまっていたから、「いいよ」と苑子は答えた。「なんにもしないなら、きてもいいよ」と、ほかの人には聞こえないように、くまちゃんの耳元でささやきながら、だれかといっしょに眠るときの、あのすこやかなあたたかさをちらりと思いだしていた。

カラオケにいく、という数人と、居酒屋で飲みなおす、という数人と、帰る、という二人組たちと、公園の前で苑子は別れた。苑子とくまちゃんが並んで手をふっていても、だれもなんにも言わなかった。またねえ、また連絡するねえ、バイバイ、バイ

バーイ。そう言いあって別れ、まだ騒ぎの余韻が色濃く残る公園内を、苑子はくまちゃんと歩きはじめた。歩きはじめてすぐ、くまちゃんは苑子の手を握った。

「なんで、手、握んのよう」苑子はくまちゃんに体当たりして訊いた。

「だって、なんか握りたくなって」とくまちゃんは答えた。苑子は笑い、くまちゃんも笑った。

地面に寝ている男の子がいたり、ベンチで濃厚なくちづけをしているカップルがいたり、黙々とあとかたづけをする人たちがいたり、しゃがみこんで泣いている女の子がいたりし、そのあいだを、くまちゃんと手をつないで苑子は歩いた。出口が近くなって、薄暗い公園の端が、車道の明かりでほんのりと明るくなる。公園を出る直前にくまちゃんは立ち止まって、苑子の口に口を重ね、なまあたたかい舌を差し入れて、苑子の口のなかをていねいに撫《な》ぜた。眠気がぱんぱんに詰まったときに、やわらかい布団《ふとん》に横たわったみたいに気持ちがよくて、この人はずいぶんキスがうまいんだな、と苑子は思い、得をしたような気になった。くまちゃんが口を離してから、苑子は自分からくまちゃんの口に舌を差し入れた。そうして、キスなんてずいぶんしていないと気づき、あわてて口を離した。飢えた女みたいだと、落ち込みそうになった。

「なんかたのしいね」つないだ手を大きく揺らしてくまちゃんが言い、その言葉で苑子は落ち込まずにすんだ。

「ほんと、たのしいね、なんか」

苑子も言った。笑いがこぼれた。くまちゃんも笑った。その笑い顔をまじまじと見ると、くまちゃんはハンサムとはいえないがなかなか愛嬌《あいきょう》のある顔立ちをしており、くまの絵柄のトレーナーはどちらかといえばださいけれど、でも、これはやっぱり得だったのかも、と、苑子は頭のなかの、かろうじて酔っていない部分でちらりと考えた。

なだれこむように苑子の部屋に入り、電気もつけず床の上で交わったあと、ようやく酔いがさめてきた。苑子はベッドの下に脱ぎ捨てられたくまちゃんのトレーナーを広げて、まじまじと見つめた。子どもが着る服にプリントされているような、単純な線で描かれたくまである。トレーナーは薄い黄色で、くまはピンクを基調にして描かれていた。くまちゃんはこれがださいと思わずに着ているのだろうか（母親の買ってくるものをそのまま身につける小学生のように）、あるいは、あえてださいものを着る、ひねったクールさをねらっているのだろうか、と苑子は考えた。

「シャワー、あんがとね」

と言って脱衣所から出てきたくまちゃんは、Tシャツにトランクス姿だった。驚いたことに彼のTシャツにも、まったくおんなじくまがいた。Tシャツはへんにあざやかなみず色で、くまはやっぱりピンク色だった。

苑子に恋人と呼べる人がいたのは、三年前のことだった。大学に入学した年の、冬に交際をはじめ、三年に進級した年の梅雨の時期に別れた。相手は「全国駅弁研究会」の藤咲光太《フジサキコウタ》で、一目惚《ぼ》れした苑子が「たのむからつきあって」と、文字通り懇願してはじまった交際だったが、交際半年後からすでに雲行きがあやしかった。光太はどうやら、同じサークルの新入生、四方田香乃子《ヨモタカノコ》に恋をしてしまったようだった。それでも、律儀《りちぎ》な質《たち》だったのだろう、ふたまたをかけることもなく、また香乃子に対する恋心を苑子に告白することもなく、彼は苑子とつきあい続けた。

光太が香乃子に恋をしている、というのは、周囲には暗黙の了解であり、にぶちんの苑子も、光太の香乃子に対する態度や目つきなどからうすうす気づいていたのだが、しらんふりをし通した。だって光太はもう私の男だもの、と開きなおっていた。

しかし開きなおりが成功して、苑子はいつも心おだやかだったかといえば、そんなことはなかった。時間の経過とともに、藤咲光太をとりまくすべてのことに、苑子は神経をとがらせるようになった。サークルの飲み会で光太がどこに座っているか。香乃子がどこに座っているか。光太は何度香乃子を見たか。どんな会話を交わしたか。サークルの人々が、二人についてどんな噂《うわさ》をしているか。自分と会っていないときの光太が、香乃子と会っている、もしくは連絡を取っている可能性はあるか。いつもぴりぴりしていた。ぴりぴりしていることを自覚してもいた。苑子は鏡を見るのが怖かった。目は吊《つ》り上がり、瞳《ひとみ》の色は緑色で、耳はとんがり、髪は逆立ち、さぞやおそろしい形相の女が映るような気がしたのである。もちろん鏡をのぞきこめば、そこにはいつもと変わりのない、丸顔の自分の顔があったのだが、安堵《あんど》するのもつかの間、今度は鏡の自分に香乃子が重なる。香乃子の、くっきりした二重瞼《まぶた》の切れ長の目。薄いくちびる。すっとした鼻。細い首。私より美しい香乃子。いやそんなことはない、香乃子だって十人並みの器量だ、と思いなおす。けれどすぐさま、そうだろうかと思う。私と香乃子が、百人の男たちの前に立ったとしたら、いったい何人が私に票を入れてくれるだろう。十人か、五人くらいではないのか。考えている内容のくだらなさに気づきつつも、そんなことを思いはじめると止まらなくなった。

大学三年のときには、苑子は香乃子を憎むようになっていた。香乃子が笑えば、その笑い方が気にくわなかった。香乃子が何かものを言えば、男に媚《こ》びた声に聞こえた。香乃子が新しい服を着てくれば、何を着飾ってんのかと頭にきた。香乃子がいつまでもサークルにいることも、許し難く思えた。しまいには、自分はただ光太を好きなのか、それともただ香乃子を嫌っているのか、よくわからなくなった。光太のことを考えるより、香乃子のことを考えている時間のほうが多かった。

大学三年の夏に入る前、別れようか、と苑子は自分から光太に言った。光太はあっさり承諾し、あわてて苑子は条件をつけた。「どちらも駅弁研究会を辞めないこと。サークルのみんながへんに気をつかわないように、私たちは今までどおりふつうに話すこと」。そんな条件を口にしたのは、どんなかたちであれ、光太と音信不通になるのが嫌だったからかもしれなかった。そのときはわからなかったけれど。

苑子はサークルの友人たちに、光太を自分からふったと言ってまわった。嘘《うそ》ではない、本当のことだ。言わなかったのは、なぜふったのかということだった。このままでは私、香乃子を刺し殺してしまうかもしれない、そんな自分がこわくなってふったのよ、とは、苑子はけっして言わなかった。

光太と香乃子が交際することはなかった。噂は聞こえてきた。香乃子は光太に告白されたが承諾しなかった、とか、香乃子には年の離れた恋人がいるらしい、とか。苑子は噂の気配がするたび耳を痛いほどすませてみたが、しかしそれらの真偽はわからなかった。ただ四年にあがってすぐ、光太に新しい恋人ができたことを知った。夏の飲み会に光太はその恋人を連れてきた。語学クラスがいっしょだと言うその女の子は、ちびでガリで目ばかり大きな欠食児童みたいだった。少なくとも苑子にはそう見えた。あんたに譲るために別れたんじゃねえよ、と心のなかで毒づきながら、これからも飲み会においでよ、などと笑顔でしゃらくさい言葉を彼女にかけた。

それが苑子に恋人のいた最後である。光太は今でも飲み会メンバーにいる。欠食児童とは卒業後に別れたらしい。交際している人がいるらしいが、飲み会に連れてくることはなく、その話を自分からすることもない。香乃子は就職活動があるといって、彼女が三年生の秋にサークルを辞め、今は何をしているのか苑子は知らない。

友だちの友だちみたいな顔でお花見の席にいたから、くまちゃんはだれかしらが連れてきたのだと苑子は疑わなかった。だから、アパートにいっしょに帰った次の日の朝、「いろいろあんがとね、また連絡するね」というメモを残してくまちゃんがいなくなっていても、あわてたりはしなかった。電話番号は教えておいたから、メモのとおりすぐにでも連絡がくると思っていたし、こなければだれかに連絡先を訊けばいいと思っていたのである。

お花見の夜から一週間たち、十日たち、それでもくまちゃんから連絡がくることはなく、やり逃げされたのだと納得もできず、眠る前にはかならずくまちゃんのあの笑顔と、くちづけの感触と、体の手触りと、交わったときの高揚を苑子は思いだしてしまい、会いたくなってどうにもしようがなくなって、元「全国駅弁研究会」のメンバーに片っ端から連絡をとってみた。

しかし、くまちゃんがだれであったのか、だれも知らなかった。

ほらほら、あのとき、いたでしょ、くまのトレーナーを着た、モチダくんだよ、と説明しても、みなそろって「いたっけそんな人？」と言うのである。「ああ、麻実子の友だちでしょ」と言われ麻実子に電話をすれば、「私が連れていったのは女の子だけど？」という返答であり、「マユ太郎じゃないの、男女カップル連れてきてたじゃん」と言われマユ太郎に連絡をすると、「おれの連れてった男は、坂田大五郎って名前で、あの日はおれらと朝までカラオケだったけど？」という答えで、「ああ、苑ちんがいっしょに帰った男の子でしょ？　ちょっとかわいい感じの」と、ようやく思いだしてくれたニキちゃんに至っては、「あれ、苑ちんが連れてきた子じゃなかったの？　仲良く帰っていくから、てっきり苑ちんのニュー彼だと思った」と、言うのである。

文弥も光太も、あの日マユ太郎たちが連れてきた新顔のすべてに訊《き》いてみても、だれもモチダナントカなどは知らなかった。

くまちゃんの正体を知る手がかりはもう本当の本当にない、ということに気づくと、驚くより呆《あき》れるより先に、どっどど　どどうど　どどう、という、子どものころに読んだ童話の出だしが思い出され、「あれは現代版風の又三郎だったのだろうか」と、苑子は思った。

そういえば、あのくまのTシャツ、なんかあやしかったし。くまのトレーナー脱いだらくまのTシャツってところも、なんか現実味ないし。うん、そうだ、きっとあれは、生身の人間ではなくて、風の又三郎的な何かだったんだ。妖怪《ようかい》とか、精霊とか、座敷童《ざしきわらし》とか、そういう類《たぐい》の。うん、きっとそうだそうだ。

と、オカルトめいた解釈で苑子が己を納得させようとしたのは、あまりにもショックだったからだった。ほとんど酔っぱらっていたあの一日の数時間で、しかし苑子はすでに恋をしていたのである。それが本当の恋なのか、それとも一回交わったことによる単なる愛着なのか、そんな冷静な判断は苑子にはつけられなかったが、会いたい会いたい会いたい、という気持ちは、とりあえず苑子のなかでは恋という引き出しに整頓《せいとん》すべきものだった。

でもしかたないや。だってあれ、又三郎だったんだもん。この世のものじゃなかったんだもん。

そんなふうに考えることによって、かろうじて苑子はあの日のすべてを現実にはなかったことにし、まったくいつもと代わり映えのしない日常に戻るべく、ささやかな努力をはじめた。朝六時に起きてテレビの占いに一喜一憂して七時半に家を出、八時四十五分に京橋の会社について机まわりの掃除をし、まったく興味のない伝票整理と発注確認で日暮れまで過ごし、同僚の女の子たちと愚痴をこぼしながらロッカールームで着替え、六時四十七分の地下鉄に乗り、神田でJRに乗り換え、吉祥寺で降りてロンロンで総菜を買い、線路と平行する道をとぼとぼ歩いてアパートに帰る、これがまったくふつうの、そしてもっとも平和な私の一日であり、明日もあさっても同じ日が続くのだ、と自分に言い聞かせ、その一日から、くまちゃんの笑顔も、ピンクのくまも極力閉め出す。それが苑子の努力であった。

努力の甲斐《かい》あって、お花見のことなど忘れかけていた四月の終わりのことである。いつものごとくふつうの、最大限に平和である一日を終え、連休の過ごし方について考え、しかし何も思い浮かばず、少々憂鬱《ゆううつ》になりながら苑子がアパートに帰り着くと、集合ポストの前に人影がある。もの盗《と》りかとぎくりとしたが、笑いながら近づいてくるのは、生身の人間ではないはずのくまちゃんだった。

「えへへ、またきちゃったよ」と、くまちゃんはてれんとした顔で笑い、じっと苑子を見る。

「いやだ、びっくりした、だれかと思っちゃったよ」と、できるだけ不機嫌な声で言いたいのに、耳に届く自分の声はうるおって弾んでいる。

「おじゃましてもいい？」と訊かれ、

「ごはん食べた？　まだならいっしょに食べる？」などと、答えている。あーあ、と思いながら苑子は階段を上がり、外廊下を歩き部屋の鍵《かぎ》を開ける。どうぞ、とドアを開き、苑子はくまちゃんの全身をさりげなくチェックした。ゆるゆるしたジーンズに、首まわりの伸びた長袖《ながそで》Tシャツを着ている。長袖Tシャツには、こないだと同じデザインの、ピンクのくまが笑っていた。

ロンロンで買ってきた総菜と、冷蔵庫の残りもので作ったサラダと、切っただけのハム、缶詰のスープをテーブルに並べ、安物のワインを開けて、くまちゃんと向き合って乾杯をする。

「ねえ、くまちゃんって、名前なんていうの」食事をしながら苑子は訊いた。

「モチダヒデユキ。荷物持ちの持に、田んぼ。英語の英に、貧乏の乏の一本とった字で英之」と、くまちゃんは懇切丁寧に教えてくれる。

「ふうん。年、いくつ」

「二十五。夏で六」

「仕事、何してんの」

「日によって違う。昨日までは警備やってた。大学とか、予備校とかの」

質問すればくまちゃんはすんなりと答え、嘘をついているようでもなさそうだった。

「こないだ帰っちゃったじゃん、そんで、私、連絡したくても連絡先訊いてなかったからさ、困ったよ。友だちに訊いたら、だれも知らないっていうし。なんであのとき、私たちのお花見に混じってたの？　知り合いがいるわけじゃないんでしょ？」と訊いてみても、

「花見のときってみんな酔っぱらってるから、ああやってなかに入ってると意外にだれも気づかないんだよ、そんで、ただ飯とかただ酒とかもらえるんだよね」と、まったく悪びれることなく、にこにことくまちゃんは答えた。

「ええー、くまちゃんってそういう人なのお」

ひょっとして、かんたんに部屋にあげてしまったこの見知らぬ男は、あんまり質《たち》のいい男ではないかもしれない、と苑子はちらりと思いはしたが、けれど、そんなに質の悪い男にはどうしたって見えない、という気持ちのほうがまさった。それに、ちょ

っと前までは、私たちだってそれとかわらないようなことをしていた、という気持ちもあった。学生のころはだれも彼もあんまりお金がなくて、カラオケボックスに四人と見せかけて十二人で入ったこともあったし、持ち込み禁止の居酒屋に安酒を持ちこんでこっそり飲んだこともあった。だれかにアルバイトのお金が入ったと聞けば、平気でその人の下宿に押しかけごはんを食べさせてもらったし、居酒屋で隣の席のグループが大量に残したポテトフライを、こちらのテーブルに移動させみんなで食べたことだってある。つまり、学生時代の自分たちと、このくまちゃんは非常に似た放埒《ほうらつ》さを持って生きているのだと、苑子は理解した。そう理解すると、まだよく知らないくまちゃんは、じつに好ましい男に思えた。

「くまちゃんさあ、明日も目が覚めたらいなくなってるのかなあ」

ひとり用のベッドにぴったりとくっついて横になり、電気を落として苑子はくまちゃんに訊いた。

「明日は仕事がないし、いてもいいならいるよ」

とくまちゃんは答えた。

「こないだみたいに、連絡先も言わずふらっといなくなるの、やめてくれる？」

「うん、やめる」と素直にくまちゃんは言い、「明日の朝、きっちゃてんでモーニング食べたいな」とつけ加えた。

「きっちゃてん」苑子は笑った。くまちゃんは笑わず、「厚くてバターのたっぷりのったトーストと、卵の黄身が黒くなってるゆで卵と、酸《す》っぱくて薄いコーヒーが飲みたい」と夢を見るような声で言い、枕《まくら》を抱くように両手を伸ばしてぎしっと苑子を抱きしめた。

五月の連休は憂鬱なものではなかった。くまちゃんが、ずっと苑子のアパートにいたためである。

四月の終わりにふらりとやってきたくまちゃんは、次の日の朝ちゃんとベッドで眠っていて、仕事にいく苑子を送り出し、八時に苑子が帰宅すると、夕食を作ってきちんとそこで待っていた。次の日は、苑子といっしょにアパートを出たが、夜の七時半には最寄《もよ》り駅で苑子の帰りを待っていた。そんなふうにして、連休がはじまるまでくまちゃんは苑子の部屋に居続け、連休がはじまっても、どこかに去っていく気配がなかった。

連休一日目は、近所を散歩して過ごした。豪勢な夕食を作り、借りてきたビデオをいっしょに見て、ちいさなベッドで性交をして、ぴったりと抱き合って眠った。次の日、午前中はベッドのなかでいちゃついて過ごし、午後、電車に乗って立川の公園まで遊びにいった。売店でフリスビーを買い、陽が暮れるまで犬みたいに走りまわった。吉祥寺の居酒屋で夕食を食べ、そのまま三軒飲み屋をはしごした。

そのたった数日で、苑子は、自分のものではない人生が幕を開けたようなすがすがしさを感じていた。ひとりの男の子を好きで、懇願して交際してもらい、なのにその子はべつの女の子を好きで、まわりの人間も自分ですらもそれに気づきながら、それでも彼を離すことはせず、自分とはまったく無関係の女の子を刺し殺したくなるほど憎んで憎んだ、忌《い》まわしい記憶が、浄化されてさらさらと指の隙間《すきま》からこぼれおちていくようだった。

くまちゃんがどのような人間であるか、よくわかってはないのだが、少なくともその数日、駆け引きじみたことをしなくてもよかった。ほかの女の子と自分を比べなくてもよかった。自分のことを表面的にも内面的にも、醜いと感じなくてよかった。この男の子を好きだ、と思うとき、何もそれを邪魔することなく、好きだ、と思うことができた。それはだれか別の人を嫌いだ、という意味にはなりそうもなかった。

そしてまた、くまちゃんは、学生のころの無責任な気分を苑子に思い出させた。ただ酒を飲みたいがために知らない人たちの宴会に混じるのと同じように、くまちゃんは子どもっぽいことを平気でしてみせた。モーニングを食べにいったきっちゃてんで、いたずら坊主《ぼうず》のような笑顔を見せて塩胡椒《こしょう》入れを盗んでみたり、平気でキセルをしてみたり、酔っぱらって道ばたに寝転がって、足をばたつかせ馬鹿《ばか》笑いしたりした。

苑子は就職をしてから、そういう馬鹿馬鹿しくて幼稚で、無責任な時間が、どんどん遠ざかっていくのをうっすらと感じていた。ストッキングをはきファンデーションを塗りこみ、満員電車に揺られる自分は、少し前まで持っていた自由を、どんどん手放していると苑子は思っていた。元「全国駅弁研究会」のメンバーたちとは変わらず集まって飲むものの、日にちを合わせるのに一カ月も前からやりとりしなければならなくなった。以前は平日も休日も関係なかったのに、飲み会は必ず金曜日になる。たまにやむなく月曜日や木曜日に設定されることもあったが、そんなとき、終電前にはお開きになった。かつて交わされていた、映画や小説の話や、あるいはぜんぜん意味のない馬鹿話は、仕事の愚痴にとってかわりつつあった。あと一年もすれば、飲み会は同窓会になり、共通の話題もなく、集まる七人は六人になり五人になり、過去の思い出話ばかりするようになるんだろうと、そんなことを、苑子は漠然と考えていた。

二つ年上のくまちゃんは、苑子が失いつつある時間に属しているタイプの人に思えた。まだ幼稚で無責任でいいんだ、馬鹿なことで笑っていられるんだと思わせてくれた。

連休の最後の日曜日、「観《み》たいライブがあるんだけど」と、くまちゃんは遠慮がちに言った。それで苑子はくまちゃんと連れだって、夕方、渋谷にあるライブハウスに赴いた。入り口に貼《は》ってあった出演者は、苑子の知らないバンドだった。がら空きだろうという予想に反して、地下にあるそのライブハウスは満員電車のように混んでいた。押し合いへし合いしながらバーコーナーでビールを買い、壁に押しつけられるようにしてくまちゃんとそれをすすった。

七時を少し過ぎてライブははじまった。ドラムとギターの人が清潔とは言いがたい中年の欧米人で、DJブースで皿をまわしているのはニットキャップをかぶった若い男の子で、立ち飲み屋でワンカップ酒を飲んでいるのが似合うような日本人のおっさんがボーカルだった。演奏のはじまった音楽が、どんなジャンルに属するものなのか苑子にはわからなかった。パンクというのかノイズというのかへビメタというのか、メロディラインもなく、ただワンカップのおっさんはキエエ、ホエエ、と叫びまくり、DJの子がキュイイイン、ギョワワワンと、ときにギターの音をかき消すほどの大音量を出した。苑子はその雑音の競演としか思えないものに悪酔いしそうになり、足をふんばって立っているのがやっとだったが、フロアを埋め尽くした大勢の人々は、混雑をものともせず奇声を発し飛び上がり拳《こぶし》を突き上げ、たがいに体当たりしながら激しい縦ノリをくりかえしていた。苑子は押されてよろけたりビールをこぼしたりしながら、こっそりとくまちゃんを盗み見た。くまちゃんはほかの客のように拳をあげたり飛び上がることはしなかったが、恍惚《こうこつ》とした表情でステージを観ていた。赤や黄のライトに浮かび上がっては消えるくまちゃんの横顔は、電車や救急車や虫の死骸《しがい》に見入る、幼い男の子を思わせた。それはいとしい子どもっぽさというよりも、情けない無防備さに、苑子には思えた。口を薄く開けてまっすぐにステージを見るくまちゃんは、ちょっと格好悪かった。彼らに対する畏敬《いけい》の念を、あまりにも素直に全身からみなぎらせていた。今にも泣き出すのじゃないかと思ったほどだった。あこがれのまなざしを隠そうとしないくまちゃんは、Tシャツの上で笑っているピンクのくまみたいに、どちらかといえばださかった。けれどくまちゃんの格好悪い姿は、苑子を失望させるどころか、感激させた。

「あのバンド、好きなの」と、ライブの帰りに寄った吉祥寺の焼鳥屋で苑子は訊《き》いた。焼鳥屋は混んでいて、カウンターに座った苑子は左腕をぴったりとくまちゃんの右腕にはりつけなければならなかった。

「好きとか、もうそんなんじゃないよ」と、くまちゃんは目を見開いて、体ごと苑子に向きなおり、説明をはじめた。ボーカルのおっさんはただのボーカリストではなく、世界的に有名な総合アーティストであるらしかった。ギターの欧米人はスペイン出身の詩人で、彼の作品は目下アメリカで人気沸騰《ふっとう》中らしかった。ドラムの欧米人はパリ在住のアメリカ人で、二十年ほど前に全米にその名をとどろかせた伝説のインディーズバンドのドラマーらしかった。彼らはバンドとして活動しているのではなく、アートの絆《きずな》でつながれた友人にしかすぎず、ときどき突発的にバンドを組んでシークレットライブを世界各地でやっているらしかった。バンド名はライブごとにころころ変わるのに、ファンは決まって嗅《か》ぎつけていつだって超満員になるらしかった。

くまちゃんがそんなふうに、何かについて饒舌《じょうぜつ》になるのを苑子ははじめて見たので、なんだかうれしくなって、「総合アーティストって何」「その人なんて名前」「そのバンドなんて名前」などと、くまちゃんと同じく目を見開き、自分も多大な興味を持ったという風情《ふぜい》で質問をさしはさんだのだが、その都度、くまちゃんは勢いこんで「総合アーティストってのはつまりジャンルを超えたクリエイターってことだよ、彼は作曲もするし絵も描くしオブジェも作るし、詩だって書くしアートパフォーマンスだってするんだよ、あのさ少し前のスニーカーのコマーシャル覚えてない？　裸で全身にペイントして無人のグラウンドを走る男のコマーシャルあったでしょ？　あれは彼だよ、制作も彼だし走ってるのも彼だし美術をやったのも彼。ドラマーの前のバンドの曲は五年くらい前にこっちでもはやったんだよ、映画の主題歌にもなってさ」などと説明してくれるのだが、くまちゃんの説明で「ああ、あの人か」と思い出せるようなことは、苑子には何ひとつなかった。それで、へええ、とか、ふうん、とか言うしかないのだが、苑子が総合アーティストの名も彼の作品も、またスペイン人の名も伝説のバンドの名も知らないのを見て取ると、くまちゃんは少々がっかりしたような、軽《けい》蔑《べつ》したような表情をちらりと見せ、苑子は文化的無知無教養を罵《のの》られている気分になった。

「くまちゃんも音楽をやったり絵を描いたりするの？」と、苑子は話題を変えた。どんな有名人であれ知らないおっさんの話を聞くよりは、くまちゃん本人の話を聞きたかった。

「おれはね、何っていうんじゃなくてやっぱりどのジャンルにも縛られないようなことがしたいなとは思うんだ、絵なら絵でしかないってつまんないじゃん、絵だけど近づいたら音が鳴り出すとかさ、彫刻だけどじつは表面にびっしり小説が書いてあるとかさ、なんかそういう、人の決めたジャンルとジャンルの交わる集合体の部分で何かできないかなと思うんだよね」

と、話題が変わってもくまちゃんの熱は温度をさげることなく、苑子は恋人になったばかりの男の「将来の夢」にはじめて触れられることに安堵《あんど》し、少なからず興奮も覚えていたのだが、しかし、では実際くまちゃんが今何をしているのかは、今ひとつよくわからなかった。わからなかったが、「具体的に言うとなんなの、それは」というような質問は、野暮だし、また軽蔑の視線で見られる気がして差し控え、うんうん、へえええすごいね、と感嘆するにとどめた。

気がつけばカウンターの客たちは半分ほどが去り、空間に余裕ができていたが、くまちゃんはそれに気づかず苑子にぴったりとくっついたまま話し続けた。苑子も椅子《いす》をずらすことなく、左腕に熱を感じながらひとしきりくまちゃんの話を聞いた。

くまちゃんはいつまでもいつまでも話し続けた。ジョッキが空になっても気づかない様子なので、話の合間合間に苑子はかわりに追加注文をした。目の前に置かれたものがビールからサワーに変わったことも気づかずに、くまちゃんは話しながらそれをぐびりと飲んで、また話し続けた。

くまちゃんが具体的に何をやりたいのかよくわからなかったとしても、強烈に何かやりたいということだけは伝わってきて、苑子は彼をうらやましく思った。苑子は希望していたマスコミにことごとく就職できず、内定を得たのは子ども服の会社、医学系の参考書を作る出版社、コピー機を扱う会社の三社で、子ども服を選んだのは、そこが子ども向けの文化事業に精力的であったからだった。文学部を出た苑子は、できればその文化事業に関わりたいと思ったし、いつか良質な翻訳絵本を出版するような部署が設立されるのではないか、あるいは自分がその設立に加われるのではないか、と漠然と思っていたのだが、入社して半年で、非現実的なこと、つまりは目の前に今ないことを考えるのはいっさいやめていた。三カ月の販売研修ののち苑子が配属されたのは商品管理部で、することといったら倉庫にあふれ返る子ども服の仕分けと、発注されたものが発注された場所に届いたかの確認だった。今年になって倉庫からは解放されたが、今度は伝票に記された数字を延々パソコンに打ちこむ仕事が与えられた。文化事業部や広報部は、火星で火星人が行っていることくらい苑子には遠く感じられた。映画を見て小説を読んで、集まって酒を飲んで何時間でも話して、ときには駅弁を食べるためだけに遠くのローカル線に乗りにいったかつての日々は、機械的に打ちこんでいく数字にじょじょに埋没しつつあった。中学二年生のとき、苑子の身長は百五十四センチでぴたりと止まり、それ以上まったく伸びなくなったが、自分の精神というものも入社時にぴたりと止まり、何も吸収しないまま伸びないばかりか、縮んでいくのではなかろうかと、苑子はときどき考えていた。

「うらやましいなあ、くまちゃんが」

苑子はくまちゃんの話の切れ目に、思ったことをそのまま言った。「私なんか、毎日が昨日のコピーだもん」

話を中断されたくまちゃんは一瞬、またかすかに軽蔑するような顔で苑子を見、「つまんないと思うことを、人はしちゃいけないよ。だめになるから」とまじめな声で言い、ジョッキのサワーを飲み干した。おもてに出ると、空気は生ぬるく、暗闇《くらやみ》のなかで公園の緑が黒々と濡《ぬ》れたように広がっていた。隣を歩くくまちゃんの手を握り、「明日もいる？」と訊くと、

「いてもいいなら、いる」とくまちゃんは答えた。苑子はくまちゃんのTシャツに視線を落とす。この人はいったい何枚くまのTシャツを持っているのだろう、と苑子は歩きながら考えた。それとも、お花見のときとおんなじTシャツだったかな、と考えて、訊いてみようかと思ったが、また軽蔑の視線で見られるような気がなぜかして、苑子は訊くことができなかった。

「Tシャツ、かっこいいね」と、苑子は思ってもいないことを言った。ケへ、と聞こえる声でくまちゃんは笑った。

その翌日、苑子は、仕事帰りにミスターミニットでくまちゃんのための合い鍵《かぎ》を作

った。ロンロンでまた総菜を買い、小走りにアパートに向かう。くまちゃんはいないかもしれない、と思うと自然に速度が上がった。しまいには全速力で駆けていた。

くまちゃんがこのままアパートに居着いてもかまわない、と昨日、苑子は思ったのだった。それは決意だった。くまちゃんがアルバイトをときには控えて総合アーティストというものを目指すのだとしたら、私は物理的な意味においても精神的な意味においてもそれを応援しようと、総合アーティストが何かわからないながらも苑子は思っていた。今目の前にある、ふつうで平和な日々が、その圧倒的なつまらなさで私をだめにするならば、くまちゃんを応援することでそれを食い止めよう、と。

吉祥寺の町の明かりが背後に消えて、闇が次第に濃くなると、空気に土と草のにおいが混じる。それを思いきり吸いこんで全力疾走しながら、くまちゃん、くまちゃん、くまちゃん、と苑子は祈るように呼びかけた。

階段を駆け上がって鍵を開けドアを思いきり開けると、くまちゃんはちゃんと台所にいた。

「おかえりー」と、鍋《なべ》をかきまわしながら笑った。

「くまちゃんあのね、これ」苑子はもどかしく靴を脱いで部屋にあがり、だいじに握りしめていた鍵をくまちゃんに手渡した。あんまり強く握っていたから、鍵はなまあたたかく湿っていた。

一カ月ほどのあいだ、くまちゃんは苑子のアパートに入り浸っていた。いないこともあったが、そういうときは必ず「自分の家に帰ってくる」とことわり、二日か三日のちには戻ってきた。

六月の中旬を過ぎ、曇り空が続くころになって、くまちゃん不在の間隔が開いた。「帰ってくる」と言って出ていき、一週間帰らない。八日目に戻ってくるが、またいなくなり、こんどは十日間音沙汰《おとさた》なしになる。それでもいつも戻ってくるから、苑子も深く考えなかった。電話、ものすごく苦手なんだ、とくまちゃんが話したことがあったから、彼から電話がこなくてもさほど気にならなかったし、くまちゃんから番号は聞いていたが、苑子も電話をかけようとはしなかった。

十日が二週間になり、二週間が二十日になり、そして気がつけば、くまちゃんの姿を見ないまま、梅雨明け宣言がなされた。じりじりとおもての温度は上がり、アパートの窓を閉め切っても蟬《せみ》の声が入りこむようになっても、くまちゃんはあらわれなかった。

さすがに不安になった苑子は、くまちゃんに電話をかけてみた。呼び出し音が延々鳴るだけだった。いる、いない、いる、いない、と一歩ずつ占うようにつぶやいて仕事から帰り、アパートの窓を見上げても、電気がついていることはなかった。暗い窓を見上げるのがこわくて、わざわざ明かりを灯《とも》して仕事にいくようになった。

ローテーションを組むため申請してとる夏休みは、六月のころに確保してあった。九月のあたまに四日間休みをとって、土日と合わせ、くまちゃんと旅行にいこうと約束していた。北陸のほうに、例の総合アーティストの作品が常時展示されている美術館があるから、そこを訪ねがてら、ローカル線を乗り継いで苑子の一押しの駅弁を食べ、指がふやけるまで温泉につかろうと、約束したのである。その夏休みが近づいてもくまちゃんは戻ってこず、電話は呼び出し音を聞かせるだけだった。

そのまま夏休みになってしまい、ひょっとしたらその美術館にくまちゃんがきているかもしれないと、苑子は予定通りひとりきりで富山を訪れ、観光もせず毎日美術館に出向いて、入り口付近で張り込みのようなことをしたが、くまちゃんがあらわれることはなかった。

くまちゃんはじつは生身の人間ではない、という例のオカルト思考に逃げようともしてみたが、しかし一ヵ月以上もともに食事をし性交をした相手が、精霊だったとか幽霊だったとか、もはやちらりとでも考えることはできなかった。

旅行から戻った苑子は、その足で小田急線の梅ヶ丘までいった。以前電話番号を聞いたとき、住所までは聞かなかったものの、梅丘の風呂《ふろ》なしアパートを借りているとくまちゃんから聞いていた。あんまり帰ることはなくて、ほとんど荷物置き場になっているんだけど、とくまちゃんはたしかに言っていた。梅丘の町をめちゃくちゃに歩いてみたが、くまちゃんの風呂なしアパートをどのように見つけていいのかわからず、また、コンビニエンスストアや道ばたでばったり会うような奇跡も起きなかった。

あきらめなきゃあいけないんだ、私はくまちゃんに捨てられたのだ、あるいは恋人ですらなかったのだと、苑子は自分に言い聞かせたが、けれど仕事を終えると、足は梅丘に向かった。毎日のように苑子は梅丘を歩いた。ときには駅の改札に立ち、行き交う人々の横顔をねめつけるように見つめた。

偶然苑子がくまちゃんを見つけたのは、しかし梅丘ではなく新宿で、十一月になったばかりのころだった。小田急線の改札に向けて歩いていた苑子は、すれ違う人の波のなかに似た人を見かけ、立ち止まり、瞬時に駆けだしていた。トレーナーにジーンズで歩く男の背後を数メートル歩き、くまちゃんに違いないと確信して、苑子は背後からその男の腕をつかんだ。ふりむいた顔は、果たしてくまちゃんその人だった。彼の胸のあたりにはやっぱりピンクのくまが笑っていた。「見つかっちゃった」と、くまは言っているように見えた。

どうしていなくなったのか、なんで連絡をよこさないのか、私はいったいなんだったのか、馬鹿《ばか》にしているのかと、薄汚れた壁にくまちゃんを押しつけて、人の目も気にせず苑子はわめいた。わめいているうち涙がこぼれた。くまちゃんはあわてて苑子の手を引いて、改札を出て地下道を歩き、中村屋の地下にある喫茶店に入った。鼻水をすすりながら苑子はコーヒーを注文し、壊れた蛇口から漏れる水のように、頭に浮かぶことをそのままだらだらと口にした。

「ずるいよくまちゃん、約束したじゃん、急にいなくならないって。私ずっと待ってて、心配もしてたし、それに、旅行だって約束したじゃんか。こういうのってずるい。嫌いになったのならそれでいいよ、しつこく追ったりしないよ、だけどそれならちゃんと終わらせなきゃだめだよ、大人なんだから。終わりにしてくださいって言わなきゃだめだよ、逃げてちゃだめなんだよ」

くまちゃんはちらちらと上目遣いで苑子を見るだけで、なんにも言わなかった。運ばれてきたアイスコーヒーを、肩をすぼめてちゅるりと飲んだ。

「嫌いになったら嫌いになったって言ってくれないと、そうじゃないのなら、最初から好きじゃなかったとかそういうことちゃんと言ってくれないと、何がなんだかわかんないよ」

コーヒーには手もつけず苑子は同じことをくり返した。いやそういうんじゃないんだ、とくまちゃんが自分の言葉を訂正してくれることを苑子は期待していたが、いっこうにその気配がないので、「なんか言ったら」と、ふてくされたように椅子によりかかって、正面に座るくまちゃんをにらみつけた。

「あの」と、ようやくくまちゃんは口を開いた。上目遣いに苑子を見たまま、くまちゃんは続けた。「おれ、大人じゃないから、子どもみたいなままで、変われそうにないから、それがおれだから、迷惑かけるし、忘れて、おれのこと」

ああどうやら、この人と過ごしたあの輝かしい時間は消えつつあるのだな、とうすうす理解したものの、納得したくなかった苑子は、そんなのはずるいとか、忘れろなんてかんたんに言うなとか、いじいじと言い募っていたが、くまちゃんはうつむいてじっと聞いているだけだった。彼が顔を上げないので、苑子はトレーナーのなかで笑うピンクのくまに向かって話し続けた。楽しかったじゃないか、いっしょにいてなんの問題もなかったじゃないか、気が向いたときでいいからまたふらりとうちにきてくれたっていいじゃないか、私はそれでいっこうにかまわないと言いながら苑子は、かつてと似たような懇願をよりによってピンクのくまにしていることに途中で気づき、そんな自分にうんざりした。

「ほんと、ごめん、おれ、どうしようもないんだよ。苑ちゃんに好かれるような男じゃないんだよ」と、うつむいたままちいさな声でくまちゃんは言い、この男の気持ちをどうしたってこちらに向かせることはできないらしい、と感じた苑子は、最後だけはかっこよく去ろうと、

「わかったよ。さよなら」

ピンクのくまに吐き捨てるように言って立ち上がった。

「あ、待って」

とレジ近くで呼び止められたとき、あまやかな期待を持ってふりかえったのだが、しかしくまちゃんの手には勘定書が握られていた。

「おれ、今日金もってないの」

と眉毛《まゆげ》を下げて笑うくまちゃんから薄っぺらい紙切れをひったくり、苑子はそれをたたきつけるようにして会計を済ませ、地下道をずんずんと歩いて駅へ向かった。改札を通り抜けるとき、ちらりとふりかえってみたが、ごった返す人々のなかにくまちゃんの姿はなかった。当然のごとく、あのピンクのくまも見えなかった。

一年の終わりに向けて次第にあわただしくなる日々を、苑子はくまちゃんを呪詛《じゅそ》することで過ごした。呪詛すればするほど、あのとき別れて正解だったように思えた。だいたいあんなださい男は趣味ではないのだ。何あのくまのTシャツ。大の男がばっかみたい。いつもおんなじ格好だし。男前でもなかったし。貧乏だったし。好かれるような男じゃないなんて、きざったらしいせりふを平気で言うし。きっちゃてん、とか言うし。田舎もののめ。

そもそも二カ月足らずしか知らない男なのだ。私が傷つくはずはない。苑子は自分にそう言い聞かせた。ともにいた時間を具体的に勘定すると、本当になんてことない気がした。光太とは一年以上だ。それと比べたら、二カ月足らずの男なんて、最初からいなかったのと同じことだ。

くりかえし胸の内でつぶやいているうちに、くまちゃんによって大きく荒れていた気持ちが、次第に凪《な》いできた。正月休みが明けるころには、くまちゃんに会う以前の、あのふつうで平和な日々が戻ってきた。ふつうで平和な日々のなかで、苑子は二十四歳になった。

新年会と称する飲み会が、一月の半ばに開催されて、いつものメンバーでまた集まって飲んだとき、知っている顔も知らない顔も混じっているその席に、またふらりとくまのトレーナーを着た男の子があらわれるような気がしたが、そんな期待をしている自分自身を苑子は冷笑した。

「そういえば、前さがしていた男の子は見つかったの？」と、麻実子が訊《き》いてきたけれど、

「ああれ、私の勘違いだった」と、苑子はあいまいに笑ってごまかした。文弥はまたべつの女の子を「恋人だ」と紹介し、光太はだれもつれてきておらず、コタはお花見に連れてきていた女の子といっしょに暮らすことにしたと話していた。恋人はできたのかと、みんなに軽口のように訊かれても、苑子は「だれか紹介してよう」と笑うにとどめた。夏の直前の、不可思議としか言いようのない顚末《てんまつ》を、だれにも話さなかった。苑子のなかでそれは「なかったこと」になっていた。

いつか集まるメンバーは六人になり五人になり、飲み会はただの同窓会へと化し、共通の話題もなくなって、仕事の愚痴か思い出話しか話すことはなくなるだろう、とかつて苑子が思ったとおり、元「全国駅弁研究会」の会合は年々減った。苑子が二十六歳になるまでに、ニキちゃんが妊娠し出産し、コタが同棲《どうせい》していたのではない女の子と結婚し、文弥が九州に転勤になり、マユ太郎は実家の造り酒屋を継ぐため秋田に

帰った。

苑子はといえば、くまちゃんのことを思い出すこともすっかりなくなり、それよりはましだと思える恋愛をいくつかした。その年の四月に、新しく立ち上がった輸入販売の部署に異動になり、以前よりはずっと仕事がおもしろく感じられるようになっていた。恋人とは数カ月前に別れたばかりだったけれど、はじめての海外研修に参加できることになって苑子は浮かれていた。

三年前、宮沢賢治の物語のようにあらわれて消えていった男の子のことを苑子が思いだしたのは、研修旅行で訪れたベルリンの町でだった。

フィンランドノルウェーデンマークと、北欧の子ども用おもちゃの展示会や業者を訪ねてまわる駆け足の旅で、最後の二日間だけ、ご褒美《ほうび》のようにベルリン観光がついており、ここでようやく苑子は自由時間を得ることができた。いっしょに行動していた上司や先輩社員たちは、買いものをするとクーダム通りにいったり、美術館をまわるとナショナルギャラリーを目指したり、あるいは一日眠りたいとホテルにこもったりしていたが、苑子はかつて東ベルリンに属していたミッテ地区を目指してぶらぶらと歩いた。世界情勢には疎《うと》い苑子だったが、壁が壊されたのが大学を卒業した年だったので、それと合わせて覚えていて、単なる興味で見にいったのだった。

博物館島を通りすぎて歩いていくと、あきらかに町の光景が変わってくる。立ち並ぶビルも道路の整備も、堅牢《けんろう》そうなのにあちこち崩れかけており、そんなはずはないのだが、歩く人々も店の感じも、空気でさえも垢抜《あかぬ》けないように感じられた。何を見たい、というより、その変化がおもしろくて苑子はずんずん歩いた。公園の日だまりには、真夏の海水浴場みたいに大勢の人が寝ころんでいた。壁のあとというのはわかりやすく残っているのかと思っていたが、空気の変化は感じられてもどこに壁があったのか、苑子に見つけることはできなかった。

煉瓦《れんが》造りの大きな建物があり、アパートのようだが、内部をのぞいてみるといくつか店らしきものがある。通りの垢抜けない雰囲気とは裏腹に、その周辺のちいさな店はずいぶんと洒落《しやれ》て見え、中庭を取り囲むように建つ建物に苑子は足を踏み入れた。

インディーズブランドらしきブティックや、思わずすべて買い占めたくなるほどかわいい雑貨を並べた店をのぞいて歩いていた苑子は、あるテナントの前で足を止めた。ふたつの店をぶち抜いて作られたそのテナントはギャラリーになっているようだった。入り口前に出ている看板に、展覧会のポスターが貼《は》ってある。ぐるぐるのうずまきが、世のなかの色という色を総動員したような多彩な配色で描かれ、その真ん中に、子どもの絵みたいな鳥の姿が、ちいさくちいさく描いてあった。なんとなく心惹《ひ》かれるものがあり、苑子はそのままギャラリーに入った。壁があざやかなピンク色に塗られ、ごっちゃりと大小の絵が掛けてある。鼻ピアスの女性や、モヒカンの男や、鋲《びょう》つきの革ジャンを着た若いカップルたちが熱心に絵を見ていた。

彼らに混じって絵を見ていた苑子は、背後から日本語が聞こえてくるので、何気なくふりかえった。そうして「あっ」と声を出しそうになった。見覚えのあるピンクのくまが、笑っていたからである。記憶は瞬時に巻き戻り、名前も忘れた男の子と、彼とともに過ごした時間がありありとよみがえり、もしやこれはあのくまちゃんの展覧会なのでは、と苑子は思ったのだが、しかしピンクのくまの上にあるのは、くまちゃんのあの愛嬌《あいきょう》顔ではなく、目のぎらぎらした、スキンヘッドの中年男の顔だった。なあんだ、と思いつつ、ふたたび苑子は「あっ」と、今度は声を出した。

その中年男は、くまちゃんと見にいったあのライブのボーカリスト、「総合アーティスト」だったからである。あっ、というその声に、中年男はちらりと苑子を見遣《みや》った。苑子が驚きのあまりあわてて会釈《えしゃく》すると、ハテ、という顔つきのまま中年男も頭を下げ、そばにいた日本人の女性とまた会話に戻った。

スキンヘッドのアーティストは、くまちゃんが着ていたのと色違いのTシャツを着ていた。青地にピンクのくま。母親が買ってきたスーパーのセール品のような、いいかげんな絵柄のそのTシャツは、しかし、そのアーティストが着ているとずいぶんかっこよく見えた。ほかのどんな洒落たデザインのものより、ポップでエッジーで個性的に見えた。秘書らしき女性と話しこんでいる彼の元に、鼻にもくちびるにもピアスをした若いドイツ人青年が近寄り、買ったばかりの図録にサインをしてもらっていた。苑子は彼らに背を向けて、隙間《すきま》なく並んだ大小の作品を見ていった。絵の具のにおいが漂うような、するすると絵から手がのびてきて見るものの体を思いきり揺さぶるような、力のある絵ばかりだった。これでもかと色があふれ、ギャラリー内は無音なのに、絵という絵がいっせいに音を奏《かな》で、それは重なり合い、どこにもない音楽が響いているようだった。

何枚目かの絵がぼやぼやとにじんできて、苑子は、自分が泣いているのかとあわてて目をこすったが、しかし涙は出ていなかった。弾《はじ》けるような色彩が、勝手にぐるぐるとまわりはじめ、溶けだしてくるかのように見えているだけだった。そんなふうに呼吸する絵を見たのははじめてだった。

あの男の子は本当にこのアーティストが好きだったんだな、と苑子は思った。本気で、体の全部で好きだったんだな。彼に憧《あこが》れ、彼の才能を賛美し、彼の持つ力にひれ伏し、そうすればそうするほど、自分の凡庸さが許せなくなる。あのとき二十五歳だったあの男の子は、自分の凡庸さを壊すのに必死だったんだろう。ただ酒を飲むために、知りもしない花見客に混じること。そこで知り合った女の子とその日のうちに寝ること。野良猫《のらねこ》のようにその子の家に居着くこと。ふらりといなくなること。「どうしようもない男だ」と思わせること。そんなようなことに、懸命に、きまじめに、必死に心を砕いていたんだろう。非凡なだれかになるために。まじめで平凡で平和な、大嫌いな自分から少しでも遠く逃げるために。あの男の子は、このアーティストの作品に出会わなければ、もっと自由に生きていただろう。スーツを着ることも着ないことも、凡庸な恋愛をすることもしないことも、平凡な一日を送ることも送らないことも、もっと自由に選べただろう。

くまちゃん。苑子は心のなかで、短い日々をともに過ごした男の子に向かって呼びかける。くまちゃん、今なら私、あなたのことが少しわかるよ。ふつうで平和な毎日が、けっして私をだめになんかしないと、そういう日々の先に私にしか手に入れられないものがあるらしいと知った今ならば、わかるよ、あなたのことが。くまちゃん。

出口付近のスペースがグッズ売場になっていた。ポスターやポストカード、カタログやアーティストの著書や作品集が整然と並んでいる。苑子はそれらをざっと眺め、何も買わずに入り口に戻った。先ほどの秘書らしい女性はおらず、スキンヘッドのアーティストは、パンクス風のカップルに握手を求められていた。カップルが去ったのを見届けて、苑子は彼に近づく。すばらしい展覧会でした、と言うつもりだったのに、

「私、あなたのライブを見たことがあります」と言っていた。

「へえ、そう、ありがとうね。どこで見たの？」一見強面《こわもて》のアーティストは気さくな笑顔を見せた。

「渋谷です。三年前に、そのとき好きだった子に連れていってもらいました」

「ああ、渋谷。やったやった。ここでもやるから、また見にきてよ」

「私をライブに連れていってくれた子は、あなたの大ファンだったんです」

本当に本当に、ものすごいファンだったのだ、自分の本当の人生なんかどうだってよくなっちゃうくらいファンだったのだと、苑子は胸の内でつけ加えたが、アーティストはファンだと言われることに慣れきっているのか、苑子のその言葉には応《こた》えず、言った。

「あなた、ベルリンに住んでんの？　それとも観光旅行？　お茶でも飲む？　おれ、ベルリンの前ニューヨークでさ、このあとパリなの、なんか日本語の無駄話に飢えてんの。そのへんのきっちゃてんで、お茶でもする？」

きっちゃてん。自然に笑みがこぼれた。

「仕事なんです。夕方までには戻らないといけないので、失礼します」

ちいさく頭を下げる。そのままの姿勢で目の前に立つ男を見ると、ピンクのくまが笑っていた。

「あら残念。じゃ、またね。仕事がんばってね。東京のライブ、またやるからさ、きてよ、その彼氏と」

苑子はうなずいて、アーティストに背を向けた。数歩歩いてふりむくと、中年の女性客が図録を胸に抱いて彼に近づき、サインがほしいと頼んでいた。Tシャツのくまが苑子を見て笑っていた。「またね」と、くまがささやいたような気がした。胸のあたりでちいさく手をふって、苑子は出口に向かった。おもてはまぶしくて、建物も車道も歩く人々も、みなのっぺりと白かった。歩きだす苑子のまぶたの裏に、たった今見たばかりの、あふれるような色彩がぐるぐると踊っていた。それはいつまでも踊り続けて、なかなか消えなかった。

# アイドル

ゆりえに会ったのは七月で、そのとき持田《モチダ》英之《ヒデユキ》は二十七歳になったばかりだった。

英之はその夏、葉山の海岸で知人の海の家を手伝っていた。知人、というのは学生時代の友人の先輩だった。逗子《ずし》にあるレストランのオーナーの息子で、ふだんはレストランを手伝っているが、夏場になると海の家を開業するらしかった。キヤというのがその海の家の屋号で、それはリストランテ・キヤというレストランからとられた名前らしい。海の家、といわれて英之が想像したのとは違い、洒落《しゃれ》たカフェをそのまま砂浜に移動させたような店だった。白い壁にはキース・ヘリングふうのイラストが隙《すき》間《ま》なく描かれ、バーカウンターがあり、狭いながらもオープンキッチンで、英之たちアルバイトはみな、冷房もなくくそ暑いなか、制服である白の開襟《かいきん》シャツに紺のスラックスをはかなければならなかった。英之の仕事は買い出しと掃除、配膳《はいぜん》と洗い物、少しでもひまそうにしているとチラシ配りにいかされた。

海の家の仕事が、想像以上につらかったからというわけでもないのだが、英之はもうそろそろ、バイト暮らしに見切りをつけようかと考えていた。バイト暮らしに見切りをつける、ということはつまり、そろそろ就職するということだったが、就職という言葉ですら思い浮かべれば怖《お》ぞ気《け》がたって、なんかいい話はねえかなあ、と思いながら、過酷な夏の労働に明け暮れていた。

岡崎ゆりえは、二軒離れた海の家「浜中屋」でやっぱりアルバイトをしていた。ゆりえの働く海の家は、というより、キヤ以外の海の家はみな、英之の思うままの海の家だった。安普請《やすぶしん》の、壁と床のない平屋建てで、ラーメンやカレーライスやフラッペを売り、シャワー室と更衣室を八百円ほどで貸し、店先に貸し出し用のパラソルやゴムボートを並べている。

従業員用喫煙所が、並ぶ海の家々の裏手にあり、そこで顔を合わせるようになり、親しく口をきくようになった。ゆりえは英之よりひとつ上の二十八歳で、来年二月に二十九歳になると言った。実家は茨城で二カ月前までは都内にアパートを借りていた、海の家のバイトが決まったのでアパートを引き払い、今は逗子の友人宅に居候《いそうろう》していて、海の家のバイトが終わる八月末には、また都内に戻るつもりである、と、煙草《たばこ》を一本吸うごとに、英之はゆりえについて知っていった。知れば知るほど、自分とゆりえは似ていると英之は思った。二十五歳を過ぎたのにまだ海の家でアルバイトをしていることがそもそも特殊な似方であるし、英之もまた、海の家のバイトにあたって東京の住まいを引き払い、夏のあいだ藤沢に住む友人宅に間借りしていた。そんな根無し草のような暮らしでもいっこうにだいじょうぶなところも似ている。

英之が吸っていた煙草はマルボロライトで、ゆりえが吸っていたのはマイルドセブンだった。煙草だけは違うんだなと、ゆりえの手のなかにある星のついたパッケージを見るたび、英之はそんなことを思った。

いっしょに飲もう、という話になったのは八月の半ばごろで、英之とゆりえは仕事が終わってからともにバスに乗り、逗子の駅近くの居酒屋で向かい合った。飲み屋のわりにやけに蛍光灯のまぶしい店で、労働者ふう、学生ふう、水商売ふう、勤め人ふう、と、多彩な人々がそれぞれのテーブルで騒々しく酒を飲んでいた。

「ひでちゃん、バイト終わったらどうすんの」運ばれてきたビールを、一気に半分ほど飲んで、上唇に白い泡をつけたままゆりえが訊《き》いた。

「うーん、どうしようかな。いったん東京に戻って、それからまた仕事さがす」

「やっぱ東京かな。私、葉山好きだけど、仕事あんまりなさそうだもんね。今居候させてくれてるの、女友だちなんだけど、なんか早く出てってほしいみたいだし。彼氏っぽい人、できたんだよ。言わないけどわかるじゃん、そういうの。連れこんでくれたって私はちっともかまわないのに、その子律義《りちぎ》なんだよね。えーとね、ニラ玉炒《いた》めともずくと、ししゃも、あと揚げ出し豆腐ちょうだい」

向かいに座る英之に対するのも、かたわらに立つ従業員に対するのも、まったく同じ口調で話し、ゆりえはぱたんとメニュウを閉じる。上唇の白い泡はもう消えているのに、ゆりえは舌を出してぺろりと鼻の下をなめた。より目になった。

英之は、ゆりえと飲むことになったときも、向き合っていっしょに飲んでいる今も、一回くらいはヤってもいいかな、という程度にしか思っていなかったのだが、その、より目で鼻の下をなめたゆりえを見た瞬間、やばい、と思った。しかし英之は、それまで女の子と交際をするのにさほど苦労をしたことがなく、自分からだれかを好きになって積極的にアプローチをした経験もなかったため、やばい、というその気分が、いったいなんであるのかよくわからなかった。恋の芽のようなものであるのか、あるいはもっとべつの予感なのか。ただ、やばい、とだけ、英之は思い、とっさにゆりえから目をそらしただけだった。

ししゃもやもずくが運ばれてきて、おいしくもまずくもないそれらを分け合って食べながら、

「ゆりえちゃんはさ、就職したりとか、しないの」と、英之は訊いた。

「あん？　就職？」もずくをすすりこんでゆりえは上目遣いで英之を見、「考えないこともないけど、私じき三十だからね。でも出遅れたって気、しない？　私の学生のときの友だちで就職した人、もうばりばりじゃん。部下とかいるし。私たち今就職したら、やつらより格段にお給料安いだろうし、下手したら上司とか、自分より年下かもしれないよ。そう思うと二の足踏むよね。向こうだって二の足踏むと思うよ。見るからに素直そうじゃないしさ。そういう意味でも、今、新卒の子と争って勝てる気しないよ。面接とかびびるしさ」

英之は目を見開いてゆりえを見た。自分がもやもやと考え、そして言葉にできなかったことを、ゆりえがあまりにもあっさりと口にしたので驚いたのだった。

「おれもほんと、そう思うんだよ、すげえなゆりえちゃん」

「すげえって何それえ」ゆりえは天井をふり仰いで豪快に笑った。「そんなことですごいって言われたくないよ」

「いや、おれ、そういうの、整理して考えらんないから。ただなんか、めんどくせえなあって思って終わっちゃうだけだから」

「うん、でもかんたんに言えばそういうことじゃん？　めんどくせえって、ただそれだけのことなんだよ。こんなの間違ってるってわかってるけど、でも私、終わらない夏休みってないかなあって思ってんの。ずっと夏休みみたいに暮らしていくことは不可能か？　それは最終的にはみじめなものなのか？　そういうの最近、私の課題」

英之は、今までの自分のことを、ゆりえ相手に猛烈に語りたくなった。学生のとき、心の奥底からあるアーティストの作品に感動し、その人のことをもっと知っていくにつれ、作品だけでなく、彼の言動のすべてが胸震えるくらいかっこよく、自分もその人に近づきたいと願ったものの、何をすべきかまるでわからず、一度、そのアーティストに弟子にしてくれと直談判したことがあり、案外すんなり雇ってもらって、似たような弟子たち数人と働きはじめたのだが、ダサい、馬鹿《ばか》、田舎っぺ、センスなし、ぐず、等と当のアーティストに馬鹿にされ続け、二週間もしないうちに這々《ほうほう》の体《てい》で逃げ出し、以来タンポポの綿毛のようにふわふわと暮らしているが、正直焦《あせ》りはじめているることなどを、この、脳味噌《のうみそ》と口が直結しているような女の前に並べ立ててみたくなった。

けれど英之が言ったのは、

「東京戻るなら、部屋いっしょに借りる？　そのほうが安上がりでしょ」

ということのみだった。

「あっ、そういうテもあるね、いいかもね、私たち、似てるから案外うまくいくかもよ」

ぱっと顔を輝かせてゆりえは言い、その後海の家のバイトが終わるまでずっと、英之はゆりえの言葉を反芻《はんすう》し、口元をにやけさせることになる。私たち、似てるから案外うまくいくかもよ。案外うまくいくかもよ。案外うまくいくかもよ。そうして夜になれば、彼女がうまくいくといったのは、ルームシェアのことなのか、それともおれたちの関係であるのか、と英之は頭を悩ませることにもなるのだが。しかしこの騒々しい居酒屋でも、残りのアルバイトの日々でも、自分はどうやら恋につかまったらしいとは、英之は気づかなかった。自分からだれかを好きになるなんてそんなこと、自分の人生にはぜったいに起きないと、無意識ながら英之は思っていたのである。

二人で借りたのは、世田谷線の駅にほど近い、2Kのアパートだった。八月の終わりに引っ越しをした。四畳半ほどの台所に無理矢理テーブルを入れ、そこを食卓にし、振り分けの和室をそれぞれの部屋にあてがい、ルームメイトとして生活をはじめたのだが、なし崩し的にごくふつうの同棲《どうせい》生活になった。

幾度目かの、なし崩し的な性交のあと、「つきあっている人とか好きな人とか、いる?」とゆりえが訊くので、いない、と英之が答えたところ、「じゃあ、もう、面倒くさいからつきあっちゃう?」とゆりえが言い、英之は同意した。それがゆりえからの告白だと思った。告白されるのは慣れていた。女の子ってのはすぐに深刻になりたがるし、白黒はっきりつけたがる、というのが英之の持論だった。いつもなら英之は、相手の機嫌を損ねない程度にごまかすのだが、このときは了承した。バイト暮らしに疑念を持ちはじめたのと同様、自分のありよう、人との関わり合いかたを、変えてみたいような気がしていたのだった。

いわゆる恋人同士、いわゆるステディ、という関係は、英之には思いの外心地よかった。それまで英之には、なし崩し的に性交した後、なし崩し的に交際した経験は、数え切れないくらいあって、そのどれもから、彼が逃げ出すかたちで関係を終わらせていた。いつだって何かが面倒で、いつだって何かが深刻で、いつだって何かが割に合わず、いつだって何かがずれている。交際がはじまって一カ月もしないうちに英之はそう思いはじめ、思いはじめたらじりじりして、同じ場所に帰り同じ女の子と顔を合わせることが耐え難くなるのである。また、英之は意識していなかったが、そんな自分を好きでもあった。荷物は最小限、束縛知らず、風の吹くまま、我慢という文字はおれの辞書にはありません、そんな自分でいようと思っていたし、ずっとそんなふうに暮らしていきたいと思っていた。自分にはあのアーティストのようなはちゃめちゃな作品は作れないけれど、このはちゃめちゃな人生が自分の作品であるのだと、思っているようなところがあった。

だから、たったひとりの女の子を好きでいることが心地よいというのは、英之には驚きであり発見であった。

ゆりえは引っ越してから十日目にはアルバイトを見つけてきた。下北沢の中古CD屋のアルバイトだった。月、火が休みで、残りの五日は朝の十一時から夜の八時まで。英之も引っ越し屋のアルバイトをはじめた。月曜と木曜が休みだった。

英之もゆりえも、相手に予定を尋ねることをしなかった。友だちと飲むのにゆりえの許可はいらなかったし、ゆりえもまた、午前一時に泥酔《でいすい》して帰ってくることもあった。何も予定がなく、気が向けばおたがい、料理を作って相手を待つこともあった。タイミングが悪く、相手が外で食事をすませていれば、文句も言わず作ったものをひとりで食べて、残りは次の日の朝ごはんにした。アルバイト先で、体育会系の社員にどやしつけられても、筋肉疲労がなかなか抜けなくても、英之にはさほど苦にならなかったのは、そういうゆりえとの日々が新鮮で、かつ気楽だったからだ。眠りにつくときは翌日がむやみにたのしみだった。小学生のころのように。

二人が休みの月曜は、電車に乗って遠くの公園にいったり、せいいっぱいのお洒落をして繁華街に出たり、思い出巡りと称して逗子や葉山の海岸まで遠出をしたりした。雨の日には二人で和室に寝ころんで、ゆりえが買ってきた中古漫画を読みふけったり、借りてきたビデオを眺めたりした。

やすらかだった。かつての英之が嫌悪《けんお》していたやすらかさだった。

こういうことを、おれはいったいいつごろまで嫌悪していたんだろう、と、狭い台所で料理をするゆりえの後ろ姿を眺め、英之はうすぼんやりと考える。

五年前、いや、二年前、いやいや、ゆりえと会う夏前までは、こういうことぜんぶ格好悪いと思っていた、と思いつく。こういうことというのはつまり、ちまちました部屋で毎日同じ女の子と向き合って、煮物だの餃子《ギョーザ》だのをつつきあって、蛍光灯の紐《ひも》を引っぱって電気を落とし、一週間前と代わり映えのしない女の子を抱き、それを毎日毎日くり返して、休みの日には手をつないで町を歩くようなこと。それで満足するようなこと。ロックじゃない、アートじゃない、そんなの、と思っていた。

ゆりえは台所に立ってフライパンを揺すっている。盛大な火がぼうっと上がる。うひゃー、と体をのけぞらせてゆりえが叫ぶ。

「平気かよ」と英之が台所に駆けつけたときには、しかし火はもう消えている。

「ねえねえ今、私プロの料理人みたいだった？」得意げにゆりえが笑う。

その日の夕食は、豚肉とピーマンとキャベツの味噌炒め、いんげんのごまよごし、しらすと葱《ねぎ》入りの卵焼きにほうれん草と油揚げのみそ汁だった。台所に押しこんだテーブルに向き合い、近すぎる位置にあるテレビをつけ、ビールを注いだグラスをかちんとぶつけて、食事がはじまる。ゆりえは決してそうは見えないのだが、料理がうまかった。料理本も見ず、冷蔵庫にあるもので手早く料理をし、それがじつにおいしかった。テレビではニュースが流れていて、日本人宇宙飛行士が宇宙から帰ってきた映像がくりかえし映っていた。

「ひでちゃんちってさあ、ごはんのときテレビ見てた？」ゆりえがふいに訊く。

「うん、ふつうに見てた」

「うち、見ちゃだめだった。だからこうやってテレビ見ながらごはん食べてると、ああ大人になったなあって思うんだよね」

「へえー、見ちゃだめって、みんな黙々と食事するわけ？」

「うーんと、今日はどんなことがあったかを話しなさいって父親が言うわけ。それで順番に話していくの。話しているときはごはんを口に入れちゃだめなの。それでみんな感想を言い合うんだよね。なんか馬鹿みたい」

「幸福そうな家族の図じゃんか」

「そういうのをわざわざやってるところが馬鹿みたいじゃん。本当に幸福な家族だったらさ、そんなことしないよ。だれかが幸福じゃないかもって焦ってるから、わざわざそんなことするわけだよ」

「だれかってだれ」

「父とか母とか」

ゆりえは短く言ってテレビに顔を向け、それきりその件については何も言わず、箸《はし》を動かし続けた。ゆりえが自分の両親をあんまりよく思っていないらしいのは、いっしょに暮らしてすぐにわかった。ゆりえがかまわないと言うので、電話は共同のものを一本引いてあるだけだったが、ゆりえの親からかかってきたことはないし、ゆりえからかけているのを見たこともない。今みたいに実家の習慣を話し、「馬鹿みたい」と片づけることも幾度かあった。

英之にとってゆりえは、今まで知っているどんな女よりもさばさばとドライに思えるのだが、生まれ育った家の話をするときだけ、英之が今まで避けてきた湿り気がかいま見えるような気がした。それでも奇妙なことに、その湿り気さえも忌《い》むべきものではなく、慈《いつく》しむべきものに、英之には感じられるのだった。「馬鹿みたい」な家で、何もかもに不満を持ちながら、ぶすっとむくれた顔で家族と食事をしている小学生の、中学生の、高校生のゆりえが、今目の前にいるゆりえと重なり、大人になってよかったねと思わず抱きしめて頬ずりしたくなる。

ゆりえはそのころの反動からなのか、食事のときは何があろうとまずテレビをつけた。醤油《しょうゆ》を出し忘れてもテレビのスイッチは入れた。そしてそのまま、寝るまでつけ放しにしておく。英之は今まで居候《いそうろう》ばかりしていたし、自分の家などないような状態だったので、テレビがなくてもぜんぜん平気だった。最初は、食事どきから延々つけ放しのテレビが騒々しく感じられたが、今ではその騒音にも慣れつつある。

食事を終え、ゆりえは風呂《ふろ》に入り、英之は食器を洗った。風呂から出てきたゆりえと交代に風呂に入り、出てくるとゆりえは食卓の椅子《いす》に立て膝《ひざ》で座りテレビを見ている。コーヒーを飲むかと訊《き》くと、飲むと答えるので、英之はコーヒーメーカーで二人ぶんのコーヒーを落とす。マグカップをテーブルに運び向き合って座り、なんとなくテレビを見る。テレビはインタビュー番組を流していて、最近、英之がいいなとひそかに思っている若手女優がインタビューに応じていた。

「ひでちゃんさあ、この女優のこと、わりに好きでしょ」

唐突にゆりえが訊く。えっ、と英之は言葉に詰まる。好きだと答えたら、「私とこの女とどっちがいいのよ」と、論理的に激しくずれている質問を投げかけられそうな気がした。今までの経験上ではそういう流れになるのだった。

「好きっていうか」

「好きだよぜったいに好き。だってひでちゃん、いつもはテレビつけててもぜんぜん見ないのに、この女優がテレビに出てると、じいーっと見てるもん」英之の言葉を遮ってゆりえは言い、おもしろそうに笑う。

「うん、まあ、好みのタイプではあるかも」英之は認めた。するとゆりえは、英之がまったく予想もしなかったことを言い出した。

「ねえ、もし、もしだよ？　ひでちゃんが、なんかのきっかけでこの人に会ったとするじゃん。そんで、なんかすごくうまくいって、この人もひでちゃんに好意を持ったとするじゃん。そしたら、そしたらさ、私、無条件で別れてあげるからね」

「えっ、何それ」

「だからさ、もし、の話だよ。もしこの人とひでちゃんが恋に落ちたら、私は潔《いさぎよ》く引き下がってあげるからね」ゆりえはテレビを見たまま口元に笑みを浮かべて言い、さらに続けた。「そのかわりさ、ひでちゃんもちゃんとそうしなきゃだめだよ。私がマキトとどこかで偶然出会って、恋に落ちたら、ひでちゃんも無条件で引き下がってよね」

「なにそれ、マキ……？」

「マキトだよ。ウッドペッカーズのマキト。CD貸してあげたことあるでしょ」

ウッドペッカーズというのは、二年ほど前のバンドブームで人気の出たウッドペッカーズアスホールというパンクバンドで、ゆりえがこのバンドのファンなのはよく知っていた。アパートで漫画を読んでいるときや掃除をしているとき、ゆりえがこのバンドのCDを大音量で流すので、英之も幾度も聴いている。しかし英之は、かつて憧《あこが》れたアーティストただひとりが本物のミュージシャンだと思っていたので、そのバンドの歌詞やメロディがぬるく感じられ、ゆりえほどには好んで聴かなかった。しかしながら、ゆりえのその趣味を、英之は好ましく思ってもいた。テレビによく出る人気俳優や、子どものような顔のアイドルタレントを、なんの疑問も持たず好きでいる女を、英之はあんまりかっこいいとは思わなかった。だから、バンドブームが下火になってからは頻繁に名前を聞くこともなくなったパンクバンドを好きだと、平然と言い続けるゆりえを、自分を持っている人だと英之は理解していたのである。

そしてそこまで聞いてようやく英之は、ゆりえが何を言わんとしているかを理解した。ゆりえ独特の、そういうゲームなのだ。「協定ゲーム」とでも名づけられそうな。

「いいよ、じゃあ協定結ぼう。おれがこの女優と知り合って恋に落ちたら、あとはゆりえがバンドのナントカと出会って恋に落ちたら、おたがい笑ってグッバイマイラブにしようぜ」

「うん、そうしようそうしよう」

ゆりえは満面の笑みでコーヒーを飲み干し、「歯を磨いてこよーっと」と洗面所に向かった。テレビに目を向けると、まだインタビューは続いていて、リスのような顔をした女優は、白く大きな前歯を見せて笑い転げていた。

最初にゆりえが「協定」を持ちかけたのは、恋人関係になってすぐのころで、やはり食卓でテレビを見ていたときだ。放映されていたのは都内にあるホスピスのドキュメンタリーで、それを見終えてから、「もし、ねえ、もし、の話なんだけど」と、ゆりえはさっきと同じように言った。

もし末期癌《がん》だと診断されたら、告知してほしいかどうか、とゆりえはまじめに訊いた。そんなことを考えたこともなかった英之は、今の時代はインフォームドナントカで告知するのがふつうなんじゃないの、と返したが、ゆりえはやけに真剣に、「ふつうとかそういうことじゃなくて、自分が知りたいかどうかだよ」と身を乗り出して訊いた。しばらく考え、知りたくないと英之は言った。知るのはこわいと思った。するとゆりえも、それに同意した上で、もしどちらかが癌になったら、絶対に教えるのはやめようと言った。「これは私たちの協定だよ」と、子どもみたいに真顔になって言ったのだった。

ほかにも協定はいくつかあった。もし浮気をしてしまったら、最後まで隠しとおすこと。本気だったら打ち明けること。もしどちらかが働けなくなったら、相手の生活費まで請け負うこと。もし相手が犯罪を犯してしまっても、自分だけは相手を信じてかくまってあげること。もし世紀末、核戦争が勃発《ぼっぱつ》したら、戦争と関わっていない国をさがして亡命すること。

いつも「もし」を思いつくのはゆりえで、それらは決してやってこない未来のように英之には感じられた。浮気ですら、核戦争ほどにあり得ないことに思えた。だから、ゆりえの口にする協定は、みな可能性と対処の話ではなく、愛の言葉に近いように思えた。今、私は、おれは、そのくらいあなたをだいじに思っているのだという、ちいさな告白のように。

そうして今成り立ったばかりの協定にしたって、あり得るはずがないのである。英之はテレビ画面に顔を移す。秘蔵ＶＴＲと銘打った、女優の昔の映像が流れている。おれがこの人と会うことなんてあるわけないよ。英之は思う。万が一すれ違ったりするくらいはあるかもしれない。でも、恋はねえだろ恋は。

気がつけばにやついている。ま、もし、本当にこの女優がおれのことを好いてくれたりなんかしたら、そりゃつきあうわな。そりゃつきあうよ。そんなことがあればの話だけど。

「いやー、にやついてるー、想像してたんでしょ、この人と恋に落ちること。ばっかだなー、ひでちゃんは」

洗面所から出てきたゆりえは、英之を指さしてげらげらと笑った。あ、もう十一時、と気づくのと同じように、あ、なんかしあわせかも、と英之は思う。

ともに暮らして半年が過ぎるころ、ゆりえの二十九歳の誕生日がやってきた。半年のあいだに、ゆりえは二度、英之は三度アルバイトを変えた。ゆりえは中古CD屋からイベント会社へ、イベント会社からゲーム雑誌を扱う出版社へと、英之は引っ越し屋からビル清掃、ビル清掃から家電ショップの店員、家電ショップの店員から書店の倉庫へと、仕事を変えていた。新しい仕事が決まるたび、下北沢の居酒屋に出向いて、転職祝いと称して乾杯をした。

私たちって本当によく似ているよねえ、と、ゆりえは会ったときのような屈託のなさで笑い、英之はそのときは安心もするのだけれど、しかしよく考えてみれば、自分がなんの脈絡もなく職を変えているのに対し、ゆりえのほうは筋の通ったステップアップを着実にしているように思え、去年の夏にちらりと感じていた不安と焦燥を、思いだしたように感じたりもした。

このままじゃやばい、なんかちゃんとしないとおれ、と英之が思ったのは去年の暮れで、きっかけはしかし、短期間の転職でも、ゆりえのステップアップに対するコンプレックスでもなく、ささやかな浮気だった。あいかわらず、日々のやすらかさに安穏としていた英之だったが、二度ほどほかの女の子と関係を持っていた。両方とも、誘われて飲みにいって、誘われてその子の住まいにいって、誘われて性交をしてしまっただけで、好きとか嫌いとか、そうした感情の交じるものではなかった。英之にとっては、グラスにビールをつがれれば、飲みたくなくても礼儀上飲んでしまうことに似ていて、だからゆりえに対してもやましい気持ちはまったくなく、かつての協定に従ってひた隠しにしていた。

一人目はよかった。相手も英之と同じように、社交辞令的に誘っただけだったらしく、二度ほど約束を反故《ほご》にしたら、それきり連絡は途絶えた。二人目がちょっと厄介だった。関係後、毎日電話がきた。ゆりえが出ると無言で切れる。留守番電話にも無言のメッセージが続く。一度どうしても会ってくれ、会わないなら電話に出る女の人に相談する、と脅すので喫茶店で会った。向こうは英之と同世代とおぼしき男ときていた。おどおどと座っている男を指して彼女は「これは兄です。組関係に知り合いがいるので、あなたの対応次第では厄介なことになるかもしれません」と言うのである。うつむいて座っている男は、どう見ても彼女の職場の知り合いとか、学生時代の友人にしか見えないのだが、英之は神妙にうなずいてみせた。女は、自分は初体験であったこと、あの日は排卵日であったから妊娠の可能性が高いこと、だからあなたは責任をとるべきだということ、責任というのは何かといえばまじめな交際をすること、電話に女性が出るということはつまり妻か恋人がいるのだろうから、自分は二人から慰謝料を取る権利があること、今から訴えを起こす準備をしていること、などを興奮状態で話し、話も真偽のほどはわからなかったし、いかにも支離滅裂だったのだが、それを聞きながら英之は、過去の自分と向き合って座っているような思いにとらわれた。支離滅裂な話を言い募る女は醜くあわれに見えたが、その醜さもあわれさも自分のものだった。女の、押しつけがましい、筋のとおらない、ひどく幼稚な、展開の強引な、身勝手にせっぱ詰まった話は、自分自身だった。ダサい、馬鹿《ばか》、田舎っぺ、センスなし、ぐず。かつて敬愛していたアーティストに言われた言葉が耳元で響く。彼が何を言おうとしていたか、英之はようやく今、知る。おまえはなんにもわかってねえよ。彼はそう言っていたのだ。いい気になって、わかっているつもりになって、上っ面しか知らないで、得意げに動きまわっていた自分がありありと見え、それはあのときのアーティストと同じように、英之自身をも苛《いら》つかせた。

それじゃあだめなんだ。英之は心のなかで言った。彼女に。彼女のかたちをした自分自身に。それじゃあ、ものごとは悪化するだけだ。ほしいものがあるならば、手に入れる方法をさがさなきゃだめなんだ。ほしいくれと、それだけ言うんじゃだめなんだ、ぜんぶ人のせいにしちゃだめなんだ、現実と想像の区別をつけなきゃだめなんだ、自分だと思っている像からマイナス百くらいがようやっと自分の姿なんだ。

「あのー、すみませんでした」英之は言った。驚いたことに、涙がほとりと膝に落ちた。女も、組関係の知り合いがいるのかいないのかわからない男も、びっくりしたようだった。「好きでもないのにやってしまって、すみませんでした。あの妊娠は、あのだいじょうぶだと思います。あの日あの、最後まで自分、いってないもので」もうひとつ頭を下げ、次から次へとあふれてくる涙をコートの袖《そで》で拭《ぬぐ》いながら、英之は立ち上がりコーヒー代を置いて外に出た。二人は追ってこなかったし、その後電話がくることもなくなった。

そうして一年が終わり、新しい年をゆりえと迎えたとき、今年の抱負は「真人間になる」にしよう、とひそかに英之は決意した。実際、英之は一月の半ばから、就職情報誌の「社員募集」の文字を見つけるたび、資料を請求したり、面接を申しこんだりしていた。ゆりえの誕生日がやってくる二月半ばには、すでに二社に落ち、二社の結果を待っていた。

英之にとって問題がひとつあった。それは、真人間になってもゆりえは自分を好いてくれるか、ということだった。終わらない夏休みはないのかと、それを目下課題にしているゆりえが、つまんない男と自分を見限ったりしないだろうか。私たちって似てるねと、転職のたびうれしそうに言うゆりえが、なんだ結局似てなかったねと、自分を切り捨てることはないのだろうか。私はもっと自由に無責任に暮らしたいし、そういう男が好きなのと言い放つことはないだろうか。

「前にさ、出遅れたって気がするって、ゆりえ、言っただろ？　あれ、今も思う？」ゆりえの誕生日を祝うためにいった、いつもよりは割高な居酒屋のカウンターで、英之は訊《き》いた。

「あん？」ゆりえは、訊き返すとき必ず発音する喧嘩腰《けんかごし》にも似た声を出し、ほら、夏に、逗子の居酒屋で、と説明する英之に、「ああ、あれね」とうなずいてみせた。

「わりと、どうでもよくなった。今、仕事けっこうおもしろいんだ。バイトだけど、編プロとかわらないようなちいさい会社だから、企画会議にも出させてもらえるの。取材にもいかせてもらえるし。私ゲームとか興味ないけど、なんか作ってる人の話を聞くのはおもしろい。私ね、記事書くの下手らしいんだけど、インタビューとかはうまいらしいんだよね。この前はあまりにもゲーム常識を知らなさすぎて、インタビュー相手がちょっと引いて、社員に怒られたけど。でもね、社長なんかはね、ゲーム知らない人にも読んでほしい雑誌だから、私みたいなど素人《しろうと》の質問のほうがわかりやすくていいんじゃないかって言ってくれて、救われたって感じ」

ゆりえはやけに機嫌がよく、夢中でしゃべっては大きく笑う。

「じゃあひょっとして、もしそこで社員にならないかって話が出たらなるかも？」期待して英之は訊いた。同じ時期に同じことをゆりえも考えているのではないかと思った。

「うーん、どうかな、わかんない。今たのしいってだけだし。やっぱりバイトの気楽さってあると思うしね。だって三時間睡眠の人とかふつうにいるもん。こわいよちょっと。でも今、B級グルメ雑誌作ろうかって話が出てて、それはおもしろそうかもなって思ってる。そういうおもしろそうなことがあるうちは、あそこにいたいけどね。私、なんか外歩くの好きみたい。どこかに取材にいって、人に会ったり何か見たりするの、ぜんぜん苦にならないの。今の会社、けっこうそういうの苦手な人が多いんだよね、ゲーム好きで入ってくる人が多いから」

脂《あぶら》ののった鯖《さば》の身をほぐしながらゆりえは答える。

「じゃ、夏休みは？　夏休みを終えないでいることはできるのかっていう、その答えはどうなった？」

「私思うんだけど、海の家のバイトやっぱひまだったんだよね。忙しかったけど、たのしくなかったから精神的にどひまっていうか。だからそんなこと言ってたんだと思うよ。自分に言い訳したくて。私は今、仕事も生活もたのしいからさ、べつに今も夏休みって感じ。もし私がどこかに就職して、でも毎日が充実してたのしくて、そしたらそれだって夏休みだって今は思うわけ。前は社会に出たり結婚したり、そういう社会的なことに参加する、イコールあーあ新学期、って感じだったけど、考え方がちょっと変わったかな。大人になったからかな。あ、今日で二十九歳だもんね。二十九だし、肉でも追加しようかな」

ゆりえは早口で言い、メニュウを広げて眺めている。よし、と英之は思う。ゆりえが注文を終えてメニュウを閉じたら言おう。おれも就職することにしたよ。それで夏休みみたいな毎日を、二人でこれからも送っていこうよ。そう言おう。

「ねえ、今日ひでちゃんのおごりなんでしょ？　このさあ、特選米沢牛の網焼き頼んでもいい？　あとはなんかさっぱりしたもの。トマトサラダにしようかな、あ、やっぱふろふき大根にしようかな。すみませーん注文お願いしまーす」

カウンターの内側の板前に注文をしているゆりえを、英之は盗み見る。注文を終えてメニュウを閉じたら言おう。ひょっとしてそのまま結婚という話も出るかもしれない。いいじゃないか、おれはもう準備は整っている。荷物は最小限、束縛知らず、風の吹くまま、そんな子ども時代はもう終わったのだ。ぱたん、とメニュウを閉じたゆりえは、しかし英之が話し出すより先に、

「すごいことあったんだ。でも、話そうかな、やめようかな」

にまにまと笑いながら英之をのぞきこむ。

「え、何、話しなよ」

流れ上、ま、自分の話はあとでもいいかと英之は思いなおす。同じところに帰るのだし、話す時間はいくらでもある。

「えーどうしようかな。すっごい話なんだけど、でもな」

「なんだよう、言い出したんだから、言いなよ」

「うん、そうだよね、私も黙ってたら鼻血出すかもしれないし。あのね」上目遣いに英之を見、ゆりえはちいさく手招きをしてみせる。英之がゆりえの口元に耳を近づけると、酒臭い息を吐きながら、

「あのね、今度、会えるんだ、私」と小声で言う。

「だれと？」つられて小声で訊くと、どんと肘《ひじ》でつつかれた。
マ、キ、ト、と芝居がかった口調でゆりえは言い、「うきいいいい」天井を仰いで素《す》っ頓狂《とんきょう》な声を出す。
「え、なんで、どこで、どうして」

「マキトってゲーム好きなんだって。それでね、彼のほうから頼むかたちで、ウッドペッカーズが音楽を担当するゲームが、この春に発売されるらしいの。それで私、ぜったいにインタビュー記事をのせるべきだって力説したの。そしたら私の上の人が企画出してくれて、通っちゃった。インタビュアーは私じゃなくて外注で頼むらしいんだけど、私もいっていいって話になってんの。ねえ、すごくない？　すごいよね、私、一生の運を使い果たすかも。でもそれでもいいのかも」

「えーすごいじゃん、なんかすげえな、ゆりえ」

と英之は素直に感心して言い、「乾杯しようぜ、乾杯」と、半分ほど入ったビールジョッキを持ち上げて、ほとんど残っていないゆりえのジョッキにかちんと合わせた。実際、ゆりえってちょっとすごいかも、と思っていた。もちろん海の家のアルバイトのときも、英之はゆりえを、なんかすごい、と思った。自分自身というものを、過大評価も過小評価もせず客観的に見ていて、それをそのまま言葉にできるところがすごいと思ったのだった。けれど今、あのとき思ったよりもっと、この人はすごいのかもしれないと、英之は思っていた。

ゆりえは今、自分の進むべき方向を見定めはじめているように、英之には感じられた。アルバイトのままでいるか、正社員になるか、あるいはまた転職するのか、そういうこととは関係なく、ゆりえはいきたい方向に今顔を向けていて、そして焦点が定まったら、ほしいくれとただ口を開けて待つのではなく、自分からがしがしと歩いていって、どんな困難があったってほしいものをもぎとるのではなかろうか。最短距離で、最小のリスクで、全身全霊で。彼女は自分では気づいていないけれど、じつはそういうタイプの人間なのではないか。突き進むパワーのその芽が、ゆりえの内側で今顔をのぞかせていて、それはこれからぐんぐん育っていくのではないかと、英之は考えた。

「恋に落ちたらどうしようー」

上半身をくねらせてゆりえは言う。ばーか、と英之は肘で小突き返して笑った。

「んなこと、あるわけねえべや」

「見初められるかもー」

「はいはいそうかもね、ヤリ逃げされるかもね、三十近いんだから気をつけなさいよ、その年でヤリ逃げはつらかろうからね」英之も調子を合わせて言い、笑い合った。

就職の話を言いそびれたと、アパートに向かう夜道で英之は気づいたが、鼻歌をうたって歩いているゆりえに、今さらなんだか言いにくかった。どこに就職したいのかとか、どんな職種を希望しているのかとか、やりたいことはなんなのかとか、自分にははっきりした意志がないせいもあった。自分の進むべき道を見定めつつある彼女に、どこでもいいから就職しようと思うんだけど、とは言いにくかった。それに酔っぱらっているし、と英之は言い訳するように、自分に言い聞かせた。こういう大事な話は、しらふのときのほうがいいよな。酔った勢いで言ってるみたいに聞こえたら、格好悪いし。と。

道も空もすとんと暗く、星は見えず、街灯がてんてんと白くにじむように続いていた。道の両側に建つ三階建てや二階建てのアパートの窓は、暗かったり橙《だいだいいろ》色だったり白だったりした。数メートル先を、ゆりえはふらふらと歩いていく。耳のふちがやけに冷たいと思いながら、ゆりえの赤いコートを追うように英之は歩いた。

かつての二人の共通の休日は、その後の転職によって幾度も変わった。英之が連続十一社不採用通知を受け取っていた三月には、共通の休みの日はほとんどなかった。英之の書店倉庫の仕事は日曜のみが休みで、ゆりえはますます仕事がおもしろくなってきたのか、土曜、日曜でも午後出勤をし、忙しさのピークが収まったらしい平日に代休をとったりしている。けれどそれで二人の距離が開いたり、食い違いが生じたりすることはなかった。英之はそう思っていた。週に一度はともに食事をすることができたし、ゴールデンウィークには海外にいきたいね、という話もしていた。日曜の午前中、下北沢まで出てともに遅めの朝食をとることもあった。

十一社不採用にめげず、倉庫バイトの時間を調整しながら面接を受け続け、ようやく英之が採用通知を受け取ったのは、三月も終わりになってからだった。バイトから帰ってきた英之は、郵便受けにそれを見つけ、待ちきれずにアパートの階段を上りながら中身を確認し、「やった！」と外廊下を歩きながらちいさく叫んだ。

ゆりえが帰っていたらすぐにでもこの話をし、いつか居酒屋で話そうと思っていた夏休みのような今後の生活について切り出そう。そう思いながら玄関のドアを開けたが、ゆりえは帰っておらず、暗い部屋が英之を迎えた。部屋の明かりをつけ、冷蔵庫をのぞくといくらか野菜が残っている。英之は着替えをすませ、採用通知をジーンズのポケットにねじこみ、玉葱《たまねぎ》、じゃが芋、椎茸《しいたけ》、しなびたセロリ、四分の一残ったキャベツを流しに並べる。肉はなかったがツナ缶があった。冷凍庫にはミックスベジタブルがあった。米をといで炊飯器にセットし、野菜を刻み、鍋《なべ》で炒《いた》め、ブイヨンキューブとツナを放りこんで煮る。三個残っていた卵をボウルに入れ、凍ったままのミックスベジタブルをばらばらと加え、かき混ぜる。調味料がストックしてある引き出しを開け、シチュウのルーをさがすが見あたらず、しかしカレーのルーが残っていた。いつのものかわからないが、ブーケガルニがあったので、それも一袋、鍋に放りこむ。時刻を確認し、英之は換気扇の下で煙草《たばこ》を吸った。鍋の蓋《ふた》がことことと鳴っているだけで、静かだった。十五分たったら卵を焼いて、卵が焼き上がったらカレーのルーを入れよう。そのころにはゆりえも帰ってくるだろうと、急速に吸いこまれていく煙草の煙を眺め英之は考える。

煙草をもみ消し、鍋の前に立ち、おたまで鍋のなかをぐるぐるとかき混ぜる。そうしていると、今まで立ったことのあるいろんな台所が思い出された。女の子の家に転がりこみ、そこで居候《いそうろう》生活を送ることの多かった英之は、料理が得意だった。きちんとした料理を作れるわけではない、あり合わせのもので適当に作るのだが、女の子の大半は、大げさなくらい感動してくれた。ひとり潔癖性の女がいたな、と英之は思い出す。台所が油や汁で汚れるのがいやだと言って、もう作ってくれるなと英之に命じた。いつもパック入りの総菜を食べている女だった。電熱器のコンロしかないアパートの女もいた。だいぶ古い型の電熱器で、ハンバーグを焼くのにも気の遠くなるような時間がかかった。台所を思い出すとその部屋が思い出され、それからそこで暮らしていた女の子たちの顔が思い浮かんだ。くまちゃんと自分を呼んだ女の子もいたな、と英之は思い出す。くまちゃん、かっこいい、と言われるとうれしかった。自分が本当にかっこいいことをしている気になった。あの部屋の台所は使いやすかった。魚焼きグリルもついていたし、食材はいつもきちんと買い貯《だ》めてあった。自分がいるかどうかを確認するかのように息を切らして帰ってくる彼女と、自分をつなぎ止めておくように買いそろえてある食材が、ある日唐突に混然となって重たい首輪のように感じられ、逃げ出したのだったが。

　ああいう日々はああいう日々でたのしかったな、と思いそうになったとき、新宿駅の構内で、腕をつかまれた感触を英之は思いだした。それはくまちゃんと自分を呼んだ、今では名前も思い出せない彼女だったのだが、記憶のなかでふりむくと、自分の腕を強く握っているのは、喫茶店に英之を呼びだし妊娠だ慰謝料だとわめいた女の顔である。もう終わりなんだと英之はあわてて思いなおす。ああいう若気の至り的なことはもうおしまいなんだ。ジーンズのポケットに片手を差し入れて、採用通知にそっと触れてから、フライパンを用意する。熱し、油をたらす。ミックスベジタブル入りの卵液を勢いよく流しこみ、じゅっと威勢のいい音が立ち上がったとき、玄関のドアが開いた。

ただいま、といつもならいちばんに言うゆりえは、なんにも言わず靴を脱ぎ部屋に上がり寝室に直行する。おかえりー、と英之が声をかけると、ようやく襖《ふすま》の向こうから、ただいまー、と返ってきて、その声がいつも通りであることに英之は安心する。いいにおいだねー、と襖の向こうからゆりえが言う。卵をかたちよくまとめくるりとひっくり返し、鍋にルーを三かけ投入し、「激うまだぞ、今日」英之は機嫌よく大声を出す。

「ビール買ってきた。冷蔵庫にしまっておくね」

いつのまにか着替えて台所にきていたゆりえは、しゃがみこんで冷蔵庫にビールをしまい、一本を片手に英之の隣に立つ。

「話があるんだ、ひでちゃんに」

と言うゆりえを見ると、ずいぶんなつかしいトレーナーを着ている。例の女の子が英之をくまちゃんと呼ぶきっかけになった、くまのトレーナーである。袖口《そでぐち》がほつれ、首まわりはのびきり、全体的に色あせている。

「あはは、それ」鍋をかきまわしながら英之が言うと、

「ああ、これ、ひでちゃんのだったね」とゆりえも笑った。

その日ゆりえはテレビをつけず、英之が料理を食卓に並べるのを眺めていた。カレーシチュウと野菜入りオムレツ、ケチャップと茶碗《ちゃわん》に盛ったごはん、缶ビール、すべてを食卓に並べ終え、ゆりえの前に英之が腰かけると、

「話があるんだよ」ゆりえがくりかえす。

「あ、おれも話あるんだ」英之も言った。「とりあえず、食べながら」缶ビールのプルトップを開け、ちいさく乾杯をし、ビールをごくりと飲む。

「どっちから先に話そうか」ゆりえが照れたような顔で言う。

「おれ、あとでもいいけど。いや、先がいいかな。酔う前に」

「じゃ、じゃんけんで決める？　勝った方が先」

「うん、そうしよう」

湯気を上げる食卓に片手をかざし、最初はぐー、じゃんけんぽん、とやる。ゆりえがチョキで、英之がパーだった。あ、勝った、とゆりえが笑う。英之がテレビをつけようとすると、「あ、いいよつけなくて」ゆりえは言い、料理には手をつけず、ビールをあおるように飲み、ふうと息をついて英之を正面から見つめ、

「協定のこと、覚えてくれている？」と言った。

「どの協定」カレーシチュウを口に運んで英之は訊《き》く。ルーをもうひとかけら入れたほうがよかったかなと思いながら。とろみが足りなかった。

「ひでちゃんが女優と恋愛したら私は引き下がる。私がマキトと恋に落ちたらひでちゃんは引き下がる」

「ああ、あったなそんなの」英之は笑った。「カレー、ちょっととろみ薄いけど。うまいはうまいと思うよ」顔を上げると、じっとこちらを見るゆりえと目があった。笑っていない。え、と思う。え、何それ。

「そういうわけなんで、協定を、あの、お願いします」

ゆりえはしゃちこばって言い、ぺこりとひとつ頭を下げた。

「えっ、何それ、何それどういうこと」

そうするつもりはなかったが、気がつけば英之は中腰になって身を乗り出して大声

を出していた。

「いや、だからあの、その、私のアイドルであるところの、彼と、なんていうか、うまくいってしまいまして……」

ひゃあ、とも、ひょえ、とも、ひゃはっ、とも聞こえる声が自分の耳に届いた。自分の声だと英之はなかなか気づかなかった。馬鹿《ばか》、落ち着け、と自身に言い聞かせ、

「うっそーん」わざとふざけた。

「いやー、ほんとなんす」ふざけた英之に安堵《あんど》したのか、ゆりえは顔を上げ、頭を掻《か》いて笑ってみせた。

「そんなこと、あるわけねえべや」言いながら、このせりふ前も言ったなと思う。考えがよくまとまらなかった。

「それが、あったんす。説明、必要？　不必要？」肩をいからせ両手を膝にのせ、ゆりえが訊く。必要、と英之はつぶやいた。

「あのね、前にインタビューの話したでしょ。私の誕生日に。そのとき私、同席させてもらって、インタビュー終わって、少し話をすることができたの。結成のときからずっとファンだったって、ライブも何度もいったことあるって言ったら、今度渋谷でライブやるから招待するって言ってくれて、そんなの社交辞令だろってさすがに思っ

てたけど、本当にきたんだよ招待状、会社に、私宛《あて》に。それであの、ライブいったんだ、ひとりじゃなくって、そのときインタビューしたライターさんといっしょに。そしたらマネージャーの人が、打ち上げにも誘ってくれたんで、おじゃましたわけ。ライターさんは途中で帰って、人もだんだん減って、それで最後は私、マキトの隣に座ることができて、いろんな話したの。それでなんか意気投合しちゃって、いっしょに帰ることになって、言いにくいけどまあホテルにいったんだよね。でも私、ヤリ逃げだと思ったの。ひでちゃんに言わなかったのは、浮気は隠すって協定結んだから、どうせヤリ逃げだし、と思って。そしたらね、会社に連絡くるようになって、うそ、うそ、うそだあって私もずっと思ってたんだけど、何度かごはん食べにいったりして、彼の家にもいったりして、それであの、つい先ほどですね、話がまとまってしまいまして」

ゆりえは話すうち、氷が溶けるようににやにやしだし、しまりのない口で話すものだから、よだれまで垂らし、あわてて手の甲で拭《ぬぐ》い、顔を引き締め、しかしまた話すうちでろでろと崩れた顔になり、「話がまとまってしまいまして」で締めくくったあと、急激に顔じゅうを赤くした。

「うまくいったってなんなわけ、結婚するとかそういう？」声がひっくり返った。英之はあわててビールを飲み、なんでもないふうを装《よそお》う。

「あん？」ゆりえは訊き返し、しかし英之がくり返すより先に何を言われたかわかったらしく、背をのけぞらせ「まさかまさかまさか」と両手をふる。

「えーと、こういう中途半端《はんぱ》はよくないと思って、訊いたんだ、私と仲良くしてくれているけど、どういう気持ちなのかって。私はべつに遊ばれているのならそれでもいいし、ほかに好きな人やこういう関係の人がぞろぞろいてもべつにいい。ただそうならそう言ってくれないと、私本気になってまずいから、言ってくれれば歯止めきかしますから、言ってくれろと、まあ、迫ったわけね。そしたらおっどろいたことにさあ」

ゆりえはビール缶を持ち上げ、空だと気づき、冷蔵庫から新しい一本を取り出してきて、椅子《いす》の上に正座し、「遊んでるつもりもないし、ほかの女もいないって言うんだよあのマキトが！　そんで、じゃあ私、あなたんちに引っ越していっちゃおうかなって、冗談だよ、あくまで冗談で言ったら、そうしなよ、おれはかまわないからって、こう言うわけよあのマキトがっ！」耳も目も首筋も赤くしてゆりえは叫び、両手で顔を覆《おお》った。すーはーと、指のあいだから呼吸をしている。そしてぱっと両手を放し、赤い顔のまま、

「だから協定どおり、私と別れてください」と、英之を正面から見据えて言った。

なんだそれ。なんだそれ。おかしくないか、その話。あり得ないだろ。ウッドペッカーズって前より落ち目かもしれないけどおれだって知ってるぞ。あのボーカルとうまくいくなんてあり得っこないじゃん。いや、だまされてるだけだって。でも引っ越してもいいって言ったのか。じゃだまされてないのか？ いやでも、あり得ないだろそんなこと。だってそんならなんで、おれはあの女優と会ってないわけ？ 不公平だ、そんなの。っていうか協定って、あんなのありもしない仮定の話で、契約じゃないんだし、はいそうですかって言えるかよ。つい先ほどってなんだよ。つい先ほど会ってたのかよ。やってきたのかよ。ぐるぐるぐるぐると、疑問や怒りや戸惑いや驚きが英之の頭のなかで渦を巻く。そうしてその渦が混じり合えば混じり合うほど、ゆりえならやりかねない、と静かに認めるような気持ちになった。

だってあのとき、あの誕生日の日、おれはなんと思ったのか。この女は、焦点が定まったら、ほしいくれとただ口を開けて待つのではなく、自分からがしがしと歩いていって、どんな困難があったってほしいものをもぎとるのではなかろうか。最短距離で、最小のリスクで、全身全霊でそうするのではなかろうかと、たしかに思ったではないか。どんな方法でかは知らないが、この女、実際に自分のアイドルに焦点を定め、がしがしと歩いていって、全身全霊かけて、がむしゃらに、あらゆる手を使って、もぎとったのだ、いちばんほしいものを。

そこまで考え、英之は少々冷静になった。いや、冷静になったつもりだった。「そんなもんだったわけ？」と、思ったからである。冷静になったつもりの英之は、思ったそのままを口にした。

「おまえのほしいものって、そんなものだったわけ？　おれ、きみってもっと、すげえかっこいい女だと思ってた。これからやりたいこと見つけて、それにがんがん向かってく、そういう女だと思ってた。あの日、誕生日のとき、おれ、こいつすげえやつになるんじゃないかって思ったんだよ。この人ならなんだってできちゃうのかもって思ったんだよ。それが、なんだよ？　おまえのほしいのって、ミュージシャンの恋人の座だったってわけ？　そんなのさ、そのへんの馬鹿女とかわんないじゃん。グルーピーじゃんただの。一定期間ただでやられて、きっとまたべつの新しい女に心変わりされて、ハイサヨナラっておんだされるって、それくらいあんたわかるだろ？　頭いいんだから。そんなもんがほしかっただけなの？　なんかがっかりだな、がっかりだよ」

勢いよくしゃべりながら、あんまり冷静にはなってなかったのかも、と英之は思いもしたが、でも、言いながら、自分の言葉に深く納得もした。自分たちの関係はさておき、ゆりえが猛烈な勢いで、かつ緻密《ちみつ》な計算もしながら己のアイドルに近づいていった、その心意気は認めたい気持ちもあった、しかしその心意気の先がミュージシャンの彼女になることなんてみみっちすぎる、そのみみっちさにおれは激しい失望と怒りを感じているのだ、と英之は自分に言い聞かせるように思った。

「ごめん、私、そのへんの馬鹿女なんだよ。有名人に恋する馬鹿女なんだよ。そんなもんがほしかったんだよ。ごめんねひでちゃん。ひでちゃんのことは好きだけど、でもさ、こんなチャンスないと思うんだ。ずっとずっと好きだったあのマキトが、うちにこいって言ってる、こんなことって私の人生にもうぜったいないと思う。だから今はそれに飛びつかないでどうするって感じなんだよ。舞踏会のシンデレラの気分なんだよ。ばっかみたいって思うだろうけど、でもあの人は、もうずーっと前から私のアイドルだったんだもん」

祈るように両手を組み、ゆりえはべらべらと言い、またにまりと笑い、あわてて唇をきゅっと結び、「すみません、そういうことなんで、私、ひでちゃんとのすばらしい日々に恥じることのないよう、せいいっぱいこのチャンスを生かそうと思います。ダメモトでぶつかってこようと思います」と、真剣なのかふざけているのかわかりかねる口調で、言った。

腹がぐう、と鳴り、英之はすっかり冷めたカレーシチュウを見下ろした。腹は減っているが、食べる気がしなかった。なんでツナなんか入れたんだろうと、へんなことを思った。

「それであの、ひでちゃんも話があったんだよね」おそるおそるゆりえが言う。

「もう、いいや、話す気失《う》せた」

英之は立ち上がり、元自分の部屋だった、今では荷物置き場になっている和室に向かい、大げさな音をたてて襖を閉めた。畳に直接横たわり、天井を見上げる。外から入りこむ明かりで、部屋はぼんやりと白い。就職決まったんだ。そんなことを言ったってゆりえの気持ちがかわらないのはわかりきっていた。宝くじあたったんだ、でも、おれハリウッド映画に出ないかってスカウトされたんだ、でも、きっとマキトとやらにはかなうまいと思った。襖の向こうから、遠慮がちにテレビの音が聞こえてきた。ごろりと乱暴に寝返りを打ち、英之は勢いよく放屁《ほうひ》した。

英之は客のいないイケタニストアの店先で、池谷のおばあさんと並んで丸椅子に腰かけ、試食用のアップルチップスをぽりぽりと食べている。おばあさんのいれてくれたお茶が、レジカウンターで湯気をたてている。何やってんだろおれ、と思うが、よく磨きこまれたガラス戸の向こうを見遣《みや》れば、葉を茂らせた木々がアスファルトに濃い影を作り、時間の止まったようなその光景に、うっとりと気持ちがよくなってくる。

「男は一着くらいは仕立てのちゃあんとしたスーツを持ってなきゃね」

黙ってアップルチップスを食べていたおばあさんが、唐突にそんなことを言い出す。耳の遠いおばあさんの声はやけにでかい。

「はあ、これ、安物ってわかりますか」

「わかるよう、しわくちゃだもの。うちの死んだ連れ合いなんか、どーんなにお金ないときだって、ちゃんと暮れにはモチマルさんいって、オーダーで作っていたよ。あんたもモチマルさんいってみな」

「はあー、そうっすね、でもボーナス、ずいぶんカットされるらしいからなあ」

「そんなこと言ってたら、なあんにもできないよ。これから経済はどんどん悪くなってくんだから」

おばあさんは大声で言うと、またアップルチップスの袋にごそごそと手を入れ、黙ってくちゃくちゃと咀嚼《そしやく》する。英之はお茶をすすって時計を見上げる。二時十分。

「んで、おばあちゃん、これ、置いてもらえますかね」立ち上がって言う。

っている。

「ええー、なんだってえ？」池谷のおばあさんは都合の悪いことは聞こえない耳を持

「しょうがねえなあ」小声で英之は言い、試食用の小袋を鞄《かばん》から二つ三つ取り出し、レジカウンターに置く。「りんごとゴーヤと、あとマンゴー置いてくから。お客さんに配ってみてさ、評判よかったら置いてよね、本当に。ほんじゃ、またきます。来週きます。来週返事してね。ぜったいよ、おばあちゃん。お茶、ごちそうさまね」

英之は頭を下げてイケタニストアを出る。またきてねえ、とおばあさんの声が背中に響く。ガラス戸を開けると、むんとした熱気とともに、やかましい蟬《せみ》の声が一気に襲いかかってくる。はーあ、とため息をつき、英之は営業車までとぼとぼと戻る。途中でコーラを買い、半分ほどを一気に飲む。

陽に蒸されてサウナ状態になっている車のドアを開け放ち、冷房とラジオをつけ、英之は残りのコーラをちびりちびりと飲む。ラジオから、浮かれたような女の声が流れている。今年いちばんの夏日だとはしゃいだ声で言っている。昨日が二十九歳の誕生日だったことを、英之はふいに思い出す。そして一年前に別れた女のことを思い出し、別れたときの彼女と同い年になったことに気づく。

パンクバンドのボーカルと恋仲になったと、信じがたい告白をした恋人は、でもま

さか出てはいかないだろうという英之の甘い期待とは裏腹に、その告白の翌日、英之がアルバイトから戻ると荷物もろとも消えていた。前の日に着ていたくまのトレーナーだけが、きちんと畳んで和室に置いてあった。あんなに好きだったテレビも、台所にちゃんとあった。置き手紙もなく、その後の連絡もなかった。嘘《うそ》みたいだった。

結局迷った末、採用された会社に英之は就職した。自然食品を扱う会社だった。はじめてもらうことになった月給で、今まで二人で払っていたアパート賃を払っていくことは可能だったので、同じ部屋に住み続けた。早晩恋人が帰ってくるのではないかと思っていた。しかし彼女は帰ってこなかった。

恋人がいなくなってから、毎日のように英之は心のなかで何かを罵《ののし》って暮らした。なんだウッドペッカーズって、カントリーバンドみてえなだせえ名前、と罵った次の瞬間には、コンビニエンスストアに走り、ゴシップ雑誌やら女性週刊誌やら音楽雑誌やら、片っ端から立ち読みしてウッドペッカーズの名前をさがした。CD屋の店頭で彼らのポスターを見ると、近づいてまじまじとボーカルの顔を眺め、新譜のCDを買いたい気持ちをぐっとこらえた。そうして、人気急降下しろ、仕事なくなれ、落ちぶれろ、と呪詛《じゅそ》しながら家に帰った。あの馬鹿《ばか》女、あんな馬鹿女とつきあっていたなんて、と、ゆりえを罵り、ゆりえと暮らした自分を罵った。罵ることにも疲れてくると

（罵ることに体力がいると英之ははじめて知った）、「もし」をくりかえした。もしあの夜居酒屋で、彼女より前に就職しようと思うと言いだしていたら。あるいはあのカレーシチュウの夜、じゃんけんに勝って、先に話しだしていたら。そうしたら、事態は違ったのではないか。

そして「もし」にも疲れたころ（仮定の話を考え続けるには気合いがいると、これもまた英之ははじめて知った）、ようやく英之は悟った。おれ失恋したんだ、という単純な事実を。仕事にも慣れだした秋の夜だった。そう悟ってみれば、なんだか新鮮な気もした。それまで英之は、だれかを猛烈に恋しく思ったこともなく、だれかに叶《かな》わない思いを抱いたこともなく、よって失恋というものを経験したことがなかった。ああ、これかこれか、この気分か。英之はなんだかせいせいした気になって、ひとりで飲みにいき、立て続けに強い酒を飲んだ。失恋ってもっとブルーな気分かと思ったが、意外に激しい気分をいうんだなあと、まわりの客に気味悪がられながら独り言を言った。挙げ句の果てはまわりの客に喧嘩《けんか》をふっかけて、店を追い出された。翌朝は頭が痛くて起きられなかった。

恋人が出ていってからもう一年と数カ月が過ぎている。彼女の痕跡《こんせき》もほとんど完璧《かんぺき》に消えたアパートで、暗く呪《のろ》いの言葉をつぶやくこともうなくなった。職場の女の子や、合コンで知り合った女の子に、あからさまに誘われたことは幾度もあったが、以前のように社交辞令的に受けることはなくなった。だれかとノリで寝たり、好きでもない子の家に泊まったりすることが、さほど魅力的に思えなくなっていた。ちょっといいなと思ったときだけ、日を改めて食事にいくにとどめた。それでもそれ以上進展することはなかった。こわかった。その女の子とかつての恋人を比べてしまうことが、そしてかつての恋人に軍配をあげてしまうことがこわかった。

はひー。コーラを飲み干し息を吐くと、げっぷまで出た。ドアを閉め、エンジンをかけ、英之は車を発進させる。川沿いの大木がスローモーションのように揺れて、地面に落ちた影もそれに合わせて踊るように動く。ガードレールの内側を、髪を濡《ぬ》らした子どもたちがプール袋をふりまわして走っていく。もう夏本番ですからね、夏にふさわしい曲をかけたいと思います、ウッドペッカーズアスホールの……陽気な女の声に続き、ダダダダダダとアップテンポの曲がはじまる。あ、と思いながら英之は、チャンネルを変えることをしなかった。その激しい音楽を聴きながら、時間の止まったような川沿いの道を走り、そうして左折して大通りに出たとき、本当に唐突に、恋人が持っていかなかった食卓のテレビが思い浮かんだ。食事中、大人になったなあと言いながら、かじりつくように彼女が見ていたテレビ。

彼女はテレビを持っていかなかったんだなと今さらながら思った。がなるように歌うこの男の家で、彼女はきっと、食事のときにテレビなんか見ていないだろうと思った。テレビのにぎやかな音も、かつての忌《い》まわしい記憶も、ぜんぶもうどうだっていいのじゃないかと。そのくらいたのしい夏休みを彼女は手に入れたのではないかと。

ちょっと泣きそうになって、英之はびっくりした。泣かないように、ラジオといっしょになってがなるように歌ってみた。覚えているとは思わなかったのに、けっこうちゃんと歌えた。やっぱすげえ女だったと、彼女が出ていってからはじめて英之は思った。だってあの女は、おれにはじめて恋というものの全容を、あますところなく見せたのだから。

英之は意味もなく窓ガラスを全開にした。粘つくような湿気と、シャウトするような蟬の声がいっぺんに英之を包む。蟬に負けまいと英之はラジオのボリュウムを大きくする。赤信号で止まると、横断歩道を渡る日傘の女が、迷惑そうな顔で英之をにらんで通りすぎる。英之はひときわ大声を出してラジオの歌をなぞり、頭を激しく縦にふった。クラクションを鳴らされ、信号が青になったことに気づく。アクセルを踏むと、激しくふったせいで頭がくらくらした。妙に心地よかった。

# 勝負恋愛

保土谷《ホドガヤ》槇仁《マキヒト》に会ったのは真冬で、そのとき岡崎ゆりえは二十九歳になったばかりだった。しかし本当に私が彼に会ったのは二十歳の夏だった、とゆりえは思っていた。

東京ディズニーランドがオープンしたその年、ゆりえは大学生で、東京に住んでいながら東京に憧《あこが》れていた。ゆりえが住んでいたのは東京の西の端、国鉄駅から徒歩十七分の木造アパートで、そこはいかなる意味においてもゆりえにとって東京ではなかった。電話番号のあたまが〇三ではなく四桁《けた》であるのも気にくわなかった。ゆりえの通う大学は、国鉄に二駅乗った先にあり、そこもまた、ゆりえには東京ではなかった。だからゆりえは、授業が終わると東京をほっつき歩いて過ごしていた。渋谷や代官山や、原宿や表参道といった、ゆりえにとって真の東京と思える町を。

保土谷槇仁ではなくマキトに会ったのは、帰省しなかった夏休みだった。渋谷のファイヤー通りを抜けて原宿に向かって歩いていたゆりえは、代々木公園付近の歩行者天国で足を止め、いつもそのあたりをにぎわせているバンドを眺めていた。ゆりえが上京してきたころは、その場所を占める大半がバンドではなくツイストを踊るロックンローラーで、ラジカセから流れ出る音楽に合わせ陶酔した表情で踊る同世代の男女を、け、田舎もの、と馬鹿《ばか》にして眺めていた。そんなことを思うのはもちろん自分が田舎ものだからであることも、ゆりえは苦々しくも認めていた。二年たってもツイスト族はいたが、けれどドラムセットやアンプを設置して演奏するバンドも、ちらほらとあらわれていた。

そうしてゆりえはマキトのバンドに出会ったのである。そのバンドの前に陣取っているのは見るからに高校生ばかりだった。衝撃が走ったわけではない、歌詞やメロディに打たれたわけでもない、けれどなんとなく惹《ひ》かれるものがあって、自分より年下の女の子たちに混じって、ゆりえはそのバンドに聴き入った。イギリスのパンクバンドを真似《まね》ているのだろうボーカルは、鉛筆みたいに細い脚に革パンツをはいており、上半身は裸だった。ひっきりなしにべろを出したり鼻の頭に皺《しわ》を寄せたり観客をねめつけたりしながら、がなるように歌っていた。黒ずくめの女の子がチラシを配っていたので受け取った。ライブの予定が書きこまれた、モノクロのコピーだった。

ゆりえは何回かライブを見にいった。そんなに好きなわけでもないんだけど、ひまだし、と、いつも自分に言い訳しながらライブ会場に足を運ぶのだった。ゆりえが大学を卒業するころ、けれどそのバンドは解散した。就職をせず、アルバイト暮らしをはじめたゆりえは、あいかわらず電話番号が四桁ではじまる安アパートに暮らしていた。アルバイトに向かうとき、例のバンドのライブ会場で買ったテープをウォークマンに入れ、大音量で聴きながら駅までの十七分を歩いた。

あの鉛筆脚のボーカルを再度目にするのはその三年後、ゆりえは二十五歳になっていた。世のなかはずいぶんと景気がよさそうだったけれど、アルバイト暮らしのゆりえには、ブランド品も高級レストランも違う星の話のようだった。

アルバイトで知り合った女友だちに誘われていったライブハウスで、ゆりえはあの鉛筆脚を見た。バンドは四組登場し、彼のバンドは二番目に演奏した。バンドの名前は変わっていたが、ゆりえにはすぐあの彼だとわかった。毎日ウォークマンで聴いていたあの子だと。彼はやっぱり上半身裸に革パンツ、脚は同じく削った鉛筆のように細く、イギリスのパンクバンドを真似ているのも以前とおんなじだった。けれど以前よりずっとかっこよくなっているように見えた。歌も、演奏も、彼自身も、もの真似も。

女友だちは、最後に演奏したバンドのファンだった。ひとりがレコードをきゅっきゆっとまわし、ひとりがキーボードをいじり、ひとりが早口でうたうそのグループの、どこがいいのかゆりえはちっともわからなかったが、しかしゆりえは、鉛筆脚に会えたことを彼女に感謝した。

それからゆりえはそのバンドを聴き続けていた。恋人ができれば彼にもテープをコピーし、彼が気に入ればいっしょにライブにいった。友人たちがアイドル歌手や俳優の熱烈なファンになっていた中学生のころから、ゆりえは何かに強く傾倒するということがなかったが、このころにははっきり彼のバンドのファンだった。音楽雑誌に彼のバンドの名前を見つければ購入したし、ライブをこっそり録音してそれをくりかえし聴いた。

マキト、というボーカルは、ゆりえよりひとつ年下だった。横浜の本牧《ほんもく》出身で、高校生のときバンドをはじめ、本牧や元町で路上ライブをし、その後歩行者天国に場を移し、音楽性の違いによりバンドを解散、のちウッドペッカーズアスホールとして活動をはじめ今に至る、というプロフィールをゆりえは諳《そら》んじていた。

マキトの作る歌は刹那《せつな》的で退廃的だがやけに美しい光景をフラッシュのように見せる。マキトのかすれ、しゃがれた声は日本人離れしていて、すっとこちらを異世界に連れていってしまうパワーがある。暴力的でありながらデリケートでもある、ひりひりするような痛みとあまやかさが同時に存在している、こんなバンドは今の日本ではちょっとお目にかかれない、と、ゆりえはマキト及びバンドの魅力をそんなふうに言葉にしていたが、しかし実際、もっと少女じみた気持ちでマキトを好きでもあった。ひょんなことで彼と知り合い恋に落ち、彼が自分に捧《ささ》げるラブソングを歌ってくれることを、ひそかに夢見ていたりもした。もちろん、ライブにつきあってくれる恋人に、そんなことは打ち明けなかったし、そんなことは起こりようもないと自分自身よく知ってはいたのだが。

そのころちょうどバンドブームがやってきて、それに乗じるようなかたちでウッドペッカーズアスホールはメジャーデビューした。彼らは日比谷野外音楽堂もNHKホールも満杯にするくらいの人気を博した。ゆりえは単純にそれをよろこんだ。雑誌で彼らの姿を見る機会が増えたし、マキトのインタビュー記事もたくさん見つけられたし、ビデオやCDを買うのもずっとかんたんになったから。二十代の半ばを過ぎ、ゆりえもさすがに、子どもじみた妄想を持たなくなった。うたう彼の姿より、彼の歌をより好み、日々のせわしなさにまぎれてライブにも足を運ばなくなり、新譜が出ればそれを買ったが、以前のようにウォークマンで四六時中聴くようなことはなくなった。それでもときおりCDをかけると、フラッシュのような美しい光景とともに、かつての少女じみた気持ちは薄く甘くゆりえの内に広がった。

そのマキトが目の前にいて、いびきをかいて寝たり、鮭《さけ》フレークの瓶に箸《はし》をつっこんでごはんを食べたり、灰皿をひっくり返してあわてたり、自分の髪に手を差し入れて深くて長い口づけをしたりするのは、ゆりえにとってにわかには信じがたいできごとだった。毎朝起きるたびにゆりえは、あ、今日も生きている、といちいち感動した。人生に起こり得ない幸運を手にしたのだから、いつ死んでもおかしくないと思っていたのである。

しかしマキトの家に転がりこんで二年近くがたち、ゆりえは少々驚いてもいる。人がなんにでも慣れてしまうことに。マキトが、ごくふつうの人として動いている、という、あれほどの珍事が今や、ごくふつうのことに思われる。

「ちょっとさあ、起きなよ、不動産屋にいくんでしょ？　いっしょにいけるの、今日しかないんでしょ？」

と言いながら、肩をぐらぐら揺すぶって眠るマキトを起こすこともできるのである。

ぐむー、と聞こえる音を発しながら、マキトは上半身を起こす。コントの爆発後のように膨らんだ頭を片手で掻《か》きむしり、ベッドからのそりと出てきて、寝間着のパンツに片手を入れ、尻《しり》を掻きながら洗面所へ向かう。

マキトは青白い顔で食卓に着き、ゆりえのいれたコーヒーをすする。向かいでゆりえは、さっきコンビニエンスストアで買ってきたおにぎりを食べる。マキトはテレビの音を異様に嫌うから、テレビはついていない。ゆりえがおにぎりを咀嚼《そしやく》する音と、マキトがコーヒーをすする音だけが響く。

「これ、食べる？」封を切っていないサンドイッチをゆりえは指す。

「いらない」マキトはつぶやいて、背を丸めコーヒーを飲み続ける。

この二年近く、意外なことは多々あったが、ゆりえはたったひとつのことをのぞいて、マキトに失望しなかった。そのひとつ以外のあらゆることが新鮮な驚きでありうれしい発見だった。女癖が悪くないこと、手先が器用でとんだヒューズを替えられること、家事をいとわないこと、などはもちろん、小用をしてトイレの水をしょっちゅう流し忘れることも、テレビをまったくつけないことも、「仕事用」と「家用」の二種類の服があり、家用の服は未《いま》だに彼の母親が段ボール箱に詰めて宅配便で送ってくることも、小説や映画や絵画といった文化的素養（と、ゆりえが考えるもの）がいっさいないことも、ほとんどの食事がジャンクフードであることも、ステージ上とは違い驚くほどもの静かな男であることも、ひまさえあればゲーム機のスイッチを入れることも、ゆりえを失望させなかった。たぶん、ほかの男が恋人だったら違っただろうとゆりえは思う。トイレを開けて黄色く泡立った液体を見るたびがっくりと肩を落としただろうし、母親の送ってくるいかにも量販店のものといった服を無造作に着るなんて行為は軽蔑《けいべつ》しただろう。でも、私がともに住んでいる男はマキトなのだ、とゆりえは思う。私のアイドルなのだ。二年近くが過ぎ、ゆりえは三十一歳になり、かつて想像したようにマキトが自分のために歌ってくれるような男ではないと知り、目覚めて生死の確認をすることはとうになくなっても、それでもマキトはゆりえのアイドルであり続けていた。

マキトがシャワーを浴びているあいだ、ゆりえは化粧をして着替えた。マキトがドライヤーで髪を乾かしているあいだ、ゆりえは手帳を広げて路線図を眺めた。マキトがヘアクリームで髪を整えているあいだ、ゆりえは部屋の戸締まりを確認し、コーヒーメーカーとコーヒーカップを洗った。マキトが着替えているあいだ、ゆりえはソファに座ってベランダの向こうの、晴れた空を眺めた。

「準備できたよー」と、部屋から出てきたマキトは、もこもこしたジャンパーにグレイのズボン姿だ。ジャンパーの下には赤と黒のチェックのネルシャツを着ているに違いない、とゆりえは思う。どれもみな、彼の母親が送ってきた衣料である。彼はいつだって服装には無頓着《むとんちゃく》なのに、身支度には異様に時間がかかる。

「マキちゃんさあ、私が誕生日にプレゼントしたPコートを着たら？」ゆりえは言うが、

「だって不動産屋って近所でしょ？　近所ならお洒落《しゃれ》する必要もないじゃない」と、着替えようとしない。

「じゃ、いこうか」あきらめてゆりえは玄関に向かう。

住宅街は人通りがなくしんとしている。どこからかピアノの音が聞こえてくるが、ずいぶんと遠い。空は晴れて高く、空気は清潔に冷たかった。

最初のころは、サングラスも帽子も身につけず出かけるマキトに、ゆりえはたいそう驚き、心配したものだった。なんといっても彼らが住んでいるのは東北沢で、オフの日に出かける先は下北沢が多いから、若い人たちはすぐにマキトに気づいてしまうだろうし、ともすれば写真週刊誌に「人気パンクバンドのボーカル、ひそかに同棲《どうせい》中」などと写真入りですっぱ抜かれてしまうのではないか、と思ったのだ。けれど革パンツ・鋲《びょう》つき革ジャンのマキトと、量販店のマネキンみたいなマキトを、同一人物だと思う人はいないようだった。あのー、ウッドペッカーズの……と声をかけられたのは、この二年弱で一度だけだ。

もっとも、以前のように人気があるわけではない今、ウッドペッカーズを知っている人も、マキトを知っている人も、もう少ないのかもしれないけれど。と、マキトの隣を並んで歩き、ゆりえはこっそり考える。

下北沢に近づくにつれ、道行く人が増えはじめる。ゆりえはマキトの手をそっと握る。マキトはふりほどかない。手をつないだまま歩く。

「あ、不動産屋」

ゆりえはマキトの手を引くようにして、通りの反対側にある不動産屋に向かう。ガラス戸に張り出された間取りを眺めていく。

「あ、ここ、いいんじゃない」1LDK、下北沢駅から徒歩五分、陽当たり良好、南向き、十二万円をゆりえは指す。

「うーん、でも二間ほしいな」

「そっか、仕事するもんね。でも2Lだと十五万くらいしちゃうのかなあ」

「もうちっと駅のほう、いってみようよ」

マキトが言い、また歩きはじめる。

線路が見えてくる。白と青の電車が通りすぎていく。パンクスふうの格好をした若いカップルが、ゆりえたちを追い越して歩いていく。

「ねえ、本当にいいの」ゆりえはぽつりと言った。

「ええ？　何が？」マキトはゆりえをのぞきこむ。マキトが近くにいるということには慣れたものの、そんなふうに至近距離で見つめられると、未だにゆりえはどきどきする。十代のころみたいにどきどきするのだ。

「引っ越し」

「いいも何も、あそこ、家賃ちょっと高いし、引っ越さなきゃならないわけだから」

マキトの給与システムをゆりえは知らず、またなんとなく訊《き》きづらくて今に至っているが、今住んでいるマンションはマキトの事務所が借りており、その賃料を差し引いたギャラが彼に渡されているらしいということは、この二年弱でなんとなくわかった。五階建てマンションの五階角部屋、２ＬＤＫの部屋の賃料は、おそらく十八万円前後だろうとゆりえは予測していた。マキトの所属事務所は変わらないが、次回の更新時に賃貸契約だけ切りたい、今のところに住み続けてもかまわないが、更新料と賃料はそちらでもってくれ、と事務所側が言ってきたらしい。たぶん、マキトには以前ほど仕事がないのだろうとゆりえは思っている。

「そうじゃなくて、引っ越しはしなければならないんだろうけど、私といっしょでいいのかってことだよ」

できるだけなんでもないことのように、ゆりえは一気に言って、あはは、と笑ってみせた。笑わないと今日が台無しになると思ったからだった。

「え？　なんで？　べつにいいよ、いやならいいけど」

「いやじゃないけど」

「なら、いいじゃん」

「そっか」

「うん」

ゆりえが黙るとマキトも黙った。手をつないだまま無言で歩く。駅に続く細い通りに出ると、人があふれている。ちまちまと並ぶ洋服屋や喫茶店から、大音量の音楽があふれてくる。何か言うことはないか。ゆりえは考える。何かないか。テスト終了一分前のように、必死で考える。思いつき、口に出す。

「家賃、今度は折半しようね」

「ああ、そっか」

「私は七万円くらいなら出せるから、２Ｌでもだいじょうぶかもね」

「ああ、うん」

「下北をちょっとはずれれば安いと思うし」

「そうだね。べつに下北にこだわってるわけじゃないんだけど、ほかの町、知らないからさ」

「住めば都だよ」

「住めば都だな」

ゆりえはマキトを見上げて笑う。マキトも笑う。しあわせだ、とゆりえは思う。自分の人生にはあり得ないくらいしあわせだと、自分に言い聞かせるように思う。

マキトの部屋に引っ越すことが決まったとき、ほかに女がいるのだろうことをゆりえは覚悟していた。メジャーデビュー当初ほどではないにしても当時ウッドペッカーズはまだ人気があり、そのころにはゆりえはライブを見にいくことはなくなっていたが、クラブチッタやパワーステーションならば充分満員になっていることも知っていた。ミュージシャンというミュージシャンは例外なくもて、例外なく女癖が悪いのだろうとかたく信じこんでいたゆりえは、さまざまな仮定を思い浮かべ、だいじょうぶだという結論を出してから引っ越したのである。マキトが毎晩どこかの女の部屋にいって帰らなくても、全国に現地妻のような女がいて地方ツアーのたびに彼女たちの元を訪ねていたとしても、近づいてくる女の子を拒むことなくかんたんに一晩の関係を持ったとしても、デビュー前から支援している女がじつはいて、その女から嫌がらせをされたとしても、最悪の場合、これから引っ越す住まいにマキトが別の女を連れこんでも、私はきっとだいじょうぶ。だってあのマキトと暮らせるんだから。と、そんなふうに。

しかし驚いたことに、彼には女性の影がいっさいなかった。プレゼントや手紙の類《たぐい》が事務所から宅配便で送られてくることがあったが、マキトはそれらの封も開けず捨ててしまう。レコーディングや打ち合わせで帰らない日はあったが、それらが終われば彼は毎日ちゃんと部屋に帰ってきた。いっしょに暮らしはじめて、ゆりえは数回ライブに呼んでもらったことがあるが、打ち上げ時でもマキトは知っている人間以外と口をきかなかった。打ち上げにまぎれこんだ、あからさまにマキトを口説きにかかるファンまがいも無視していた。「マキちゃんってかたいから」というのが、マキトと初期のころからバンドをともにやっていたベーシストの弁だった。

思い出すのも恥ずかしいが、マキトの留守時にゆりえは家《や》さがしまでしたのである。どこかに「女癖の悪い」証拠はないだろうかと。しかし何もなかった。手紙も、ピンク色の歯ブラシも、ピアスも、ストッキングも。

でも、つきあった人はいるんでしょう？　と、二人で飲みにいったとき、おずおずとゆりえは訊いた。いる、とマキトは答えた。高校生のときにひとり、二十一のときにひとり、二十五のときにひとり。そのことにゆりえは安堵《あんど》したほどだった。話を聞くかぎり、高校生のころから恋人がいなかった時期はほとんどなく、恋人がいるあいだ彼はよそ見をしないようだった。「その人たちと、どうして別れることになったの」と訊くと、これもまた意外な答えが返ってきた。

「みんな、飽きるみたい。こんなにつまらない人だと思わなかったって、二回言われたことあるし。おれ、地味だから」、それが彼の答えだった。つまり三回とも、マキトはふられたわけである。

彼にはどこをどう叩《たた》いても女の影がない、とゆりえが納得したのはいっしょに暮らしはじめてから半年後だった。

そんなふうに、質問すれば口数少なくもきちんと答えるマキトだったが、「なんで私だったの」というゆりえの問いには答えなかった。ゆりえは単純に不思議だった。インタビューにお邪魔した、格別美しくも魅力的でもない自分に、なぜ招待券を送ってくれたのか。交際期間もほとんどないに等しいのに、なぜ引っ越してきてもいいと言ってくれたのか。

うーん、と首を傾《かし》げたあとで、「でもそんなもんじゃない？」とマキトは言った。

「はじまりとかってそんな感じじゃない？」と。それだけでは、なぜ彼が自分を選んだのか、ゆりえにはわからなかったが、どのように質問をかえてみても、彼はそう答えるだけだった。

あのときの私はきっと、と、二年ちょっとたった今、ゆりえはときどき思い返す。きっと言ってほしかったのだろう、好きだとか愛しているとか、そうした類の言葉を。彼が意志を持って選び、私は選ばれたのだと実感できる言葉を。

段ボール箱を組み立て、ガムテープを一方の面にはり、箱をくるりとひっくり返す。まだこの部屋に二週間ほどは住まなくてはならないのだから、使わないものだけを詰めていかないといけない。夏物の服、本、こまごました雑貨、めったに使わない食器。ゲーム機やCDやレコード類は、いつマキトが必要とするかわからないからまだ入れないようにしよう。詰め込まれていく段ボール箱の中身が、自分のものばかりであることにゆりえは気づく。

なんだか、私だけがここから出ていくみたい。ゆりえはちいさく笑って台所にいく。やかんに水を入れて火にかけ、マグカップにインスタントコーヒーを入れる。私っていったいなんなんだっけ。たよりなくやかんから噴き出す湯気を見つめて、ゆりえはぼんやり考える。マキトに会う前の私って、どんなふうに笑ったり、どんなふうにしゃべったりしていたんだっけ。

マキトに会って、衝撃的に変わったわけではない。けれどあまりにも衝撃的な事件だったので、それ以前のことがゆりえはよく思い出せない。今よりももっとたくさん笑っていたような気がするし、もっと酔っぱらって好き放題にふるまっていたような気がする。少なくとも、男の帰りを待つような女ではなかったし、仕事のない日にじっと家にいるような女でもなかった。

マキトと暮らすようになってゆりえはそれまでのアルバイトをやめた。仕事がおもしろくなりはじめたころだったが、拘束される時間が長すぎた。仕事場にいるということはイコール、マキトに会えないということだった。もっと拘束時間の短い仕事をさがした。今、ゆりえはデータ入力のアルバイトをしている。月曜日から金曜日の、午前十時から午後五時まで。お給料は下がり、コンピュータに延々と数字を打ちこむ仕事に興味もおもしろみもなかったが、残業がなく、人付き合いもなく、わりとかんたんに休みをとることができた。

封をした段ボール箱を壁際《かべぎわ》に寄せて、ゆりえはマグカップを持ってベランダにいき、町を見下ろして煙草《たばこ》を吸う。今日、マキトはスタジオにこもっている。スムーズに進めば六時半に、難儀すれば十時過ぎに帰ると、家を出るとき言っていた。

部屋のなかの電話が鳴っていることに気づき、ゆりえは煙草を灰皿にもみ消してあわてて部屋に入る。子機をつかんで「はいもしもし」と言うと、

「ああ、ゆりえちゃん？」

のんびりした声が聞こえてくる。その声を聞いてゆりえはひどく落胆したが、

「あ、どうも、こんにちはー」

陽気な声を出した。

「今日、これからずっといる？」

「ええ、います」答えてから、出かけると言えばよかったと即座に後悔する。

「そんなら、あとで寄ってもいい？　マキ、今日遅くなるんでしょ？」

「ああ、はあ」どんな相づちなんだと思いつつ、ゆりえは間の抜けた声を出す。

「いろいろ持っていくから、なんにも用意しないでね。引っ越し間近なんでしょ？」

「はあ、まあ」またもや空気漏れのような声が出る。

「じゃあね、あとでねえ」

電話は切れる。子機を元に戻し、ハアーッ、と大げさにため息をつき、ゆりえは部屋を見渡す。口の開いた、中途半端《はんぱ》に中身の詰まった段ボール箱が床を埋め尽くして

いる。彼女がくるのならば片づけておかなければ。ゆりえは夏物か冬物か、よく使うものかめったに使わないものかもう検分することなく、タオルや本や薬箱を投げこむように箱に入れ、満杯になったものにテープで封をする。封をしたものをどんどん壁際に積んでいくと、ずいぶんと床が見えてきた。

マキトが何をしてもまったく失望を感じなかったゆりえが、唯一《ゆいいつ》彼に失望したのは、林さよりとの理解不能な関係だった。林さよりはマキトより五つ年上の、ということは今現在三十五歳の、彼らの言葉を借りればマキトの「姉のようなもの」だった。公のプロフィールではマキトは横浜の本牧出身ということになっているが、実際は神奈川県のちいさな町の生まれだった。田舎生まれのゆりえは、自分の生まれ育った町より田舎なところなんて海外にいかなきゃないだろうと思っていたが、さよりによればその町は前時代的に田舎らしく、近所じゅうが親戚《しんせき》づきあいをしていて、鍵《かぎ》をかける習慣もないという。

林さよりはマキトの姉と同級で、三軒隣のひとり娘であったらしい。さよりが小学校四年生のとき彼女の父親が事故死し、母親はさよりを育てるために仕事を掛け持ちしなければならず、だから、学校が終わるとさよりはマキトの姉、美智恵《みちえ》とともに帰ってきて、保土谷家でテレビを見て宿題をして、食事をして風呂《ふろ》に入り、十時過ぎに迎えにくる母親とともに三軒隣へ帰るようになった。母親が帰ってこない日もあり、そんな日はさよりは、マキトと美智恵とともに眠り、朝食を食べ登校する。さよりが高校を出るまで、そんな暮らしは続いたという。

そうした事情をゆりえに教えたのはマキトではなくさよりだった。説明が面倒だったのか、うまく説明できる自信がなかったのか、あの人はだれかというゆりえの問いに「姉のようなもの」と答えただけだった。

さよりがマキトの姉のようなものであり、保土谷家の一員と変わりないことは、ゆりえにはよく理解できた。そういうことなら自分の周囲にだってあった。ゆりえが子どものころ、よく実家に泊まりにきた佐江おばさんを親戚だと疑わなかったが、彼女が母の幼なじみであると高校生のときに知ったという体験もある。ゆりえ自身も、両親が喧嘩《けんか》をして家に居づらいときは、近所ののんちゃんちに避難して漫画を読み合っていた。

だから、それはわかるのだ。わからないのは、さよりがなぜ、今でも家族のようにマキトと行き来を続けるのかということだった。マキトの実の姉でさえ、電話の一本も寄こしたことがないというのに。

ゆりえは壁に掛かった時計を見上げながら、部屋に掃除機をかける。トイレを掃除し、台所の生ゴミを捨てる。どうせまた、タッパーいっぱいに詰めたおかずを持ってくるのだろう。ゆりえは背を丸め、流しを洗う。

さよりにはじめて会ったのは、この部屋にゆりえが引っ越して三カ月後のことだった。マキトの留守に来客があり、宅配便だと思い玄関の戸を開けると、両手に紙袋を抱えた女が立っていた。

「こんにちは、ゆりえさんね？　槇仁の姉の林さよりです。ちょっとお邪魔するわね」

彼女は屈託のない笑みで部屋に入ってきて、ゆりえは一瞬、マキトの昔の女ではないかと身構えたのだが、彼女は我が家のようにお茶の準備をはじめ、紅茶とケーキの用意をした。彼女が流しの上の棚から出した紅茶カップとウェッジウッドのケーキ皿を見て、この家にそんなものがあったのかとゆりえは驚いた。

「姉っていうか、まあ姉のようなものなんだけどね」と、ダイニングテーブルで向き合ってケーキを食べながら、さよりは自分の生い立ちを語った。昔の女ではなく実際の知り合いなのだと理解すると、ゆりえはとたんにうれしくなった。私が名乗る前に彼女は私がいることも私の名も知っていた、ということはマキトが私をきちんとした恋人と認め、話してくれたに違いない、と思ったし、家族の一員のようなものであるこの人が知っているということはつまり、マキトは自分の家族にも私のことを話したのだ、とも思った。もしかして彼は私との結婚を考えているのかもしれないと、ゆりえはひとり興奮した。

その日、「マキはおやつみたいなごはんしか食べないから」と、彼女は山ほどの料理を紙袋から出した。ひとつひとつタッパーに詰まった、ひじきの煮ものや鶏《とり》の唐揚げやいんげんのごまよごしやサトイモといかの煮付けなんかを皿に移し、タッパーを洗って袋におさめ、マキトの帰りを待たずに帰っていった。

その日帰ってきたマキトにさよりのことを話すと、「ああ、姉のような人なんだ」とだけ言った。そして皿に盛られたさよりの料理をまんべんなく食べた。いつもはカップ麺《めん》やハンバーガーしか食べず、時間に余裕のできたゆりえが料理をすると「おれ、好き嫌い多いから、料理してくれなくていいんだ」と言ったマキトが、サトイモやらひじきやらを気持ちよく平らげていくのを、ゆりえは安心した思いで眺めていた。いくらなんでもふだんの食事では栄養が偏《かたよ》ると、心配していたところだったから。

さよりはそれからも、二カ月か三カ月に一度、紙袋を提げてやってきた。いつもマキトがおらず、ゆりえだけがいる時間である。五年前に結婚して杉並に住んでいるから、ここにくるのは苦じゃないし、マキちゃんのご両親からも様子を見てほしいって頼まれているから、とさよりは言った。さよりの訪問を、最初のころゆりえは心待ちにしていた。さよりの買ってきたケーキを食べながら、ときにはゆりえの用意した缶ビールを飲みながら、マキトの話をするのはたのしかった。

「マキ、小学生のころ手芸部に入ってたの。私と美智恵ちゃんの影響なんだけど、女の子みたいだったのよ。私たちもあの子にスカートはかせたり、お化粧したりして、それを保土谷のおじさんたちがまたおもしろがっちゃって」

「マキがパンクに目覚めたのはいつかって？　それも私たちの影響なの。私たちが高校生のころ、七〇年代なんだけど、イギリスでパンクがすごくもりあがってたのよ。レコードを二人で買い漁《あさ》って、洋楽の雑誌も読みふけって、マキはやせっぽちだったから、手作りでパンクっぽい服作って着せて、ジョニー・ロットンとかジョー・ストラマーとかの真似《まね》させておもしろがってたの。そしたら高校に上がって、本当にパンクバンドをはじめちゃったのよねえ。まあ、ふつうに女の子にもてたいって気持ちもあったんだろうけど」

「ああ、おばさんの服でしょ？　今でもおばさん、服送ってるもんね。マキってすごく恥ずかしがり屋だから、かっこいいお店で服を選んだり、試着したり、こっちとこっちのどっちがいいかなんて鏡を見ることが、できないのよね。そんなことするくらいなら、あるものなんでもいいから着るってなっちゃうの。マキが最初ひとり暮らししたときは、おばさんだってさすがに服は送ってなかったのよ。でも私がマキのアパート訪ねてみたら、ぼろくずみたいな格好してるんだもん。高校生のときに持ってた服を着続けてるわけよ。それでおばさんが、みっともないって服を送るようになったの」

マキトの話はいくら聞いても飽きなかった。それまで知らなかったマキトの話にゆりえは笑い転げ、トイレに入って小が流れていなくてぎょっとしたとか、太宰治を知らなくてびっくりしたとか、ゆりえもいちいち大げさに話してはさよりを笑わせた。いい人でよかったと、単純にゆりえは思っていた。マキトの家族がこんないい人でよかった。ゆりえはさよりの姿に、近いうちに会うことになるのであろうマキトの両親や実の姉を見ていた。彼らに明るく迎え入れられ、仲良くやっていく自分の姿を見ていた。

なんだかへん、とゆりえが思いはじめたのは、マキトと暮らして一年が過ぎたころだった。マキトの両親の話をしていて、すっかりさよりとうち解けたゆりえは、自分は両親とあまり仲がよくないこと、彼らと同じお墓に入るのは嫌だから、早く結婚してしまいたいことを、冗談交じりにさよりに話した。今までの言動から、当然「そう

よ、早くマキちゃんをなんとかしてやってよ」などと言うだろうと思っていたが、さよりはふいに真顔になり、

「それはどうかな。マキって人気商売だから結婚なんかしたら終わりかもしれないね。それに保土谷のおじさんたち、けっこう排他的っていうか、人に厳しいっていうか、まあ、ある意味難しい人たちだからね」と、言ったのである。

今やアイドルタレントだって熱烈交際を公表する時代なのに、ほとんど落ち目と言っていいパンクバンドのボーカルがなぜ「結婚したら終わり」なのか、また、近所とはいえ血のつながらない他人の娘の面倒を家族同然にみてきた両親がなぜ「排他的」なのか、ゆりえにはまったくわからなかったが、さよりはマキトと私の結婚を応援するつもりはないらしいということだけは、わかった。

ひとつ違和感を覚えると、それまでのさよりとのたのしい時間が、次々と疑問で塗りつぶされはじめた。

なぜこの人は、私よりも正確にマキトのスケジュールを知っているのだろう。

なぜこの人は、いつもいつもマキトの留守時にくるのだろう。

そもそもなぜこの人は、女と暮らしている成人男性のところに、手料理をいっぱい抱えて訪ねてくるのだろう。

考えてもよくわからなかった。ゆりえはそのすべての疑問を、マキト自身にぶつけてもみた。「子どもいないし、ひまだからだろ」というのが、マキトの答えだった。「じゃあなんで、あの人は、マキちゃんが何時に帰ってくるとか、今日は六本木で飲んでるとか、知ってるの？」と訊《き》くと、「ときどき電話で話すから」とマキトは答え、「なんでしょっちゅう電話しているの？」とゆりえはなおも訊いた。「しょっちゅうじゃないよ、それに、電話で家族と連絡とるのってふつうじゃない？」マキトは言い、うんざりしている様子に見えたので、「そうだね」と、結局ゆりえは折れた。彼にうんざりされながら疑問を口にするのは耐え難かった。彼に失望されるよりは、自分が彼に失望したほうがまだましだとゆりえは思った。

部屋のチャイムが鳴る。合い鍵を持っているさよりは、部屋のドアチャイムは鳴らすが共同玄関でインターホンを押すことはしない。

「こんにちはー、寒いわねえ」ドアを開けると、いつもと同様、両手に紙袋を抱えたさよりの姿がある。三十五歳のさよりは、若々しくもなく、美しいわけでもない。無造作に髪をひとつに結い上げ、ファンデーションだけの化粧をしている。ゆりえから見れば、年相応の若おばさん、といった感じである。

「ああ、本当に引っ越しの真っ最中ね」部屋に上がってさよりは言う。その引っ越し先が京王線の駅から徒歩十五分だということも、家賃が十一万円だということも、この人は知っているんだろうなあ、と思いながら、ゆりえは彼女に続いてリビングに向かう。「マキちゃんが忙しくて、ごめんなさいね、ゆりえちゃんにばっかり引っ越し準備させちゃって。今日は新宿に寄ってケーキ買ってきたの、今お茶いれるわね」

荷物を置くと、さよりはコートも脱がず台所に向かう。はじめて会ったときから彼女はそんなふうに動きまわる。最初、私が動きまわらなくてもいいように気づかってくれて、なんてこまやかな人だろうと思っていた自分を、今ゆりえは笑いたい気分である。こまやかなんじゃない、この人はただ、ここが自分のテリトリーであると私に知らしめたいだけだ。

「いいです、私いれるから、さよりさん、座って休んでください」

ゆりえはさよりを押しのけるようにして、やかんに水を入れ火にかけ、流しの上の棚から食器を出す。フォークを出すためか引き出しを開け閉めしているさよりに、

「あっ、フォークしまっちゃったんで、すみません、割り箸《ばし》でいいですか？　持っていくので、あっちで待っててください」

顔では笑いながら、てきぱきと言った。さよりは「はーい、悪いわねえ」とのんきに言って台所を出ていく。

紅茶とケーキをお盆にのせてリビングに持っていくと、さよりは畳んだコートをソファに置き、その隣に座って壁際《かべぎわ》に積まれた段ボール箱を見上げていた。

「今日はマキ、スタジオでしょ？　なんかこのごろ、忙しいみたいね。引っ越し準備、たいへんじゃない？　わたしにできることがあったら、なんでもするから言ってちょうだいね」

　さよりは言う。

「ありがとう」笑顔で答えながら、ゆりえはケーキ皿と紅茶カップをソファテーブルに移す。そのまま床に座り窓を見上げる。空気の入れ換えのために開け放たれた窓からは、空と空を区切る電線が見える。電線に雀《すずめ》がとまっている。空は晴れて澄んでいるが、そこに雀が一羽とまっているせいで、やけに寒々しく見えた。

「でも事務所もけったいよね。今まで家賃払ってくれてたのに、急に自分で払えなんて。半分出すとか、すればいいじゃないのよねえ。ずいぶんと狭くなっちゃうんでしょ」

　紅茶を飲みながらさよりは言う。ずいぶん狭くなってしまうとマキトは思っているのかと、ゆりえは少々の驚きをもって思う。いい部屋だ、いい部屋が見つかってよかったと、ゆりえには言っていた。

「うーん、でも、私たち、いっつもおんなじ場所でひっついてるから、こんなにスペース必要ないんですよ」

ゆりえはそう言って笑った。笑いながら、いったい何を張り合っているのだろうと不思議に思う。この人は恋敵でもなんでもないのに。

「あーわかる。うちでもそうだもの。結局人って育った空間に左右されると思わない？　私たちの家、っていうか、マキんちって意味だけど、子ども部屋はそれぞれあったけど、みんななんだか食卓のある和室に集合してたのよね。私たち三人と、おじさんとおばさんと。みんなかたまってテレビ見たり宿題したりしていたの。六畳一間でよ？　あれくらいの空間が、つまりは落ち着くってことなのよねえ」

「さよりさんと旦那《だんな》さんも、くっついてるんだ」

「くっついてるわよう。冬なんか、とくに寒いしね」

さよりは笑い、ゆりえも笑った。さよりの夫に、ゆりえは会ったことがない。さよりの話では夫は旅行会社に勤めていて、添乗もするから忙しいということだった。彼らのあいだになぜ子どもがいないのかも、当然ゆりえは知らない。

「うふふ、割り箸でケーキっていうのもおつよね」

さよりの買ってきたケーキは五つあった。さよりの手みやげはいつも五つある。シユークリームもドーナツも、ババロアも柏餅《かしわもち》も。二人でひとつずつ食べるから、いつも三つ残る。その三つのうち二つをマキトが食べる。

しばらくとりとめのない話をした。引っ越し業者の話、マキトがかつて引っ越し屋でアルバイトしたものの一日でやめてしまった話（ゆりえには初耳だった）、天気の話、評判のレストランの話。窓からは冷たい風が吹きこみ、紅茶を飲み終えケーキを食べ終えてしまうと急に寒く感じられたが、ゆりえは窓を閉めなかった。いつのまにか空は橙色《だいだいいろ》を帯びている。

「さて、引っ越しの準備で忙しいよね？　あんまり長居してもなんだから、今日は帰ろうっと。これ、またいろいろ作ったから、置いていくわね」

さよりはソファから立ち上がり、台所へと向かう。ゆりえもついていった。カウンター越しに、彼女が勝手知ったるわが家のように次々と皿を出していくのを眺める。タッパーからは、南瓜《かぼちゃ》のサラダが出てきて、いなり寿司《ずし》が出てきて、鯵《あじ》の南蛮漬けが出てきて、切り干し大根の煮物が出てきて、銀紙で区分けされた色とりどりの漬け物が出てきた。

「さよりさんって、マキちゃんの歴代彼女に会ったことがあるんですか」

カウンターに寄りかかりながら、ゆりえはそんなことを訊いていた。

「ああ、うん、一応は」

それぞれの料理を皿に移しながら、さよりは答える。

「なんかすごい。ふつう、母親だってめったにないじゃないですか、三十歳の息子の恋人にいちいち会うなんて」

「え、そうお？　そういうの、よくわかんないけど。マキはちょっと変わってるしね」

「マキちゃんが勝手に紹介するってことですか？」

「そうよう、私が会わせろなんて言うわけないじゃない」さよりは声を上げて笑う。料理ののった皿にそれぞれラップをかぶせ、冷蔵庫にしまい、空になったタッパーを洗っている。「あの子、私と美智恵ちゃんにべったりだったから、今ひとつ自信がもてないようなところ、あるんだと思うのよね。だから彼女ができると、どう思うかって訊くわけよ。美智恵ちゃんには恥ずかしさとか遠慮とかがあるんだろうけど、私は言いやすいんじゃない？　姉のようなものだけど、一応は他人だから」

「私も？　私も、会ってどう思うか教えてってマキちゃんが言ったんですか？」なんだかやけにせっぱ詰まった声だと気づきつつ、ゆりえは言う。

「ううん、ゆりえちゃんの場合は違うわ。会ってほしいとは言わなかった。女の子と一緒に住むことになりましたって。だから部屋にいったとき、彼女がいるだろうけどびっくりしないでって。それだけよ」

「今まで、マキちゃんはずっと恋人にふられてきたって言ってたけど、本当なんですか？　なんでふられちゃうんだろう？」言いながら、本当に訊きたいのはこんなことではないとゆりえは思っていた。部屋にいったとき彼女がいるだろうけれどびっくりしないでと、そう言いそう言われるあなたたちの関係はいったいなんなのだと、訊きたいのはそういうことだった。

「私もよくはわかんないけど」さよりはタッパーをふきんで拭《ふ》いて紙袋に戻していく。「女の子って強引な子が好きでしょ？　ああいう、マキみたいなぼさー、ぬぼーっとしたのは、飽きちゃうんじゃないのかなあ」

「ぼさー、ぬぼーって」ゆりえは思わず笑った。

「ひどいこと言った？　私」さよりはゆりえより大きな声を上げて笑った。

いつもは玄関先でさよりと別れるのだが、靴を履くさよりを見ていたら、ゆりえは彼女とともに外を歩きたくなった。駅まで送ると言いながら財布だけ持って靴を履き、いっしょにマンションの外に出たとき、ああ息苦しかったんだと気づいた。

「今度さよりさんちにも遊びにいきたいな」

さよりとはもう何度も顔を合わせているが、こうしていっしょに外にいるのははじめてのことだった。それがなんだか不思議なことに感じられた。私が入院している子どもで、さよりさんがお見舞いにくる親戚《しんせき》みたい、とゆりえは思う。

「うん、おいでよ、マキといっしょに。遠そうだけど意外に近いんだから」

「じゃあマキちゃんに相談してみようっと」

「そのときは私、はりきって御馳走《ごちそう》作っちゃう。いつも冷えたお総菜しか持ってこれないんだから」

「うわー、食べたい、さよりさんの御馳走」

駅の入り口で手をふりあって別れた。入り口を離れゆりえがふりかえると、さよりは鞄《かばん》を下に置き、やけにまじめくさった顔をして切符を買っていた。改札を通るとき、さよりは顔を上げた。目が合い、自分がずっとさよりの姿を目で追っていたことに気づいたゆりえは、あわてて片手を上げて大きくふった。さよりもその位置から大きく手をふった。ありがとうー、とゆりえは言った。またねー、と返ってきた。

そのままゆりえは、マンションに帰らずぶらぶらと住宅街を歩いた。コートを着ずに出てきたから寒かった。空はもう群青色《ぐんじょういろ》だ。

別れ際はいちばんの仲良しのように感じられたけれど、さよりが帰ってしまうと、とたんに不快感がせり上がってきた。今まで気づかないふりをしてきたが、さよりはいつも、自分のほうがよりマキトを知っているとでも言いたげな話し方をする。あれはいったいなんでなんだろう？　そもそも、部屋にいって彼女がいても驚かないでと、姉がわりの他人に伝えるマキトというのはなんなのだろう？

小田急線の線路にほど近い住宅街のなかに、ぽつりと明かりが灯っている。橙色が周囲の紺色に染《し》み出していて、それに誘われるようにゆりえは近づいた。レストランだった。新しくできた店らしく、ガラス張りの入り口の周囲に、開店祝いの花が飾ってある。ゆりえは立ち止まり、パーカーのポケットに手を入れたままその明かりを見ていたが、財布の中身を頭のなかで確認すると、店のドアを開けた。おひとりさまですかと、白いシャツに黒いエプロンをつけた女性が訊く。ええ、と答えると、カウンター席に案内された。フローリングの床も白木のカウンターもテーブルも真新しくて清潔だった。渡されたメニュウを開くと、レストランというよりは飲み屋のようなイタリア料理店だということがわかった。生ハムといちじく、ズッキーニとピーマンのマリネ、茸《きのこ》とチーズのオーブン焼き、小海老《こえび》のリゾット、ラム肉のロースト、メニュウを抱え、ゆりえは次々とオーダーし、「と、銘柄はおまかせしますので赤ワインをボトルで」で締めくくった。

「うち、けっこう量が多いんですけれど、おひとりぶんの量に調整してお出ししましょうか」

と、黒エプロンの女性は気持ちのいい笑顔で言い、ずいぶんと融通のきく親切な店なんだなと感心しながらも、

「平気です、食べられます」

ゆりえはそう答えていた。

ワインとともに冷たい前菜から先に運ばれてきて、実際ずいぶんと量の多いそれらを黙々とゆりえは食べ続けた。店は空《す》いており、客はゆりえしかいなかった。音楽がかかっておらず、ゆりえは自分がたてる食器の音と咀嚼《そしゃく》音だけを聞いて食事を続けた。

マキトと暮らしはじめて、ゆりえのまわりのいろんなことが少しずつ変わった。仕事もそうだし、友だちと待ち合わせて飲むこともしなくなった。食事中にテレビを見ることもしなくなったし、映画や本ですら見たり読んだりしなくなった。変えろと言われたのでなく、ゆりえが自分から変えたのだ。二十歳のころから知っていた自分のアイドルと暮らすことで、ほかのあらゆるものがいっぺんに色あせてしまったのだった。友だちとの夜を徹した飲み会も、電車を乗り継いでいくデートも、今年いちばんよかったと思える映画も。ゆりえは男の帰りを待つ女では決してなかったが、マキト

の帰りを待つこと自体が遊園地のアトラクション並みのイベントだった。男の趣味を自分の趣味にしたことなどただの一度もなかったが、テレビゲームをするマキトの後ろ姿を見ているだけで、今年いちばんの映画を立て続けに十本ほども見たような気持ちになった。

マキトと暮らしはじめた自分は、今までもっとも嫌っていた類《たぐい》の女だった。けれどそれすらどうでもよく思えるくらい、マキトとの生活は高揚に満ちていた。

生ハムとマリネの皿が下げられると、茸料理が運ばれてくる。ゆりえはワインを飲み、それを食べはじめる。客が一組入ってくる。テーブル席に着き、メニュウを広げている。

こんなふうに店にひとりで入りひとりで食事をすることもこの二年弱、なかったことだった。何かおいしいものが食べたいと思い、洒落《しゃれ》た店に入り、メニュウをじっくり眺め、おいしそうと思う料理を選び抜いて注文するなんてことも、この二年弱、一度もなかったことだった。

茸とチーズのオーブン焼きを食べ終えるころには、おなかはいっぱいになっていた。けれどリゾットが運ばれてくるとゆりえはスプーンを握りしめそれを食べはじめた。ひとりぶんにしては多い料理をひとりで平らげていくと、かつての自分を取り戻していくかのように感じられた。かつての自分——男を待ったりしない、男に合わせたりしない、ひとりで食事をし酒を飲み、友人と朝まで酔っぱらって笑い、それらをたのしいと心から思い、そして、わからないことはわかるまで問いただしていた自由な自分。

そうなのだ。マキトと暮らす以前の私だったら、あの女はいったいなんなのだと恋人に詰め寄っていただろう、とゆりえは思う。なんなの、なんで血縁でもないいい年した男の家に勝手にくるわけ、彼女相手に何を自慢たらしくしゃべっているわけ、なんであんなに大量の貧乏くさい料理を作ってくるわけ、そんでなんだってあんたはいちいちあの人になんでも報告するわけ、あの人とあんたっていったいなんなわけ？　と、納得する答えが得られるまでぎゃんぎゃんとわめきたて、どれだけ騒いでも納得できる答えが得られなかった場合は、ともかく私は不快なの、と締めくくっただろう。あの女が不快なの、悪い人じゃないけれどなんだかあんたたちの関係が意味不明で気持ちが悪いの、だからやめてくんない？　どっちかが不快なことをするのはルール違反でしょ、だからあの人にもうこないでって言ってよね。はい話終わり。そんなふうに言っただろう。以前の私だったならば。

リゾットはなんとか食べきることができた。ワインはあと三分の一ほどだ。肉料理を待つあいだ、客がぞくぞくと到着し、テーブルはあっという間に埋まっていた。客たちの笑い声やおしゃべりが音楽のように店を満たしていた。ラム肉が運ばれてきて、ゆりえは「よし」とちいさくかけ声をかけフォークとナイフを握る。限界に近い胃に、ワインとともに肉を押しこむ。

最後の肉片を口に入れ飲み下し、ゆりえは満腹すぎてぼんやりする頭で思う、ああ私、さよりの料理を、一口もひとかけらも食べたくなかったんだなあ、と。

ゆりえは満腹で、なおかつ酔っぱらっていた。足はふらついて、アスファルトを踏んで歩いているという気がしないというのに、きちんと自分の住処《すみか》を目指しているのが不思議だった。

「帰ったら」ゆりえは右左へと蛇行するように歩きながら、独り言をつぶやく。「帰ったら言うんだ。言いたいこと全部」独り言を言っている、という意識はある。いわば自分に発破をかけるためにわざと声に出しているのだった。

マンションにたどり着く直前で、あまりの気持ち悪さにゆりえは電信柱に片手で寄りかかり、吐き戻そうとした。けれど出てきたのは唾液《だえき》だけだった。唾液は長く滴《したた》ってアスファルトにそっと落ちた。

部屋にたどり着くと、マキトはすでに帰っていた。テーブルについて、さよりの料理を並べて食べていた。完全にとっていないラップはそれぞれの皿の隅にまるまっていた。ロング缶の缶ビールが置いてある。耳に大きなヘッドホンをあてている。ゆりえを見ると「お帰り」と笑い、ヘッドホンを外した。しゃらしゃらと耳障《みみざわ》りな音がヘッドホンから漏れ聞こえたが、かたわらに置いたCDウォークマンの電源をマキトが切ると、その音も消えた。

「だいぶ部屋のなか片づいたよね。今日もありがとうね」

マキトは言った。ゆりえはダイニングの入り口に突っ立って、テーブルについているマキトをじっと眺めた。現実感が失われる。ライブで見た、雑誌で見た男が自分の住む家にいて、自分に向かって笑いかけている。なんで私はここにいるんだろうとゆりえは思う。なんでマキトがここにいるんだろう。

「ごはん食べちゃった？　ビールなら冷蔵庫にまだあるよ」

いなり寿司《ずし》を口に入れながらマキトが言う。慣れたのに。マキトが流さないトイレにも、テレビを見ない食卓にも、映画を見ない休日にも、コンビニおにぎりの朝ごはんにも、慣れたのに、なのにやっぱりこの男との暮らしは奇跡なのだ、私にとって。絶望するような気持ちでゆりえは思う。

「おいしい？」ゆりえは訊《き》く。言いたいことはこんなことじゃないのにと思いながら。

「え、ああ、ふつう。食べないの？」

「食べたから」

「そうか、食べたんだ」

部屋は静まり返る。ゆりえは突っ立ったまま食べるマキトを眺め続ける。さっき幾度も口のなかで転がした言葉は、かけらすらも出てきそうにない。あんたたち、いったいなんなわけ。あの女はなんなわけ。引っ越したら、もうこないでって言ってもらえない？　そう言ったら自分たちの関係は壊れるだろう。壊れないかもしれない。でも壊れるかもしれない。賭《か》けをする気にはなれなかった。負ける可能性が一パーセントでもあるのならば賭けなんかしたくなかった。私って弱いんだな、とゆりえは思う。この人の前で私はとことん弱い。だれかを好きになるってことはこんなふうに自由を奪われ、丸腰にされることとなんだろうか。

おまえのほしいものって、そんなものだったわけ？

急にゆりえはそんなせりふを思い出す。前の恋人と別れる間際《まぎわ》に投げつけられた言葉だった。

そんなのさ、そのへんの馬鹿《ばか》女とかわんないじゃん。グルーピーじゃんただの。そんなもんがほしかっただけなの？ なんかがっかりだな、がっかりだよ。

ひでちゃん。ずっと忘れていたかつての恋人の名を、ゆりえは唐突に思い出し、心のなかで呼びかける。ひでちゃん、本当だよ。いや、ひでちゃんの言ったことは半分ははずれたよ。新しい女に乗り換えられてハイサヨウナラではなかったよ。でもそのほかのことは本当だったよ。私は馬鹿女だったたし、いつまでたったってグルーピーと変わりないし、ほしかったものはあまりにもちっぽけだし、そのちっぽけなものを手放したくないばっかりにこんなに弱っちくなっているよ。がっかりされて当然だったよ、私だってがっかりだ。自分に自分でがっかりだ。

「どうかした？」

突っ立ったままのゆりえにマキトが訊く。

「ケーキもあるよ」

ゆりえが言うと、「うん、見た」とマキトは答え、またヘッドホンを耳にあてる。スイッチを入れ、食事を続ける。切り干し大根。南瓜《かぼちゃ》のサラダ。蕪《かぶ》の漬け物。マキトの箸《はし》につままれてマキトの口に入っていく。

以前の恋人との生活の細部が、液体のようにざぶざぶとあふれてくる。友だちと飲んで帰ると鍋《なべ》の夕食があった。夕食の席はテレビの音が騒々しかった。アパートはここよりずっと狭かった。休日は遠出をした。手をつないで人のいない浜辺を歩いた。なんかすげえ、すげえなゆりえちゃん、と恋人はちいさなことでゆりえを褒めた。誕生日にはいつもより高級な居酒屋を予約してくれた。酔っぱらって転んで笑った。ウッドペッカーズアスホールのＣＤを大音量でかけて部屋じゅうを掃除した。いくつもの協定を結んだ。頭にきたら頭にきたと言い、話したいときは話があると言い、子どものころのこと、好きだったこと嫌いだったことを言い合い、言い合うことで分かり合い、勝負なんてまったくする必要のない日々だった。たのしかったなあと、まったく意識せずそんな言葉が湧《わ》き上がってくる。ひでちゃんとの日々はたのしかった。ゆりえは心の内でくり返し、そしてびっくりする。大好きだった、あこがれだったマキトとの暮らしよりたのしかったのかと、自問自答する。ゆりえは答える。そうだ、たのしかった。ひでちゃんがマキトではなかっただけの話だ、と。

　ゆりえは音楽を聴きながら食事をするマキトにそっと近づく。マキトは気づかない。手をのばし、彼がしているヘッドホンに触れる。それを外す。顔を上げたマキトにゆりえは訊く。

「ねえ、本当に私と引っ越しをしたいの？」

「え」マキトはぼんやりした顔でゆりえを見る。

「ねえ、本当に私と暮らしていきたいの？」ゆりえは言い方を変えて訊く。

「ああ」ゆりえがはずしたヘッドホンからは金属的な音がはみ出している。「だって、引っ越すんでしょ？」壁に沿って積まれた段ボール箱をちらりと見て彼は言う。

なぜいつも質問と答えがかみ合わないのだろうとゆりえは一瞬考える。

「そうじゃなくて、あなたがそうしたいのかって訊いているんだけど」ゆりえは笑って訊く。その質問が賭けにならないよう、慎重に。

「どっちにしても引っ越しはしなくちゃならないんだし」

「その、しなくてはならない引っ越しを、私としたいかって質問なの」

マキトはゆりえをじっと見つめたまま考える。ゆりえは急にどきどきする。賭けになってしまったかもしれない。したくはないと彼は答えるかもしれない。

「ひょっとして、引っ越し先、気に入らなかった？」

しかし彼はそう訊き返す。不安そうな顔で。負けた、とゆりえは思う。

「気に入らないことはないよ」思わず笑いだしながらゆりえが答えると、

「よかった。ここよりずいぶん条件悪くなるから、気に入らないんじゃないかと心配だったんだ」

マキトはぼそりと言い、ああ負けた負けた、とゆりえはさらに思う。この男にはどうしたって勝てないんだ。彼がマキトであるかぎり。そしてこの男は、自分がつねに勝者であると気づきもしないこの男は、私が聞きたい言葉を決して口にしないと決まっているらしい。

「その引っ越しには、さよりさんも手伝いにくるわけ？」

精一杯の嫌みを言ってみる。

「え、引っ越しは引っ越し業者に頼むんだろ？」

まったく通じていない返事がくる。ゆりえは笑顔でヘッドホンを彼の耳に戻す。空いた皿を重ねて流しへ運び、水道の蛇口をひねる。水を流したまま、カウンター越しにゆりえはマキトを見る。その人が触れられる場所にいて、その人にためらいなく触れることのできる奇跡を思う。その奇跡がいかに自分と彼とを隔てているかを、思う。

煙草《たばこ》くさいカラオケボックスで、髪の短い男の子が立って歌をうたっている。ゆりえの隣の女の子は、調子よくタンバリンを鳴らし、左隣の男の子は、電話帳のようなタイトル集をめくっている。部屋は暗く、画面が発する光が、コの字型のソファに座った男女の顔を照らし出している。

新しく働きはじめた会社で、親しくなった女の子が誘ってくれた合コンを、最初ゆりえは断った。まだ二十代の彼女に参加メンバーの年齢を訊くと、みな二十代半ばで、いくらなんでも場違い、と思ったのだった。ところが彼女は「二十代後半の人もいるし、それにゆりえっち、ぜったい三十半ばには見えない、場違いなんてことない」と食い下がって誘い続け、しまいには「飲み会だと思えばいいじゃん、まさか彼氏見つけようなんて思ってるわけじゃないよね」とまで言い出すので、しぶしぶ参加することにしたのである。ところが一次会の居酒屋にいってみれば、大勢でわいわい飲むことはわりあいにたのしく、しかも二十七歳の男の子が連絡先を訊いてきたのでゆりえは気をよくしてもいた。メンバーでいちばん若い二十四歳の男の子や女の子と話してみても、ひとまわり近く年齢が離れているとは思えないほど会話にギャップはなく、自分が場違いではないことに安心していた。

しかし二次会のカラオケにいって愕然《がくぜん》とした。彼らが次々うたう歌を、ゆりえは何ひとつ知らなかったのである。それだけならばまだしも、カラオケ画面に流れる歌詞を読んでみても、意味がさっぱりわからない。日本語として成り立っていないように感じられるのだが、そんなふうに思っているのは自分ひとりらしく、彼らはタンバリンや鈴を打ち鳴らしてもりあがり、サビの部分では全員が声をはりあげて熱唱したりしている。あと半年後に三十六歳になる自分の年齢を、ゆりえはようやく実感した。

「ゆりえさん、なんかうたってくださいよ」さっき連絡先を訊いてきた男の子が、ゆりえの隣に移動してきて体を密着させる。

「でも、私、うたえるの懐《なつ》メロだよ」

「いいじゃないすか、懐メロ」

「でもさあー」飲み放題の薄いサワーに口をつけ、ゆりえは渡されたタイトル集をめくる。気がつけばウッドペッカーズアスホールをさがしている。う、う、とさがしていくと、彼らの曲は三曲だがちゃんとあった。おお、あった、あったよマキト。心のなかでちいさく言う。

「これ、知ってる？」ゆりえは隣の二十七歳に訊く。

「え？　あ、ウッドペッカーズ、知ってますよ、高校生のころ聴いてました」頬のつるりとした二十七歳は、ゆりえの開いたタイトル集に顔を近づけて答える。高校生か、とゆりえは苦笑する。

「うたえる？」

「うーん、どうかな」

「うたってよ」

「え、好きなんすか」

「うん、好きだった、昔」

「じゃ、入れますよ、おー、リモコンよこしてー」

二十七歳は背を丸めて番号を入れていく。Tシャツの背が汗で濡《ぬ》れている。ドアが開き、金髪の女の子が追加注文の酒を置いていく。暗闇《くらやみ》のなか、それらが手から手へとまわされる。同じ会社の女の子が立ち上がり振りつきでゆりえの知らない歌を熱唱し、画面には意味不明の文章が流れては消えていく。

マキトの引っ越しに、結局ゆりえはついていかなかった。ひとりで荷造りをしたときに感じた「私だけが出ていくみたい」という感想はそのまま現実になった。ゆりえは自分の荷物だけ持って、京王線沿線ではなく、丸ノ内線沿線に引っ越した。そして今、ゆりえは、「年相応の若おばさん」と思っていたさよりと同い年である。

喧嘩《けんか》をしたわけではなかった。マキトが浮気をしたのでもなければ、ゆりえに好きな人ができたわけでもなかった。マキトとともに引っ越せば奇跡は続いただろう。けれど私はその奇跡から逃げたのだと、ゆりえは思う。

引っ越しの前日、ゆりえは仕事を休んで荷造りをしていた。ずいぶん前から準備をしていたのに、まったく終わりそうになかった。その日一日スタジオにこもる予定になっていたマキトも、急遽《きゅうきょ》それをキャンセルして荷造りを手伝っていた。そのとき、さよりがあらわれた。さよりとマキトをいっしょに見るのははじめてであると気づいてゆりえは少々驚いた。

「あら、いたの、今日はスタジオじゃなかったの」と、マキトを見てさよりは言った。

「あ、終わんないから」マキトは答えた。

二人の、会話らしい会話はそれだけだった。マキトは床に座りこんでステレオセットをていねいに梱包《こんぽう》していたし、さよりは紙袋からいくつもタッパーを出していた。さよりはマキトにではなく、ゆりえにばかり話しかけた。お皿、もうしまっちゃったでしょうから今日はタッパー置いていくわ。捨てちゃっていいから。明日は何時に引っ越し屋さんがくるの？電話はもう引いたの？今度のお部屋は何階なんだっけ。答えは全部知っているのだろうに、さよりはそんなことを続けて訊《き》き、ゆりえは律義《りちぎ》に答えた。いつもべらべらとしゃべるさよりが、ひととおり質問が終わると、困ったようにその場に立ち尽くした。そして「私も手伝うわ」と言い出した。

マキトはステレオの梱包が終わると、レコードやCDの梱包をはじめた。ゆりえは食器類を新聞紙に包んでいた。さよりはカーテンを外し、カーテン金具を外し、それが終わると洗面所にいき、「ここのもの、箱に詰めちゃっていいのー」と訊いた。いいよー、とマキトが梱包の手を休めず答えた。「お風呂場《ふろば》はどうするのー」しばらくして洗面所から声が響き、「全部もってくー」雑誌を束ねていたマキトはまた手を休めず答えた。

さよりは仕事が速く、手つかずだった場所が次々に片づいていった。彼女が手伝ってくれたおかげで、夕方にはほとんどのものが段ボール箱のなかにおさまり、あとは運び出すだけの状態になった。

「じゃ、私、帰る」さよりはさっさと玄関に向かった。マキトが返事もせず、束ねなかった古雑誌を読みふけっているので、ゆりえは玄関先までついていき、

「ごはん、いっしょに食べていきませんか」と訊いた。礼儀上。

「ううん、いい、いい、じゃあ、明日、がんばってね。じゃあねー」最後のじゃあねは部屋の奥に怒鳴るように言い、さよりはさっさと帰っていった。

ゆりえは廊下に出て、去っていくさよりの後ろ姿を見送った。彼女の後ろ姿が柱に消え、それを見送って部屋に戻ったゆりえは、猛烈な敗北感に見舞われた。正確にいえばそれは敗北感ではなくて、ふられたときの心持ちに近かった。ふられ、見捨てられ、ほかの女を選ばれ、自分がなんの取り柄も魅力もない石ころになったような気分。会話らしい会話を交わさず、目すら合わせず、黙々と作業をしていた男と女の姿が、幾度も幾度も、うんざりするくらい幾度も思い出された。無理だ。ゆりえはしぼりだ

すように心の内で言った。無理だ無理だ、もう無理だ。

「マキト、私、明日引っ越さない」部屋に戻り、背を丸め雑誌を読むマキトにゆりえは言った。

「へ」マキトはぼんやりした顔でゆりえを見上げた。

「もうあなたとは住まない」

「え、何それ」

言えなかった。ゆりえは最後まで言えなかった。あの女に合い鍵《かぎ》を渡さないで。もうくんなって言って。そうしたらいっしょに引っ越してあげるから。そう言えなかった。だから「もうあなたとは住まない」という宣言は、最後の、いちばん大きな賭《か》けだった。さあどうする。ゆりえは部屋のなかに突っ立って、マキトが負けてくれるのを待った。けれどマキトは、最後までゆりえの言ってほしい言葉を言ってはくれなかった。

明くる日、梱包した荷物はいったんマキトの新居に運んでもらい、その封をとかないまま、ゆりえは急遽さがして契約した中野坂上のアパートに運んだ。意味わかんないんだけど。マキトのマンションを出るとき、マキトは迷子のような顔でつぶやいた。ごめん、私も意味がわかんない。私も似たような顔をしているだろうと思いつつゆりえは言った。それが最後の会話だった。

　中野坂上に引っ越したのち、ひょっとしたらさよりから電話があるかもしれないとゆりえは思っていた。マキトのところに戻ってあげて、と。電話はなかった。それから数週間、いや数カ月、さよりとマキトの姿がゆりえを苦しめた。引っ越し準備をする彼らの光景は、ゆりえのなかで、新居をととのえる男と女に変わっていた。言葉を交わすこともなく黙々と作業をする、言葉など必要としなくとも何かを共有する、老いた夫婦のような二人。

　マキトのマンションを出たのは自らの意志だったのに、ゆりえは強度の失恋をした気分だった。実際失恋をしたのだろう。立ちなおるためには一年かかった。仕事をかえ、イベント招聘《しょうへい》会社で働きはじめ、昔の友人と飲み歩き、男の子を幾人も紹介してもらい、短い交際もしたりして、そしてゆりえは、あのときのさよりと同い年になった。

「これ、入れたのだれ？」だれかが訊き、

「あ、おれおれ」と答える二十七歳の男の子に、マイクが手渡される。

　なつかしい曲が流れる。顔を上げたゆりえはぎょっとする。画面に映っているのが、安っぽいビデオ映像ではなく、ウッドペッカーズアスホールのライブ映像だったからだ。ゆりえは食い入るように光を放つ画面を見つめる。私と暮らしていたときよりずっと若いマキト。私が観客として見ていたころのマキト。イギリスのパンクバンドのまねをして顔をゆがめ、客席をねめつけている。Tシャツを脱いだ上半身は生白く、革パンツをはいた脚は鉛筆のように細い。ゆりえは画面のマキトに、自分の知っている保土谷槇仁を重ねようとしてみる。寝癖のついた、目やにのついた、量販店のマネキンふうの槇仁を。でもそれは重ならない。画面に映るのはゆりえのアイドルで、ゆりえが知っているのは愛していると口にしない、ひょっとしたら愛や恋をまったく知らないひとりの男だ。

隣の二十七歳がうたいはじめる。まったく音程が違う。彼が音痴なのではなくて、彼はこの歌を知らないのだとゆりえは思いつく。知っていたが、忘れてしまったのだろう。だれ、これだれの歌？　だれかが言う。この人かっこよくない？　だれかが画面を指す。イエー、だれかがタンバリンを大きくふって叫ぶ。いちいちずれた音程がゆりえの気にさわる。忘れたならうたいやめればいいのに、二十七歳は気持ちよさそうにがなっている。ゆりえは彼からマイクを取りあげる。取りあげつつすでにうたっている。記憶のなかのマキトの声に自分の声を重ねる。なめらかに声が出る。ゆりえは大声でうたいながら立ち上がり、カラオケ機材に近づいて音量を思い切り上げる。

カラオケボックスに満ちていた笑い声もはしゃぐ声もタンバリンもすべて音楽にかき消される。ゆりえは画面にはりつくようにしてうたう。マキトを見つめてうたう。ひでちゃんがマキトであれば別れなかっただろう。マキトがマキトでなければ私は別れなかっただろう。なんなんだ私は。ゆりえは心のなかで思い、そして言いなおす。なんなんだ、人生っていったい。

画面のマキトが歪《ゆが》み、歌詞のテロップが歪む。ぼろぼろと流れてくる涙をそのままにゆりえはうたった。画面にはりついて涙を流しながらパンクロックをうたう三十代半ばの女は、二十代の若者たちを恐怖に陥《おとしい》れているだろうとゆりえは思った。それでもいいやと思いながらうたい続けた。涙も鼻水も大きく開けた口に流れこんできて、しょっぱい味を残した。

画面のなかのマキトは、若く、傲慢《ごうまん》に美しかった。いつか——ゆりえは思う——いつか、ずっと時間がたって、保土谷槇仁と暮らした日々を思い出すとき、私のようでなかった私、小気味いいほど負けっ放しだった私もまた、画面のなかのマキトのように、傲慢に美しく見えるだろうか。あのころのことをそんなふうに思い出せる日がくるだろうか。

曲の終わりとともに画面は暗転し、部屋のなかは暗くなる。次の曲は入っていないのか、画面は暗いままで、部屋のなかはしんとしている。ずず、と鼻をすすりあげ、ゆりえはふりかえる。若者たちは、珍獣を見るような表情をゆりえに向けている。ゆりえは急に得意になる。あんたたちのだれも、私のような経験はしていないだろう。私のような恋愛はしていないだろう。どうだ。負けっ放しだったことがあるか。ないだろう。どうだざまあみろ。そう言いたくてたまらなくなる。スイッチの切られていないマイクに口を近づけ、ゆりえは怒鳴る。

「次、歌、入れた？　入れてないの？　入れなさいよ、さっさと」

マイクがハウリングを起こして、きいーんと耳障《みみざわ》りな音をたてた。

# こうもり

どでもない日で、そのとき保土谷《ホドガヤ》槇仁《マキヒト》は三十二歳だった。
片田希麻子《カタダキマコ》に会ったのは夏と秋の中間の、シャツ一枚だと寒いがセーターを着るほ

片田希麻子は、このところの槇仁の仕事仲間である面川慎二《オモカワシンジ》が連れていってくれた、西新宿のスナック「火影《ほかげ》」で働いていた。槇仁は、まったくのはじめてではなかったが、それでもスナックという場所にいったことがほとんどなく、その、居酒屋ともバーとも異なる空間に少々たじろいだが、面川はこの店には幾度かきているようで、「ひさしぶり、オモちゃん」などと着物姿の中年女性に声をかけられてもまったくひるまず「うぃっす」と片手を挙げて薄暗いテーブル席に腰かけた。その席について、酒をついだり煙草《たばこ》に火をつけてくれたり、トイレから戻るたびおしぼりを渡してくれたりしたのが、片田希麻子だった。とはいえ希麻子は槇仁たちにずっとつきっきりだったわけではない。カウンターにテーブル席四つの店内はほとんど客で埋まっていた

が、従業員はカウンターの内側に着物の女、どういう理由でか目の縁を真っ黒に塗った黄緑色のワンピースを着た女、希麻子の三人で、着物姿のママ以外は、テーブル席とカウンター席をせわしなく行き来して客の世話を焼き、客に呼ばれれば店の奥のカラオケセットの前にすっ飛んでいって曲を入力したりしていた。

この人、キマちゃん、と、ビールをついだ希麻子を面川が紹介すると、希麻子は槇仁に向かって「希麻子です」と言った。「麻希子じゃなくて希麻子なの」と、なぜだか怒っているように見える顔で言って、「よろしくたのんます」と言った。

「おなか、すいてる、オモちゃん」希麻子が訊《き》き、

「ううん、おれたち、食ってきちゃったから」面川が答え、

「どこで何食ったの」希麻子が訊き、

「十二社《じゅうにそう》の、ほらあの中華屋で」面川が答え、

「ああ、あっこか。じゃあおつまみはいらないね」希麻子はそう言って席を離れ、

「でもこれくらいは置いておくよ」と、ピーナッツの盛られた皿を手に戻ってきて、槇仁の隣に、すとん、と座った。知らない女に同席されて槇仁は落ち着かず、面川が仕事の話を続けようとしても、ああ、うん、と低く答えるのがせいいっぱいだった。希麻子は何もしゃべらず、何も飲まず、笑うこともお愛想を言うこともなく槇仁の隣

に座り、グラスのウイスキーが半分ほどに減るたび几帳面《きちょうめん》にそれを満たした。

「キマちゃん、こいつ、女にふられたんだよ、なぐさめてやって」面川が言うと、希麻子はまじまじと槙仁を見、

「ふられたんじゃなくてふったんでしょ」と、言った。

「え」槙仁は間抜けな声を出した。

「ちげーよ、ふられたんだよ、だって女に出ていかれたんだもん、な」酔いがまわりはじめている面川が必要以上に笑いながら言う。

「そんなの、いつの話だよ」槙仁はつまらなさそうに言った。

「だってあれから、マキちゃん、女作ってないじゃん」

作ってないんじゃなくて女のほうがこないだけだよ、と槙仁が言うより先に、

「あなたマキちゃんって言うの？」希麻子が訊いた。希麻子は何か訊いたり言ったりするときにじいっと相手の顔を見、その視線がどこかとがめるようなものに感じられ、槙仁は落ち着かない気分になった。

「保土谷槙仁という名前なんで」

名乗ると、面川がげらげらと笑った。

「ふうーん。マキちゃんか。私はキマちゃん」槙仁をじっと見据えたまま、希麻子は

くちびるを横に広げて笑った。はじめて笑った、と槙仁はこっそり思った。

「なああ聞いてよキマちゃん、こいつなあ、見覚えない?」と、面川が言い出したとき、

「希麻子ちゃん、ちょっとナカさんお願い」カウンターからママが呼び、希麻子はすっと立ってテーブルを去った。槙仁はほっとした。

「おまえさあ、よけいなこと言うなよ」槙仁は向かいに座る面川に低く言う。

「いいじゃん別に。だれだってよろこぶし」

「いやなんだよ、おれ、そういうの」

「ちっ、つまんねえやつ」面川はにやにやしつつ、ウイスキーを飲みピーナッツを三粒ほど口に放りこんだ。

槙仁はウッドペッカーズアスホールというバンドで生計を立てていたが、事務所が住居家賃を出してくれなくなったのが二年前、今もかろうじて契約を結んではいるが、以前のように月給制ではなく完全歩合制で、しかも事務所はそうそう仕事をとってこなくなった。仕事をとってこないというよりは仕事そのものがないことを槙仁は知っている。ときたま、地方デパートの屋上や、市民ホールのホールではなく吹き抜けフロアでの演奏依頼を事務所は持ってくるが、それらは槙仁たちのほうで断っていた。

そんなことが幾度か続いて、最近は事務所の人間から連絡もこなくなったから、そろそろ契約も切られるのだろうということも、槇仁はわかっている。高校時代からのつきあいであるベースの矢吹やドラムの日野は、事務所が悪いのだから所属を変えよう、そうすれば何もかもが好転すると、非常に楽天的なことを息巻いて言い、また身内のような存在でもある林さよりも、路線変更をすればあんたたちはまだまだいけるのだから、もっとべつの音楽をやってみたらと言うが、そうではなく、賞味期限みたいなものが自分たちのバンドには、というよりすべてのものごとにはあって、それがもう切れたのだと、槇仁は至極冷静に思っていた。それで今現在、槇仁は、知人のつてでもたらされる新人アーティストへの楽曲の提供や、ゲーム音楽の作成などに関わり、昨今はそれらにプラスして面川の事務所を手伝ってもいた。

　ひとつ年上の面川とは、五年ほど前、ＣＤジャケットのデザインをしてもらって以来の知り合いだった。面川はデザイナーとして個人事務所を持っており、ゲームも雑誌もＣＤも企業パンフレットも、ともかくなんでも持ちこまれれば断らずにこなしている。槇仁は面川の事務所で数人の若者とともに雑用をし、コンピュータについて習っている。コンピュータは一般家庭にもだいぶ普及しはじめているが、面川が言うにはあと五年のうちに、九九もできない子どもから爺婆《じじばば》までひとり一台コンピュータを持つ時代になるから、今のところがコンピュータ業界は勝負どきだということで、そんなものかなあ、と思いつつも槙仁は、ほかに何をしたらいいのか見当もつかないので面川に全面的信頼を寄せることにしていた。

「あらあらあらごめんなさいねえ、やだあ、乾きものしかないじゃないの。今お通し持ってくるからね」

黄緑色のワンピースを着た隈《くま》取《ど》りの女は、すばやく小鉢を持ってきて槙仁と面川のテーブルに並べ、ひょこん、と槙仁の隣に座った。きつすぎて芳香剤に感じられるにおいが槙仁の鼻をつく。

「オモちゃん久しぶりねえ。こちらはえーと、前川くん」と、槙仁をのぞきこむ。

「前川じゃないよ。前川は先々月やめた。この人、マキちゃん。この人、みどりさん」

面川が紹介し、槙仁は頭を下げた。みどりさんは「どうもお」と笑顔を見せ、二人ぶんの水割りを作る。みどりさんはどう見ても四十代の半ばだったが、黄緑色のワンピースも、おでこにかけた大ぶりのサングラスも、ごつくて派手な指輪も、二十代の女の子のようだった。希麻子に隣に座られているよりは、芳香剤のにおいをまき散らしながらみどりさんが横にいるほうが、槙仁には安心だった。みどりさんはじいっと責めるように見つめない。しかしそのみどりさんも、二言三言交わしただけで、べつの客にデュエットを誘われうたいにいき、槇仁と面川は二人だけで酒を飲み続けた。

深夜の牛丼屋《ぎゆうどん》は空《す》いていて、面川、希麻子、槇仁と横に一列並んでいるほかは、どこの国かわからないが東洋系の外国人がひとり、三人の正面で、ひたすらに丼《どんぶり》をかっこんでいた。面川と希麻子は正体不明なほど酔っぱらっていて、一杯の牛丼を食べ終えるまでに希麻子は二度椅子《いす》から転げ落ち、それを抱え上げようとした面川が派手にすっ転び、槇仁はうんざりしながら牛丼を食べ続けていた。

店を出ると、昼間のあたたかさが嘘《うそ》のように寒かった。ビル風が強く吹きつけるたび、希麻子と面川はぎゃあぎゃあと叫び、その声は無人の通りにいちいちこだました。ねえなんで私たちこんなとこ歩いてるの？　ねえなんで歩いてるの？　と、牛丼屋を出てから二十回ほど希麻子は訊き、面川はそのたび文字通り地べたに転げまわって笑い、槇仁は律義《りちぎ》に「二時前に、もう帰ろうっておれらが席を立ったら、あなたがおなか空いたって、あと三十分待ってお店終わるから、牛丼食べにいこうって言うから、それでみんなで牛丼屋をさがして食べたんだよ」と説明した。

飲みにいこう、もう一軒いこうと、あちこち転げてセーターもジーンズも汚れている面川が言うが、どこか店に入ったところでまた希麻子は椅子から落ちたり面川が転げたりするのだろうから、槙仁は彼らを無視して大通りへと出、車の流れに目を凝らしてタクシーをさがした。

最初に停まったタクシーに、笑ったりうたったりし続けている面川と希麻子を押しこみ、「下落合」と告げてドアを閉める。店のあとに牛丼を食べにいこうと言うくらいだから、希麻子と面川はずいぶんと親しいのだろうと思って、いっしょのタクシーに乗せたのだった。ポケットから煙草を取り出し火をつけて、冷え切った夜の闇《やみ》を見据えタクシーを待っていると、走って近づいてくる足音が聞こえ、何気なく見ると、こちらに向かってくる希麻子の姿が目に入った。その姿を見て槙仁は、あ、面倒なことになった、と思ったが、逃げるのもさらに面倒で、ようやく自分の元にたどり着いて肩で息をしている希麻子に、

「どうしたの」と訊いた。

「どうしたもこうしたも、さっきの人、だれ、いやんなる、タクシーのなかで脚触ったり、口吸おうとしたりするんだもん、あんな人といっしょに乗せないでよもうっ」

と、希麻子はろれつのまわらない口ぶりで言って、その場にしゃがみこんだ。かと思うと急に空の一点を指し、

「ねえねえあれっ、蝙蝠《こうもり》じゃない？　蝙蝠だよぜったい」と叫ぶ。目を凝らしたが、槇仁には何も見えない。こんなところに蝙蝠などいるはずがないのだから、酔っぱらいの戯言《たわごと》だろうと槇仁は無視した。ほら！　蝙蝠でしょ、ねえほらっ、と、何に興奮しているのか希麻子は叫び続ける。タクシーの赤いランプが見えたので、槇仁は車道に走り出て手をあげる。

「じゃあ、ほら、先に乗んなよ」と声をかけると、希麻子は立ち上がり、自分の腕を槇仁の腕にからめて停まったタクシーに乗りこみ、行き先も告げずにふーっと長い息を吐くと槇仁に寄りかかって目を閉じてしまう。

「ちょっと、どこなの、家」槇仁は希麻子をゆすったが、ふしゅふしゅと息を吐き出すだけで答えない。「すみません、あのー、笹塚《ささづか》のほうなんですけど」仕方なく、槇仁は言った。

酔った女を家に連れこむ、というのは、面川にしてみれば僥倖《ぎょうこう》なのかもしれなかったが、槇仁にはただひたすら迷惑だった。それも、もう少し未来の感じられる女だったらまだよかったけれど、槇仁は自分に寄りかかって眠る女に、まったく未来を感じないのだった。

未来、というのは槇仁の特殊な感覚であり考え方だった。のちのち恋人になる女性にはじめて会ったとき、槙仁はかならず「ぴん」とくる。かわいい、とか、好みだ、とか、ではなく、単に「ぴん」とくる。引っ越し先をさがしているときに似ていた。不動産屋が空き物件の部屋のドアを開ける、そのとき、そこに住む自分を想像できる部屋とまったくできない部屋がある、それに似ていた。その「ぴん」とくる女性とは、槙仁が躍起になって口説いたりつきまとったりしなくとも、ごくごく自然に距離が縮まり、好きだ愛していると言い合わなくとも交際がはじまった。一年後、二年後によく意味のわからない理由でふられたとしても、自然なかたちで交際には必ずこぎ着けた。だから槙仁は自分の「ぴん」を信じていた。それが槙仁の思う「未来」だった。

そして、希麻子というめったに笑わない、どちらかといえばへんな女に、槙仁は未来をまったく感じなかった。ひとり暮らしの自宅に連れて帰るのは甚《はなは》だ迷惑だった。

二年前、恋人と暮らすつもりで引っ越したマンションは2LDKで、恋人は暮らすことなく出ていってしまったから、部屋は余っている。正体をなくした希麻子をタクシーからかついでおろし、おんぶしてエレベーターに乗り、リビングのソファにいったん下ろし、仕事部屋にしている六畳の洋間をざっと片づけて来客用の布団《ふとん》を敷きリビングに戻ると、希麻子は目を覚ます気配もなく眠りこけていた。万歳するように両手を上げ、口と同様脚をぱかーっと開いている。膝上《ひざうえ》丈のスカートは腿《もも》までまくれあがってパンツがまる見えだった。黄色地に青い小花柄であることまではっきりと見て取れた。未来のことはともかく、眠る希麻子は隈取りのみどりさんよりはだいぶ若いようだったし、非常に美しいとはいえないがきれいだといえないこともなく、また、無防備に眠る様子はかわいらしくもあり、なおかつ先の恋人が出ていってから槇仁にきちんとした恋人はおらず、風俗店にいくようなタイプでもなかったので、下半身がうずくにはうずいた。面川からは逃げだしてきたのに、こうして自分のマンションへはやってきて、しかもパンツまる出しで寝ているのだから、おっぱいを揉《も》んだり下着を脱がせたりしても、文句は言わないのではないかと思いもした。けれど理性が先んじた。未来を感じない人と性交をしたってなんにもならない、と結論を出し、槇仁はぐったりと重い彼女をまたもや背負うようにして、仕事部屋の布団へと運んだ。ごろん、と布団に横たえると、むふーん、と聞こえる吐息を漏らしたが、希麻子はやっぱり起きる気配はなかった。

　希麻子とはそれっきりのはずだったのだが、その三日後、槇仁はひとりでスナック「火影」の前に立っていた。希麻子を泊めた翌朝、槇仁が目覚めると、すでに希麻子の姿も置き手紙もなかったのだが、きちんと畳まれた布団のわきに、革バンドの腕時計が落ちていた。スナックにひとりでいくのは気が引けたが、革バンドの時計はもしかしたら高価なものかもしれず、子どもじみたきまじめさで、届けなければならないように思ったのだった。面川にないしょできたのは、この前みたいな展開になることを避けるためである。時計を渡し、面川のボトルで一杯飲んで、そのまま帰るつもりだった。

あーあ、とため息をつき、槇仁は「火影」の重たいドアを開けた。いきなり熱唱する歌声が飛び出してきて槇仁は面食らう。うたっているのは、年輩の会社員風男性と、希麻子だった。いらっしゃーい、と近づいてきたみどりさんが、槇仁が閉め忘れているドアを閉める。ドアが閉まると歌声がいっそう強まった。槇仁はその場に立ち尽くして、うたう希麻子を見た。

希麻子が会社員風とデュエットしているのは古い歌謡曲だったのだが、希麻子はひどい音痴で、ひどい音痴と知っているのかいないのか、馬鹿《ばか》みたいに大声をはりあげてうたっているのである。マイクを両手でしっかり抱え、目の前に置かれた液晶画面をねめつけるように見、にこりともせず、うるさいほどの大声でうたっている。会社員風も希麻子の歌に辟易《へきえき》しているのか、自分はもううたおうとせず、耳をふさいで笑っている。その他、ちらほらと席を埋める客も笑っている。カウンターの内側の、今日も着物を着ているママも笑っている。希麻子だけがひとりきまじめに、大騒音にしか聞こえない大声でうたっている。

「すごいうるさいでしょう、すぐ終わるから、どうぞ、カウンターでいい？」

みどりさんに腕を引っぱられて槇仁は我に返った。しかし促されるままカウンターに座ると、また我を失い希麻子を眺めた。これだけ大笑いされているなか、照れることも恥じることもなく大声をはりあげてうたう女というのを、槇仁ははじめて見た。希麻子は、歌のテストで声をはりあげている、大きな小学生に見えた。気がつけば心臓がどくどくしていた。ビールでいい、それともボトルが置いてある？　とみどりさんに訊《き》かれ、面川のボトルを飲もうと思っていたのを忘れ、あ、ビール、と言った声は無様に裏返った。

やがて曲が終わり、ママがおざなりの拍手をする。このあいだよりは少ない店内の客たちは、げらげらと笑い転げた。すげえなあ、キマちゃんは、とか、あーやっと静かになった、とか、何人かが大声で言った。

「いらっしゃい、お客さん、はじめてですか」

ビールを半ば程まで飲んだところで、希麻子が槇仁の隣にやってきた。機械的な動作でグラスにビールをつぎ足している。

「えっ、あの、おれ」

「ママー、すみませんこちら、お通し出てませぇーん」希麻子が声をはりあげ、

「あらあらすみません、ついうっかり。キマちゃんの大声でネジが飛んじゃったのかも」和服のママがカウンターの内側から、手早く小鉢を並べる。

「これ、忘れ物、持ってきた」

ママがカウンターの奥へと移動したのを確認してから、槙仁は革バンドの腕時計を出した。希麻子は眉間《みけん》にしわを寄せ、差し出された時計をまじまじと見、それから槙仁をまじまじと見、

「だれだっけあんた」と、脅すような低い声で言う。

「あのー、面川の友だちで、ついこないだ……」おさまりかけていた心臓のどくどくが、また激しくなる。なんでこんなに動悸《どうき》が激しくなるんだろう。槙仁は不思議に思う。

「え、あ、やだ、ああ、思い出した、あのときの」無愛想に言って、希麻子はさっと腕時計を自分の左手首にはめた。「すみませんわざわざ」怒ったような口調で言う。

希麻子はそれきりなんにも言わない。槙仁はつがれたビールを一口飲み、小鉢に入っている切り干し大根をつまみ、沈黙が気詰まりになって、

「歌、あの、すげえよかった」と言ってみた。

「ビール、どうします」希麻子はやっぱり不機嫌に、空き瓶を手元に引き寄せながら訊いた。

その日、一杯飲んで帰るつもりだった槇仁は、結局十二時過ぎまでカウンターで飲んだ。隣に座っていた希麻子は先だってと同じようにくるくると移動し、みどりさんがやってきたり、放っておかれたりした。何度目かに希麻子が隣にきたときに、

「店、終わったら、牛丼食べにいく？」槇仁は訊いた。

「えー牛丼？」客に勧められて少し飲んだらしい希麻子は、数時間前よりはうち解けた口調で言い、「ラーメンなら食べたいけどなあ」と言う。じゃラーメン、槇仁はすかさず言った。

午前一時過ぎ、槇仁はラーメン屋のカウンターで希麻子と並んでラーメンを食べ餃子《ギョーザ》をつついた。希麻子はこの前ほどには酔っぱらっておらず、椅子からずり落ちることも、しつこく同じ質問をすることもなかった。二時近くなってラーメン屋を出、

「うち、くる？」

思いきって槇仁が言うと、

「そうだね、一度もういったことあるんだもんね、遠慮するのもあれだよね」

奇妙な理由をつけて、槇仁が止めたタクシーに乗りこんできた。さっきのラーメン屋で、カウンターに置いてあったにんにくを汁にどっさりと入れていた希麻子は、にんにくくさい息をまき散らしながら、その日はずいぶんと饒舌《じょうぜつ》に語った。自分は学生時代からある劇団に属しており、その稽古《けいこ》や公演のため、平日昼間の事務の仕事などができず、夜はスナック火影で、昼間は知り合いのつてで短期のアルバイトをしていて、スナック火影のママは母親の知り合いで、高校生の時分からアルバイトをさせてもらっているから融通がきき、公演期間は休ませてもらえることなどを、槇仁が聞いているかどうか確認することもなく、つらつらと話した。途中、にんにく臭に耐えられなくなったのか運転手がかなりわざとらしく窓を開けたが、希麻子はまったく気にせず話し続けた。

「演劇ってどんな演劇なの」マンションにほど近いコンビニエンスストアの前でタクシーを降り、酒やつまみや希麻子のための歯ブラシなどを買い物かごに投げ入れつつ槇仁が訊くと、

「あーやだやだ、もの知らない人間ってすぐそういう質問するんだよね、演劇とか言うし」と、希麻子はうんざりしたような顔で言う。

「じゃ、なんて言えばいいの」そんなふうに言われても不快にならないばかりか、な

んとなく笑い出したいようなおかしさがあるのを不思議に思いながら槇仁が訊くと、「えー？　芝居とかなんとか、いろいろあるでしょうが。あっ、あんパン買ってい い？」希麻子はスタタとパンコーナーにいき、数個のパンを持ってきて槇仁のかごにそっと入れた。その、無遠慮なせりふと遠慮がちな態度を見たとき、自身にもまったく説明のつかない唐突さで、槇仁は、自分はこの女を好きだ、と思った。その唐突さと強さに驚きつつも。

槇仁のマンションに着いてからも希麻子は話し続けた。槇仁の部屋で、槇仁のジャージを借りて裾《すそ》をまくり上げ、ソファにあぐらをかき、買ってきたパンを食べ、つがれるまま安いワインを飲み、独り言のように話した。なのでその日のうちに槇仁は、希麻子が東京生まれの三十四歳であること、属する劇団は年に二度ほど公演をしていること、芝居で食べていくことしか考えていないこと、とはいえその兆《きざ》しはまったく見られないこと、でも二度映画に出演したことがあり、ひとつはけっこう大きな役どころだったこと、でも本当の希望は有名女優になるというよりも学生時代の仲間と続けている劇団ごと有名になること、などを知ることができた。

それであんたは何をしているのと訊かれたら、なんと答えようと槇仁は考えながら希麻子の話を聞いた。一度はメジャーデビューもしたことがあると言ったほうがいいのか、言わなくともいいのか。しかし希麻子は、ただの一度も槙仁に質問をしなかった。年齢も、職業も、履歴も、出身地も、名前すらも、訊くことがなかった。仕事のことなど、うまく説明できる気もしなかったし、過去の栄光（と面川が呼ぶもの）を言いたい気持ちも槙仁にはなかったので、彼女があれこれ訊かないことに安堵《あんど》しつつも、しかし名前すら尋ねられないことに関しては、ぞわぞわとした不安に似た物足りなさも感じた。

そしてその日、希麻子はワインを二本、ほとんどひとりで飲み、そのままソファに倒れこんで寝てしまった。槙仁のジャージを着ているのでパンツは見えなかった。ジャージを貸すのではなかったかなと思いつつ槙仁は彼女を仕事部屋に運び、手を触れかけてやめ、三度同じことをくり返してから結局希麻子に触れることなく仕事部屋を出た。

秋の気配がすっかりなくなり、町が冬の空気で埋め尽くされるころには、週に三度はスナック火影に寄って帰るのが、槙仁の習慣になった。一度、面川から飲みに誘われたのに断って火影にいき、あとからたまたまやってきた面川と鉢合わせしたこともあった。「キマちゃんねらい？」と耳打ちされたが、「いや、ひとりで飲むのにちょうどいいから」と槇仁が答えると、面川はそれきり詮索《せんさく》しなかった。

ときおりわざと閉店間際《まぎわ》に立ち寄り、希麻子を食事に誘った。たいがい希麻子は断らず、店を終えてから槇仁とともに牛丼《ぎゅうどん》だのラーメンだのを食べ、そのまま槇仁のマンションにやってきた。酔っぱらった希麻子が迫る格好で、寝たことも幾度かあった。しかしその関係を恋人同士と呼べるのかどうか、槇仁には甚だ疑問であった。なぜなら希麻子は酒の度が過ぎるといちいち忘れてしまうのだ。手をつないだことも、性交をしたことも、私マキちゃんのことけっこう好きかも、と言ったことも覚えていない。こんなことをしたのだ、こんなことを言い合ったのだと槇仁が、顔を赤らめつつ懇切丁寧に説明しても、「ええっ、そうなのっ？」と驚き眉《まゆ》をひそめるだけで、距離が縮まったという気がしない。

それまでの経験では、「ぴん」から交際まで、着実に、そして割合高速度で、一歩ずつ進んでいるという感覚が槇仁にはあった。好きだとか、愛しているとか、大仰な言葉を言い合わずとも、一対一で言葉を交わし、親しくなり、触れ合い、いっしょにいる時間が長くなり、そうなったときにはもう交際ははじまっている。しかし未来を感じなかった希麻子は、一歩近づいたと思ったら翌日には半歩後退しており、さらにまた一歩近づいたはずなのに、三日経《た》つと二歩後退しているというような、わけのわからないじれったさがあった。

だから、年が明け、正月も過ぎ、寒さがますます尖《とが》って感じられ、希麻子は週に二日は槇仁の家に泊まるようになり、面倒だからと槇仁が合い鍵《かぎ》を彼女に渡しもする関係になってさえ、自分たちは恋人同士であると槇仁には思えずにいた。酔っぱらった希麻子から、迎えにきてほしいと電話がかかれば槇仁は一時だろうが二時だろうが出向いていったし、希麻子に誘われればなんの興味も持てないカルト映画を見にいったりもした。それでも希麻子が自分の恋人とは思えない、そのことに槇仁は苛立《いらだ》ち、焦《あせ》り、そして傷ついた。同時に、そんなことで自分が苛立ち、焦り、傷ついていることに、少なからずショックを受けた。

もともと槇仁は、言葉でものごとを解決する人間ではなかった。面川なら、と、ときおり槇仁は考えた。面川ならば、おれたちっていったいなんなんだよ、おまえほかに好きなやついんのかよ、いないならおれでいいんだろ、おれたちは恋人ってことでいいんだろ、と詰め寄って、関係を確固たるものにしてしまうのだろう。希麻子に向かってそんなことを言いたい気分に襲われたが、けれどどうしても、槇仁には言えなかった。なあ、おれたちっていったいなんなの。おれたちに未来はあるの。そんな気《き》障《ざ》で情けないことは、とてもではないけれど口にできなかった。

四月になって、希麻子は槙仁のマンションに入り浸るようになった。七月の公演が決まり、稽古がはじまったのだが、その稽古が下北沢の区民センターで行われることが多く、中野にある自分のアパートよりは槙仁の住まいのほうが地理的に便利だから、らしかった。火影から槙仁のマンションに帰ってきて、槙仁が仕事にいくときも眠っていて、昼過ぎに稽古場にいき、稽古場から火影に直行する。槙仁が仕事を終えて帰ってくると、居候《いそうろう》のお礼のつもりなのか、ラップされたおかずが冷蔵庫に入っていたり、やけに手のこんだシチュウが鍋《なべ》に作ってあったりした。自宅の台所を使うことが嫌いだった槙仁は、おそらく希麻子との関係性がはっきりしないために、そんないちいちに感動し、油や汁で汚れたままの台所を掃除するのも、さして苦にならなかった。希麻子の持ちものがマンション内に増えていくのも、誇らしいようなたのもしいような気持ちで眺めていた。

希麻子が入り浸り状態であれば、ときおり訪ねてくる林さよりと出くわす可能性は充分にあったのに、槙仁はそのことをすっかり忘れていた。だから、話がある、とさよりから仕事場に電話をもらったとき、なんの話だかまったく見当がつかず、いつもならマンションにやってくるさよりが、外で会って話したいと言うので、もしかしたら田舎の父や母が末期癌《がん》なのかも、とまで考えた。

さよりが指定したのは新宿の高層ビル上階にある和風居酒屋だった。面川の事務所から待ち合わせ場所に直行した槇仁は、居酒屋なのに妙にきらびやかでカップルばかりの店内に、物怖《ものお》じしながら足を踏み入れた。窓際の席でさよりと向き合って座り、窓の外の、ガラスの破片のような夜景をちらちらと眺めながら、槇仁はビールに口をつけた。

「マキ、あの人はやめなさい」料理を注文するより先にさよりが口を開いた。

「は?」父母の病気を予測していた槇仁は、何を言われているかまったくわからなかった。

「こないだマキんちいったでしょ。いくわよって連絡したでしょ。あんたなんにも言わないんだから、女の人が出てきて私びっくりしちゃった。いいわよ、あんたがだれとつきあおうと。私文句なんか言ったことない。ないでしょ? でもあの人はやめときなさい、マキ」

さよりのくり返す、あの人という言葉と、希麻子の顔がゆっくりと重なったとき、従業員が注文をとりにきて、さよりはあわててメニュウを開き、「なんにする?」と笑顔で槇仁に訊《き》いた。

さよりとは血はつながっていなかったが、槇仁のなかではもうひとりの姉だった。

もともと槙仁の家族、父母姉、それに加え槙仁自身も、家族の他の構成メンバーに対する興味が薄く、昔からそれぞれがそれぞれを放任している。槙仁は父が勤めているのが何を扱う会社なのか知らず、母の誕生日も年齢も知らず、姉が今現在なんという名字でどこに住んでいるのかもすぐには思い出せない。同様に父も母も姉も、槙仁がメジャーデビューをしようがテレビに出ようが我関せずで、かつて勉強しなさいと一度も言わなかったように、就職しろだのまっとうになれだの、今も言わない。その無関心は冷たさというよりも家族としての個性だと槙仁は漠然と思っていた。が、父を亡《な》くし自分たちきょうだいとほとんどいっしょに育ったさよりだけは違う。槙仁が家を出てからも電話をかけ続け、結婚して都内に引っ越してからは足繁《あししげ》く槙仁の住まいを訪ね、食生活と健康を案じ、仕事の調子を案じ、なおかつそれらを逐一槙仁の両親に報告している。正月に帰省するときには、自分の家よりも槙仁の家に長く逗留《とうりゅう》し、姉の美智恵と姉妹のように夜更《よふ》けまで話しているらしい。母親が未《いま》だに槙仁に衣類や菓子を送ってくるのは、さよりがそうしろと言っているからに違いないし、また自分も、さよりに言われなければ両親に送金をしたり、美智恵の子どもにお年玉を包んだりはしないだろうと槙仁は思っている。自身の家族との縁が薄かったせいで、テレビや小説に出てくるような典型的な家族関係というものを、さよりは強く求めているんだろうと槙仁は納得していた。さよりのおせっかいはときにうざったくもあったけれど、槙仁は感謝もしていた。さよりがいなければ、万が一父や母が倒れたり病にかかったとしても、きっと自分は知らないで過ごしてしまうだろうと思うのだ。

「え、なんか話したの」槙仁は訊いた。ここ数日の希麻子を思い出してみるが、さよりがきたとは言っていなかった。そういえば、さよりはいつも手料理を持ってきてくれるが、それが跡形もなかったところを見ると、希麻子が食べたのか、捨てたのか。

「べつにたいしたことは話してない。自己紹介っていうかその程度。でも私にはわかる。マキにはあの人は合わないし、あの人はマキを不幸にする」

真剣な顔でさよりは言う。

「ああ、そんなんじゃないんだけどな。つきあってるとか、そういうんじゃないんだ」

「そういうんじゃないのなら今すぐあの家から追い出しなさい。前の人、何さんだっけ、あの人のほうがよっぽど何倍もよかったわ。マキ、あの人に合い鍵渡してるわね？　それ、すぐ返してもらいなさい」

従業員が注文の品を運んできても、さよりはかまわず強い調子で話し続けた。

「なんで？　なんでそう思ったのか教えてよ」

冷や奴《やっこ》に醬油《しょうゆ》をまわしかけて口に運びつつ槙仁は訊いたが、さよりは、「何があったってことじゃないの。ただ私の勘。ああこの人、よくないなって思ったの」とくり返すだけである。槙仁は適当に聞き流しながら豆腐を食べ、卵焼きを食べ、刺身を食べた。希麻子とさよりが対面しているところを思い浮かべようとしたが、なかなかうまくいかなかった。さよりは料理には手をつけず、槙仁を見据えて話し続けた。あの女がいかによくないか、根拠を言わずに主張だけをくり返し、そのうち話題は仕事のことになり、デザイン事務所なんてわけのわからないところでぐずぐずしていないで、矢吹くんや日野くんが言うように、事務所を変えるとか、新たに売りこみにいくとか、なんらかの行動を即刻はじめるべきであると、延々話し出すのだった。矢吹、日野、という名前が出てきたとき、かじっていた手羽先から顔を上げ、槙仁はさよりをまじまじと見た。この人だれだっけ、と単純に思った。なんで矢吹とか日野のことを知ってるんだっけ。ああそうだ、おれが話したんだとすぐに思い出すが、この人だれだっけ、のほうはなかなか消えない。もちろん彼女がさよりだとわかる。姉のような、を通り越して、おせっかいという意味であの家族ではいちばん風変わりな姉だとわかる。けれどなぜ、この人はおれに指図しているんだ？

さよりの話を遮るようなかたちで槙仁は手を挙げて従業員を呼び、新しい酒を注文

する。さよりはあわてて自分も追加注文をし、槙仁を見、それから窓の外の夜景に視線を移し、

「きれいね、夜景」と目を細めた。

そのとき槙仁は、今まで考えたことも考えようとしたこともなかったことを、ふいに思いついた。この人はさみしいのではないか。飢えるようにさみしいのではないか。そう思いついたことに、同時に深い罪悪感も覚える。

「旦那《だんな》さんとこういうところにこないの」槙仁は訊いた。

「やあね、新婚さんじゃあるまいし。デートなんかそうそうしないわよ」さよりは笑った。

酒が運ばれてきて、それぞれ口をつける。槙仁は暗い店内を見まわす。どの席もカップルばかりだ。みな夜景には目もくれず、ただひたすら相手の顔をのぞきこんで話している。

「マキと外で飲むのは久しぶりだね」さよりが槙仁を上目遣いに見て言い、またしても槙仁は罪悪感を覚えつつ、思う。この、飢えるようにさみしい人は、おれにそれをなんとかしてもらおうとしているんじゃないのか。

その引っ越しには、さよりさんも手伝いにくるわけ？　前にともに暮らしていた恋

人の声が、急に耳のすぐそばで聞こえる。おとなしくてやさしかった恋人の、せっぱ詰まったような笑顔を思い出す。もうあなたとは住まない。

「ともかくね」夜景と槇仁を交互に見ながら、さよりは真顔に戻ってくり返す。「悪いことは言わないから、あの人はやめなさいね。今度私がマンションにいったときに、あの人がいたら、マキ、ただじゃおかないから。ああいう人は何するかわからないから、合い鍵もきちんと返してもらって、スペアを作ってないか、ちゃんと確かめるのよ」

「もうこなくていいよ、おれんち」言ってから、自分が何を言ったのかを槇仁は理解する。ゆっくりと補足する。「おれ、もうだいじょうぶだし。心配してもらわなくても平気だから、こなくていいよ」

「それもあの人に言えって言われたの？」

「はあ？」

「だってあの人」さよりは膝《ひざ》に敷いたハンカチを両手でいじり、うつむいたまま、続ける。「だってあの人なんて言ったと思う？　私とマキはできているのかって訊いたのよ。姉のようなものなんだって説明しても、できてるんでしょ、わかるそういうのって、にじりよってきて、意味わかんない。こわかったわ、私」

槇仁は、酒も料理も中途半端《はんぱ》に残したまま、立ち上がる。さよりが驚いたように槇仁を見上げる。

「合い鍵、返して」槇仁はさよりに向かって手のひらを突き出す。

え、とちいさくつぶやきつつ、槇仁の無言の迫力に驚いたのか、さよりはハンドバッグからキーホルダーを出す。いくつもの鍵をがちゃがちゃ言わせながら、ひとつを取り外し、槇仁に渡す。

「スペアを作っていないよな？」

「ちょっとマキ、なんなのよ？　だいたいね、」

さよりは何か言っていたが、最後まで聞かずに槇仁は出入り口に向かって歩き出した。暗いフロアのカップルたちが、互いの顔から視線を外し、槇仁とさよりをちらちらと見ていた。

槇仁はそのまま夜の町を歩いて、スナック火影に向かった。ひとけのない高層ビル街をずんずん歩き、やがて走り出した。空気は生ぬるく、雨のにおいがした。ずっと昔、海沿いの道を、姉とさよりと三人で走ったことを思い出した。海沿いには桜の木が植えられていた。はらはらと花びらがこぼれ、三人は競ってそれを手のひらにおさめようとした。ほかの二人が自分より早く花びらを手にしないよう、それぞれの体に体をぶつけて笑った。海を撫《な》でて吹く風は湿ってあたたかかった。舞う花びらのなかで、走ったり飛び跳ねたりする赤い二つのランドセルを、ずっと見ていたいと槙仁は思った。美しいという言葉は知らなかった。ずっと見ていたいというのは、美しいという言葉とおんなじだったのだと、急にそんなことを思った。姉に体当たりされて槙仁は転んで泣いた。さよりがかがみこんで、自分が手にした桜の花びらを分けてくれた。舞っているときは羽のように白い花びらが、手のひらのなかでは皺《しわ》しわの紙片みたいになった。槙仁はさよりに見られないよう、もらった花びらを捨てて立ち上がり、走った。空は灰色で、魚の生臭いにおいが漂っていて、ガードレールがやけに白かった。

火影の戸を開けると、ニットのワンピースを着た希麻子が、スーツ姿の中年男性と、またデュエットをしている真っ最中だった。最初に見たときとおんなじように、希麻子は真剣な顔で液晶画面をにらみつけ、はずれた音程でがなるようにしてうたっていた。客のほとんどが、耳をふさいだりげらげら笑ったり、うるせえぞ！　と野次を飛ばしたりしていた。みどりさんにうながされカウンターに座り、手渡されたおしぼりで槙仁は顔をごしごしとこすった。目からあふれる水滴をだれにも見られないように拭《ぬぐ》った。なぜ涙が出てくるのかわからなかった。どうしたのマキちゃん、槙仁のボト

ルとグラスを運んできたみどりさんに訊《き》かれ、

「いや、目がしばしばして」と答えたが、希麻子のがなり声にかき消され、みどりさんには届かないようだった。

歌が終わる。曲が終わる。客の笑い声だけが残る。槙仁は鼻をかんだ。笑い声にまぎれるようにして。

五月の連休、暦通りの休みを得た槙仁はずっと家にいた。スナック火影も連休中は休みになるらしかったが、そのかわりずっと演劇の練習があるらしく、あいかわらず槙仁のマンションに入り浸っている希麻子は、昼過ぎに出て、酔っぱらって深夜に帰ってきた。

希麻子との暮らしは、槙仁がそれまで経験した同棲《どうせい》とは、やっぱりどこか違った。関係性は固定されないまんまだった。希麻子が自分のことを好きなのかどうかさえ、槙仁にはわからなかった。

「ねえ、保土谷さん」

台所に立って料理をしている希麻子が呼ぶ。ガスコンロには鍋《なべ》が二つ置いてあった。ひとつには肉の塊がぐらぐらと揺れていて、もうひとつには赤黒いソースがふつふつと表面を泡立たせていた。希麻子はまな板の上で野菜を切っている。保土谷さん、マキちゃん、マキ、希麻子はいろんな呼びかたで槙仁を呼ぶ。そのころころ変わる呼称が、自分と希麻子の関係のようだと思いながら、槙仁は、

「なんでしょう」と、カウンターキッチンの内側に入り、希麻子の隣に立つ。

希麻子は見かけによらず家事一般が得意で、槙仁はリズミカルに胡瓜《きゅうり》を刻む希麻子の手に見とれる。居候《いそうろう》のお礼のつもりか、希麻子は料理ばかりでなく部屋の掃除もこまめにやる。希麻子がきて以来、明らかに槙仁の家は秩序正しく清潔になった。洗濯だけはしない。自分のぶんだけ、近場のコインランドリーですませてくるようである。

「保土谷さんってさあ、なんかタレントだったんでしょう」

「タレントっていうか、ミュージシャン」

「売れたこともあったんでしょう」

「何それ、だれに訊いたの」自分が何ものであるのかようやく希麻子が知ったことに、恥ずかしいような残念なような、誇らしいような気分を感じた。

「オモちゃん」希麻子は短く答え、薄くスライスした胡瓜に塩をふり、横に移動して赤黒いソースをかき混ぜる。「ねえ、成功するときっていうのは、その前に、なんとなく自分でわかるものなの、ああ、くるな、これはくるぞって、わかるもんなわけ？

それとも、一夜明けたら何かが激変してしまうの？」

「成功っていうか、成功したっていえるのかもわかんないし。もう仕事ないし」

「そうか、成功したっていえるのかもわかんないのであれば、実感はないってことなんだね」ひとりうなずき、希麻子は鍋から離れ、今度は肉の塊に竹串《たけぐし》を刺している。火を止め、鍋を両手で抱えて流しに移動し、そこに立ったままの槇仁を見上げ「もういいよ、質問は終わり」と無愛想に言った。希麻子が何を知りたくてなんのための質問をしたのか槇仁にはわからなかったが、邪魔なようだったので台所を出、リビングルームに戻って料理をする希麻子を眺めた。

サラダと牛肉のトマト煮と茸《きのこ》のピラフを作り、自分は食べず、希麻子は練習に出かけていった。槇仁は静まり返ったダイニングルームでそれらを食べながら、希麻子の質問の意味を考えたり、稽古場《けいこば》へと走っていく希麻子の姿を思い浮かべたりした。

槇仁にはゲーム以外に趣味と呼べるものがなかったので、連休に入ってからずっと、希麻子の作った料理を昼に食べ、後かたづけをし、希麻子のやらない自分の衣類の洗濯をし、寝転がって音楽を聴き、ゲームをし、退屈するとコンビニにいってビールを買って冷蔵庫に入れて希麻子の帰りを待つ、ということを続けていた。そういう日々はまったく苦にならず、むしろ新鮮でたのしく、あと少しで連休が終わってしまうのが残念ですらあった。おれって主夫向きなのか、と考えてにまにまと笑ったりもした。そしてときおり、洗濯物を干したり、サンダルをつっかけてコンビニに向かって歩いたりしているとき、おとなしくてやさしかった恋人のことを思い出した。ゆりえという名だった彼女は、今のおれみたいだったのかな、と槙仁は考えた。家に帰るといつもゆりえがいた。冷蔵庫にはビールが冷えていた。家にいるのがずいぶん好きな子なんだなと思っていたが、あの子は、家じゃなくておれが好きだったのかな。おれが希麻子を待っているみたいに、あの子もおれを待っていたのかな。そんなことを思う。あの子ももしかして、おれとの関係性がはっきりしないで悩んだりしていたのか？そんなことはないよなあ。つらつらと考える。もし今会えたら、いくら口べたのおれでも、そういういろんなことが訊ける気がする。そして、話せる気がする。人が人に惹《ひ》かれるってどういうことだろう、とか、関係性を固定させるってのはどういう手順が必要なんだろう、とか、だれかを待つってそのときはたのしいのにどうしてつらかったような記憶になるんだろう、とか、ひょっとしたら女子高生がファストフード店で話しているようなことを。

その日の夜、希麻子は十一時過ぎに帰ってきた。ひとりではなかった。玄関の戸を開けると、希麻子に続いて、四人いた。

「いい？　ここで三次会やっても」と、明らかに酔っている口調で希麻子は言う。いやだ、と槙仁は思ったが、希麻子が連れてきたのがどんな人たちで、どんな関係であるのか気になり、いいよ、と答えた。四人は連なって入ってきた。男が三人と、女がひとりだった。

リビングルームで彼らは車座になって酒を飲みはじめた。ぱんぱんに膨らんだコンビニエンスストアの袋から、大量の酒類とつまみ類を次々取り出しては広げた。希麻子は酔ったとき特有の馬鹿《ばか》笑いと甲高い声で、台所にこもり何品かの料理を作って床に並べた。その様子を、槙仁はソファに腰かけて眺めた。

四人はみな雰囲気が似ていた。だらしのない服装、ひっきりなしに吸う煙草《たばこ》、人の話を遮って話し出すけたたましさ、話すときのオーバーアクション。みな、希麻子の劇団の人だった。黒田と名乗った男はやけに老《ふ》けて見えたが、韮沢《にらさわ》、倉本と自己紹介した男二人は二十代半ばに見え、ナツミです、と名前だけ言った女は十代にも見えた。最初はみな気をつかって槙仁に話しかけていたが、だんだん彼らだけで話しはじめ、槙仁にはわからない単語や名称を連発して笑い転げた。

三人の男のうちだれかが希麻子と関係を持っているのではないかと、槙仁は彼らを観察していたのだが、はっきりとはわからなかった。希麻子はいつも酔っぱらうと騒々しくなるが、仲間といる希麻子は、さらに輪をかけて陽気だった。床に転げ足をばたつかせて笑ったり、ナツミに抱きついてほっぺたを舐《な》めたり、炒《いた》めたウィンナを倉本の口に無理矢理突っ込んだり、黒田に命令して冷蔵庫からビールをとってこさせたりした。騒々しさに辟易《へきえき》したし、彼らの図々《ずうずう》しさに眉《まゆ》をひそめたし、床やトイレが汚れることに苛立《いらだ》ちはしたものの、今まで見たことのなかった希麻子の生き生きとした表情を見られることが槇仁はうれしかった。火影でうたう希麻子はきまじめな小学生のようで、劇団の仲間と飲む希麻子は若さを謳歌《おうか》している高校生のようだった。今まで交際した四人のうち二人の恋人が、自分のことをつまらない、退屈だと断じて去っていった理由が、槇仁にはわかるような気がした。

始発電車が走るころになって、四人は帰っていった。空気の入れ換えのために窓を開けると、空は白みはじめている。四人を送り出した希麻子は立て膝で床に座り、宴会の後かたづけをしようともせず、残った酒を飲んでいる。やっと静けさが戻り、希麻子と二人になったことに安堵《あんど》しながら、槇仁も残った酒を飲みチーズ鱈《たら》やえいひれをつまんだ。

「私ねえマキちゃん、じき三十五なのよ」槇仁をすわった目で見つめ、希麻子は言った。はじめて会ったときと同じ、責めるような目つきに、あいかわらず槇仁は落ち着かない気分になる。

「何月だっけ」

「四捨五入したら四十。このまま芝居をやってて、芽が出るものかね?」槇仁の問いには答えず、希麻子は言う。

「有名になるってこと?」

「マキちゃんは昨日言ったでしょう、有名になるのに前触れなんかなくて、気づいたらそうなっているんだって。私それ聞いて安心したんだよ。だって前触れってことで言ったら、なんにもないもん。私、なんにも感じないもん。感じるとしたら、そうだな、あーもう私はずーっとこのままだろうなーってことくらい。それってちょっと絶望でしょ。でももしかしたら、明日成功するかもしれない。成功したって私は気づいてなくて、でも、成功してるかもしれない」

「キマちゃんの言う成功ってどういうものなの」

「マキちゃん、キマちゃん」希麻子は床に仰向けに倒れ、ひゃはは、と笑った。頭をぶつけた鈍い音がしたが、痛みは感じていないようだった。

「あーあー、しあわせになりたいなー」倒れたまま希麻子は言った。

槇仁はやけに甘ったるいワインをすすり、深呼吸を二度し、思いきって言った。

「今はしあわせじゃないの」

「ぜんっぜんしあわせじゃないよ」希麻子は即答し、槇仁は訊くのではなかったと後悔する。「いつまでもバイト暮らしだし、年はとっていくし、親は実家に帰れってうるさいし、ねえ、さっきの女いたでしょ、あの子なんか今二十二歳だよ。ひとまわり以上下だよ。あと五年たったって二十七。私なんか四十だってのにさ」

床に寝転がり天井を向いてかすれ声でつぶやく希麻子は、今はやけに老《ふ》けて見えた。

「でも私」希麻子は勢いよく起きあがり、ソファに腰かける槇仁の両脚のあいだに座り、槇仁を見上げる。「でも私、あんな馬鹿な小娘よりぜんぜん上だと思うの、役者として。役者ってやっぱりさ、タレントなんかとは違って、容姿とかスタイルなんかより、中身が問われると思うんだよね。中身がないと薄っぺらい演技しかできないわけ」

かすれた声で言い募れば募るほど、希麻子は加齢していくように見えた。希麻子は、ナツミという若い女をあらゆる側面からこき下ろし、団長というのか監督というのか呼び名は知らないが劇団内でいちばん立場の上らしい黒田という男の、自分にたいする無理解と無関心を嘆いた。自分たちの芝居を取り沙汰《ざた》しない世の人々の阿呆《あほ》さを呪《じゅ》詛《そ》し、端役《はやく》しか与えられなかった映画を鼻で笑い、自分の運気のサイクルを説明した。股《また》の下に座って話し続ける希麻子は、どんどん醜悪に見えた。

醜悪な希麻子の話は、これまで幾度も槇仁が聞いていた種類のものだった。大昔のバンド仲間や、ライブハウスで知り合い親しくなった幾人ものバンドマンたちは、やっぱり希麻子とおんなじように、他のバンドをけなし自分たちの音楽を迎え入れない世のなかを馬鹿にしていた。日野や矢吹は未《いま》だにそうだ。事務所さえ変われば、ものごとが好転していくと信じている。

けれど槇仁は知っていた。希麻子のいう成功がどんなものかはよくわからないが、しかし、何かをやりたいと願い、それが実現するときというのは、不思議なくらい他人が気にならない。意識のなかから他人という概念がそっくりそのまま抜け落ちて、あとはもう、自分しかいない。自分が何をやりたいかしかない。だれが馬鹿だとか、だれが実力不足だとか、だれがコネでのしあがったとか、だれが理解しないとか、だれが自分より上でだれが下かとか、本当にいっさい、頭のなかから消え失《う》せる。それはなんだか、隅々まで陽にさらされた広大な野っぱらにいるような、すがすがしくも心細い、小便を漏らしてしまいそうな心持ちなのだ。自分を認めないだれかをこき下ろしているあいだはその野っぱらに決していくことはできないし、野っぱらを見ることがなければほしいものはいつまでたっても手に入らない。それは今年三十三歳になる槙仁が、たったひとつ知り得た真実だった。恋愛とはなんであるのか、どうすれば恋人と長くいい関係を保てるのか、どうすれば言葉で関係を固定できるのか、希麻子と自分の関係はなんであるのか、何ひとつわからない槙仁が、たったひとつわかることだった。

希麻子に、自分の股の下でうずくまっている酔っぱらいに、その、たったひとつ知り得ていることを伝えたいと槙仁は思った。けれど何も言わなかった。伝わるはずがないと思っていたからだ。なぜなら自分は今、希麻子の思うような成功者ではなく、人気も仕事も失った、何ものでもないアルバイターであったから。

開け放った窓から、白かった空が青ずんでいくのが見えた。つぶされた缶や中身の入っていないワインボトルが部屋じゅうに散乱していた。希麻子はろれつのまわっていない口調で、くだくだとおんなじことを言い続けていた。そして槙仁は、醜悪な希麻子をいつまでも見ていたいと思う自分が、不思議で仕方なかった。

希麻子と連絡がとれなくなったのは、七月の終わりだった。

七月、下北沢で希麻子の劇団の公演があった。槙仁は希麻子に乞《こ》われてチケットを買い、公演期間一週間のうち四日見にいった。芝居を見るのははじめてで、劇場の狭さ、ライブハウスとは異なるにおい、照明の落ちた闇《やみ》の深さに緊張した。はじめて見にいった日、槙仁は緊張しつつ、役者の一挙手一投足、役者の漏らす一言一言を集中して見、聞いた。希麻子が出てくるときは心臓が体じゅうを移動していると思うほどどきどきした。

しかし芝居の内容はさっぱりわからなかった。希麻子が演じているのがどういう役どころなのかもわからなかった。希麻子がうまいのか下手なのか、それもよくわからなかった。ただ、希麻子は思ったより目立たず、それが不思議に感じられた。火影でか、歌をうたう希麻子から生じていた、迫力というのかオーラというのか吸引力というのか、そうしたものがまったく感じられなかった。上演が終わって狭苦しいロビーに出ると、出演者が列になってありがとうございましたと数少ない観客を見送っていた。おもしろかったよ、と槙仁は希麻子に言った。希麻子はよそいきの顔でありがとうと言った。公演がはじまってから、希麻子は槙仁のマンションには帰ってきていなかった。

三回目に見たとき、少しわかりかけた。中絶反対をテーマにしているのかなと思った。それから前にはわからなかったが、ナツミや韮沢や倉本が出演しているのもわかった。しかしわかったのはそれだけだった。またロビーで挨拶《あいさつ》をしている希麻子に近づき、おもしろかったよ、と槇仁は言った。ありがとう、と希麻子。

四回目は最終公演の前日に見た。もっとよくわかるだろうと思っていたが、不覚にも眠ってしまった。終演後、またロビーにいる希麻子に「おもしろかった」と伝えて家に帰った。その日、午前一時を過ぎて希麻子は槇仁のマンションにやってきた。酔っぱらっていた。槇仁に抱きついて、酒とたばこくさい息を吐きながら執拗《しつよう》なキスをするので、そのまま寝室にもつれこんで性交をした。

「私、どうだった」下着も服も身につけず、真っ裸でベッドに横たわり、希麻子は訊《き》いた。性交のことかと思ったが、芝居のことだと気づき、

「よかったよ」と槇仁は言った。

「気づかないうちに成功していると思う？」暗闇に希麻子の白目が光っていた。

成功しているとはとても思えなかったし、成功していると答えるのは白々しい気もし、「どうだろう」と槇仁はつぶやくにとどめた。すると希麻子は槇仁の首根っこを抱えるように抱きついて、声をあげて泣きはじめた。どうかした？　と訊くと、

「十八歳に戻ってもう一度人生をやりなおしたい」とくぐもった声で言った。

「十八歳に戻ったらどんなふうにやりなおすわけ？」意味がわからなかったので槇仁

は訊いた。

　すると希麻子は「まっとうな恋愛をして、処女のまま嫁にいく」と言った。

「今は」知りたいことを訊き出すには、槇仁にとってあいかわらず勇気がいった。希麻子に抱きつかれたまま、槇仁は深呼吸を一回し、言った。「今はまっとうな恋愛じゃないわけ？」

「まっとうなわけないじゃないよう―、こんなふうにだれとでも寝ているのにい―」

　希麻子は槇仁の首筋に顔を押し当てて泣いた。

　ああそうか。槇仁は傷つく。ああそうか。「今」というのは自分と希麻子の今、という意味だったのだが、希麻子の返事の「だれとでも」のなかに自分は含まれているのか。ああやっぱりそうだったのか。おれとも寝る暮らしはまっとうではなかったのか。

　泣く希麻子の裸の背をさすりながら、泣きたいのはこっちだ、と槇仁は思った。こんな女、大ッ嫌いだ。一生へんな芝居してろ。一生成功を夢見てくだまいてろ。一生火影で下手な歌うたって笑われてろ。十八歳に戻りたいって一生思ってろ。槇仁は心のなかで希麻子を呪詛した。だいたい最初から未来を感じなかったんだ。希麻子なんて若くもないし美人でもない。ほかの男ともやっているらしい。便利だからって居候《いそうろう》しやがって。だらしない酔っぱらい女。今度きたら追い出してやる。心のなかで呪詛しながら、槙仁は希麻子の背を撫《な》で続けた。ちいさくやわらかな赤ん坊にそうするように。

翌日の昼、希麻子は例によって前の晩泣いたことなどすっかり忘れていて、鏡で腫《は》れた目を見て「私になんかした？」と槙仁をにらみつけた。何もしない、と答えると、「楽日《らくび》なのに」と忌々《いまいま》しげに言い、食材を買ってきて豪華な昼食を作り、自分は食べずに出ていった。

それきり希麻子がマンションにやってくることはなかった。中野の希麻子のアパートに電話をかけてもいつも留守電だった。八月に入ってから、槙仁は火影にいってみたが、希麻子のかわりにめぐみちゃんという若い女の子がいて、希麻子は無断欠勤続きでクビになったのだと、みどりさんが教えてくれた。高校生のころから希麻子を知っているはずのママに訊いてみると、「どこに住んでるのかなんて知らないわ、あんな礼儀知らず」と言う。どうやら、母親が知り合いというのは嘘《うそ》のようだった。なんのための嘘だったのか、槙仁にはわからなかったが。

希麻子が残していった何かがないだろうかと、槙仁は自分の住まいを家《や》さがししてみたが、奇妙なことに、あれだけあった希麻子の荷物、安っぽい化粧水や下着や、ハンドタオルや歯ブラシ、稽古《けいこ》のときに着るのであろう膝《ひざ》の出たジャージ、すべてきれいさっぱりなくなっていた。それで、最後に希麻子を見た日のことを槙仁は幾度も思い出してみた。料理を作って出ていった希麻子が、大荷物だったかどうか。そんなことを思い出してみてもなんにもならないのだが、それでも懸命に希麻子の姿を思い描いた。泣き腫らした目の希麻子は、けれど手ぶらだったようにしか思えない。いつ希麻子が自分の荷物を運び出していったのか、槙仁にはわからないままだった。希麻子に関してはわからないことずくめだった。

ふられることには慣れていたし、それ以前に恋人同士という感じでもなかったのだから、激しく落ちこむようなことはなかった。ただ希麻子がどこにもいなくなってしまうと、あれはいったいなんだったんだろう？　と槙仁は不思議な気持ちになった。希麻子というのはいったいだれだったんだろう？　自分たちの関わりというのはなんだったのだろう？　希麻子にとって自分はなんだったのだろう？　そんなふうに考えるとき、槙仁は子どものころのことを思い出すのだった。さよりと姉が、子ども部屋で朗読していた国語の教科書だ。強風とともにやってきた、奇妙な転校生の話だ。さよりと姉は、交互にその話を朗読していた。ひとりが読み終えると、もうひとりは声を大きくして読み、次の番でもうひとりはもっと声をはりあげ、次第にがなりあいになって、二人とも子ども部屋を転げまわって笑うのだ。うるさいと母が叱《しか》り、そうすると二人は顔を見合わせ目を見開いて、「しいーっ」と口に指をあてるのだった。彼女たちよりさらに幼かった槇仁は、二段ベッドの上の段から、そんな二人をくすくす笑って見下ろしていた。

槇仁が、はじめて会ったときの希麻子より年上になるころには、事務所との関係は自然消滅していて、ライブだのレコーディングだの曲作りだのといった作業と槇仁は無関係になった。ベースの矢吹はスタジオミュージシャンをしており、日野は音楽教室でドラムを教えていた。歌を作ることはできたが楽器のできない槇仁にはそうした仕事もなく、今は面川のデザイン事務所でスタッフのひとりとして働いている。ほんの数年で、面川の言ったとおりコンピュータは一般家庭に普及し、面川の事務所は十二人の従業員を抱えるまでになっていた。

高校を卒業してから十年以上音楽業界に身を置いていたにもかかわらず、午前中にデザイン事務所にいき、ゲームデザインの下処理などに一日没頭し、だいぶ夜も更《ふ》けて自分より年下のスタッフと飲みにいくような日々を続けていると、かつて自分がマイクを握っていたことや、歓声を浴びたことや、ライブ会場じゅうが声を合わせうたう瞬間にちびりそうなくらい興奮したことが、前世ほども遠いことに思われた。そのことにまったく未練も執着もなく、あのころ自分はいったい何をしたかったのだろうと、ふと真剣に考えてしまうこともあった。ときどき、振り込み人に覚えのないお金が通帳に振り込まれ、それはカラオケに用いられている著作権使用料なのだが、その微々たる額を見ても槙仁は不思議な気分になった。どこかでだれかが自分の作った歌をうたっているということが、どうにも信じられなかった。

一年半前、仕事を介して出会った映画配給会社勤務の女性と槙仁は交際をしており、三つ年下の彼女が、そろそろ結婚を望んでいることをうすうす理解している。早いところ自分が行動に移さなければ、彼女が自分をふって去っていってしまうだろうということも。だから、早く言わなければならないのだ。このままでいるとふられ続けて一生が終わる、と槙仁は思っている。けれどなかなか言い出せないままだった。言葉でものごとを動かすことが、槙仁は未だに苦手だった。さよりが以前のように槙仁の家にやってきて、勝手に彼女と会ってくれれば、もしかして話を進めてくれたかもしれない。けれどさよりはあれ以来槙仁のマンションにやってくることはなくなった。今では母親も衣類を買って送ってくることはしない。今は恋人が、槙仁の買いものにつきあっている。

九月の終わりの日曜、恋人は映画祭があるとかで地方にいっていて、その日はなんの約束もなかった。寝間着のままソファに腰かけ窓の外を見ていた槙仁は、テレビのわきに幾本かビデオが置いてあることに気がついた。恋人がここで見るために持ってきて、忘れていったものだろう。彼女は仕事がらなのか、それとも単純に趣味なのか、つねにビデオを見ている。公開予定のもの、新作、旧作とりまぜて。何気なくビデオに手をのばした槙仁は、そのうちの一本のタイトルを見てはっと思う。この映画は、数少ない希麻子の出演映画ではないか。希麻子が口にしたタイトルも今ではうろ覚えだが、なんだか「ぴん」とくるものがある。槙仁は床にあぐらをかいてビデオデッキにテープを入れ、テレビをつけ再生ボタンを押す。

八年前に公開されたその映画は、日本に大量の小鳥が集結し住人をパニックに陥《おとしい》れるという、ヒッチコックのパロディなのか単なるコメディなのかそれともホラーなのかパニック映画なのか、よくわからないストーリーで、しかし二年少し前に見た希麻子の演劇よりはよほどおもしろく、槙仁はいつのまにかのめりこんで映画を見、ムクドリほどの大きさの鳥が空を覆《おお》い住民を襲うさまに真剣に恐怖を覚えた。

気がつけば映画は終わっていた。あまりにもストーリーにのめりこんでしまって、希麻子の登場に気づかなかった槙仁は、もう一度、今度は希麻子をさがすためだけにビデオをセットし、再生した。しかし二度目も画面に釘付《くぎづ》けになってしまい、三度目、早送りを交えつつ見た。しかし希麻子を見つけることはできなかった。ひょっとして自分の記憶違いかもしれないと、槇仁は画面に額をつきあわせるようにしてエンドロールのちいさな文字を見た。役名は書かれていなかったが、たくさん流れる人名のなかに「片田希麻子」は、たしかにあった。「ああっ」と叫んで槇仁は、もう一度ビデオを巻き戻し再生する。

今の恋人と交際をはじめてしばらくのち、今まで何人とつきあったことがあるかと訊かれたことがある。槇仁は希麻子を勘定に入れるかどうか真剣に悩んだ。悩んだ末、入れなかった。入れずに答えた。入れられない、そのささやかな決断に槇仁は自分でも意外なほどのショックを受けた。

なぜ希麻子に惹《ひ》かれたのか、今考えてみてもよくわからなかった。希麻子はやさしくもなかったし、自分を好いてもくれなかった。未来だって感じさせず、だれとでも寝ているようであった。料理はうまかったし掃除もよくしてくれたが、そういうことをやってもらうのが槇仁はそもそも好きではなかった。

もしかして。希麻子の出てこない映画を見ながら槇仁は思いつく。もしかして、おれたちが会ったのは横断歩道のようなところだったのかな。ライブの予定も新譜の予定もなくなった自分は、北から南に向かって歩いていて、これから自分のなりたいものになるのだと息巻いていた希麻子は、南から北へと渡っていた。中央分離帯のあたりで、ふとすれ違う。あの意味不明な希麻子との時間は、その瞬間だったのかな。だとしたら合点がいく。そもそも向かう方向がまったく違うのだから、いっしょに歩き出せるはずもないのだ。すれ違う一瞬が過ぎれば、あとは背を向け合うだけ。相手がどんな人なのか、知ることもないまま。

またしても希麻子を見つけられないうちに、ビデオはエンドロールにきてしまう。顔を上げると、晴天だった空は橙《だいだい》色を帯びている。槇仁は諦《あきら》めてイジェクトボタンを押す。希麻子を見つけられなかった希麻子の出演作をケースに収め、テレビを消す。寝間着のままベランダに出ると、昨日までまだぐずぐずと残っていた夏の気配が、まったく消えてしまったことがにおいでわかった。恋人はたぶん週の真ん中に帰ってくるだろう。その地方の、蕎麦《そば》か漬け物か干物《ひもの》か、何か土産を持って。

結婚しよう、なのか、結婚してくれる？　なのか、それとももっと気取って、いっしょの墓に入ってくれる？　なのか、共白髪にならないか、なのか、あるいは懇願調に、ずっといっしょにいてください、なのか、命令形で、おれに決めろよ、なのか、そういうときってなんて言えばいいんだろうと、空の橙がいちばん濃い部分を見つめて槙仁は考えてみる。そのどれもが違う気がする。違う気がするが、言わなくてはならないんだろう。言わなくては、彼女もどこかにいってしまうんだろう。放っておけば何ごとも賞味期限が切れるのだ。

希麻子はどうしているだろう。橙色がゆっくりと藍色《あいいろ》にのみこまれていくのを眺めて槙仁は考える。あのとき泣いたように、処女のような気分でだれかに嫁ぐことができただろうか。それとも希麻子が願ったように成功したのだろうか。どちらでもいいな、と槙仁は思う。酔っぱらって初対面も同然の男の家にあがりこんで、翌日には全部を忘れてしまう日々を送っているよりは、どちらでも、断然いい。だれかの嫁である希麻子も、有名になっている希麻子も、槙仁に思い浮かべることはできず、思い浮かぶのはただ、酔っぱらって万歳をしパンツを見せて眠る希麻子で、槙仁はちいさくふきだした。そのまま笑いがこみ上げてきた。ベランダでひとり笑いながら、槙仁は思った。どうか希麻子が希麻子の願ったところにいますように。藍色の空を、舞う花びらのように蝙蝠《こうもり》が飛んでいった。東京に蝙蝠っているのか、と槙仁は驚いてそれを目で追った。けれど蝙蝠なのか雀《すずめ》なのかよく確認できないままにそれは見えなくなり、蝙蝠の消えていったあたりに、切った爪《つめ》のような月がかかっていた。

# 浮き草

林久信《ヒサノブ》に会ったのは少しばかり暑さの残る九月のなかごろで、そのとき片田《カタダ》希麻子《キマコ》は三十六歳だった。

その日は連続ドラマの収録で、東京郊外にあるスタジオに早朝から希麻子はこもっていた。とはいえ、希麻子に与えられた役どころは喫茶店のウエイトレスで、しかも主役たちにコーヒーを運ぶ係りではなく、店の隅で他のウエイトレスとだらしなく話しているだけの役だった。集合時間は早朝だったものの、控え室で延々待たされ、ようやく声がかかったときは四時過ぎで、しかもほんの十分でリハーサルを含め撮影は終わってしまった。

もうそろそろ何かせねばならんと、大勢のエキストラたちと共同の控え室で着替えながら希麻子は思った。何かせねばならん、というのはつまり、暮らし向きをかえるとか、人生の方向転換をするといったような意味合いだった。学生のころからやっている劇団が、これから馬鹿《ばか》売れするどころか、紀伊國屋《きのくにや》ホールや青山円形劇場で芝居を打てるともとても思えず、また、テレビや映画の世界で、大きく名前が出るような役どころに自分が抜擢《ばってき》されるのではないかという期待も、空気の抜けた風船状態にしぼんでいた。何かせねばならんと、このところ希麻子は口癖のようにつぶやいていた。

「ねえねえ希麻子さん、このあと時間あったら飲みにいきませんか」

いっしょにだらしなく話す役どころだった中田舞が隣で着替えながら誘う。中田舞とは今日はじめて顔を合わせたが、待ち時間もずっといっしょであれこれ身の上話をし合っていてうち解けていた。中田舞は希麻子より七つも若くまだ二十代だったが、この子もずっとぱっとしないままなんだろうなと希麻子は至極冷静に思っていた。この人はぱっとする、この人はぱっとしないというのは、二分ほど話しただけでわかる、と最近の希麻子は思っていた。当然、自分がこのままずるずる役者をやっていたってぱっとしなかろうということも、至極冷静にわかるのだった。

「飲みにいくってどこに」

いこうかな、飲みたいけどでもなんか面倒、中田舞ともう話すこともなさそうだしな、とめまぐるしく考えながら希麻子が訊《き》くと、

「えー、なんか都心のほう。渋谷とかじゃないかなあ。さっき喫煙所でナントカって

番組のプロデューサーに飲みにいこうって誘われたんだけど、二人きりだとなんかアレだし、いっしょにいかない？　仕事くれるかもよ」

希麻子はジーンズのジッパーをあげてじっと舞を見た。うむ、この女にはそのテがあるのかと一瞬感心した。中田舞は美人ではないがかわいらしかった。ぱっとするようには思えないが、そんなようなツテで少しくらいはぱっとするのかもしれない。そんなことを思ってみても、以前のように嫉妬《しっと》したりねたんだり見下したくならない自分に、希麻子は驚き、同時に少々傷つきもした。私、本当にもうこの仕事に見切りをつけているんだなあ、これを仕事と呼べばの話だけれど。などとこっそり思いながら、

「おごってくれるかな。いこうかな」

と言って、にっと笑ってみせた。

件《くだん》のプロデューサーが連れていったのは神泉にある鶏《とり》料理の店だった。希麻子より年下らしい彼はテレビ局の社員で、ふだんはラジオ番組を担当しており、その日は某女優のマネージャーと打ち合わせがあってスタジオにきていたらしかった。希麻子がくっついてきたことが彼には心外だったらしく「男おれひとりだけじゃん、両手に花ってのもいいけど慣れてないんだよなあ」と嫌みなのかなんなのかひとしきり言い、

「おれ照れちゃうから人呼んでいい？　やっぱ女二人だったら男も二人いないとなあ」

と携帯電話を取り出しては、いったい何人呼ぶつもりなのか電話をかけては切り、かけては切りを続けていた。ラジオと聞いて戦意喪失したらしい舞と、最初からそのつもりだった希麻子は、運ばれてくるサラダや焼き鳥や鍋《なべ》料理をばくばくと食べ、サワーを飲み干しては追加注文した。

八時を過ぎるころには、テーブル席は五人になっていた。プロデューサーと彼の友だちらしいカメラマンとイラストレーターだった。彼らから名刺を渡され、希麻子はまったく興味もなくそれを受け取ったのだが、イラストレーターの名前を見たとき「あっ」と思わず声を出した。林久信。希麻子はその名前を知っていた。

「あのー、林さんってあの林さんですか？　あのイラストの？」

「え、知ってるの、そんなマニアックなもん」と言ったのは林久信ではなくプロデューサーだった。「ま、まず乾杯乾杯」彼に促され乾杯をしたのち、

「林とおれはすごく前に一度仕事したことがあって、そんでその仕事にフリーになる前の菊池もからんでて、それからときどきいっしょに飲むようになって」とはじまったプロデューサーの紹介を無視し、希麻子は林久信に向きなおるようにして話しかけた。

「えー、私本持ってます、本っていうのか作品集っていうのか。個展にもいったこと

あるんですよ、えーとどこだったっけな、たしか青山。私、絵とか詳しくないけど、林さんのはなんかかっこいいなって思って」

今までむすっとして料理と酒ばかりにがっついていた希麻子が、突然生気を得て話し出したことにプロデューサーは怪訝《けげん》な顔を向けたが、厄介払いができてちょうどいいと気づいたのか、

「よかったな、林、数少ないファンだ」にこやかに久信の肩をたたいて、舞に向きなおり、「こいつは去年からフリーになったカメラマンでね、カメラっていってもムービーなんだけど、最初の仕事ってのが最悪で……」と希麻子にかまわず舞に向かって話しはじめた。

「ほらあのー、林さんの絵ってなんていうか、ちょっといびつなところがあるでしょう、いびつって言うのかなあ、すごくきれいなんだけどぼやけた色のなかに急に原色使ったりするでしょう、それでときどき描く動物も、かわいいんだけどなんかどっか獰猛《どうもう》っていうかこわいところがあって、それが劇的で印象深いんですよねー、あ、すみませーん、レモンサワーおかわりくださーい」

希麻子は久信と向かい合うようにして、プロデューサーたちの話などいっさい聞かず話し続けた。レモンサワーが運ばれてくると煽《あお》るように飲んだ。酔っぱらうつもり

だった。酔っぱらうと記憶がなくなるが、しかし希麻子はこの男が林久信とわかった時点で接点を持つつもりだった。林久信の家に押し掛けるとか、林久信を連れ帰るとか、林久信をホテルにひっぱりこむとかして。

林久信は無口なのか人見知りなのか、切れ目のない話をする希麻子をちら、ちら、と見てはちいさくうなずいたりするのみだった。

「でも私林久信ってもっと年いってる人かと思ってたー。なんかすごく若く見えるけど何歳？」

急ピッチで飲み出した希麻子はいい具合に酔っぱらってきて、林久信の腕や膝《ひざ》にさりげなく触れつつためロで訊いた。

「三十一っす、あ、もうじき二」林久信はぼそりと答え、

「はじめて声聞いたー」希麻子は高らかに笑って見せながら、げ、四歳も年下でやんの、と思った。

林久信という男の絵はいい、と最初に言ったのは黒田だった。絵など滅多に見ない黒田だが、好きな小説家の単行本の表紙で林久信を知ったらしかった。正確に言えば林久信の作品集を持っているのは希麻子ではなく黒田だった。希麻子は黒田にそれを借りて見たのだった。

黒田は、希麻子が学生時代から所属している劇団の主宰者だった。希麻子がはじめて黒田に会ったのは十八歳のときで、そのとき黒田は二歳年上の大学三年生だった。十九歳のとき希麻子は黒田と交際をはじめ、それ以降の希麻子の時間は「黒田とつき合っている時期」「つき合っていない時期」で構成されていた。三十五歳を過ぎてから、その二つの時期がだんだんグラデーションをなし微妙に混じり合ってきて、今どちらなのか希麻子にはよくわかっていなかった。

黒田は一時期林久信を絶賛し、希麻子を誘って個展にもいった。公演のポスターを依頼しようという話にまでなったのだが、個展で売られていた絵の値段にたじろいだ黒田は、いつもポスター制作を頼んでいる友人に、「こんなふうなの」と林久信の作品集を見せて、真似《まね》をさせてすませたということもあった。とりあえず林久信となんとかして親しくなったら、黒田に自慢しようと希麻子は思いながら彼に話しかけていた。

十時過ぎに「場所をかえて飲もう」となったところまで、希麻子は覚えている。あとはまったく覚えていない。気がついたら、知らない天井が頭の上にあった。白くて、ビスケットみたいな穴が空いている。重たい頭で左右を確認すると、どうやら自分はベッドに寝ており、そのベッドは八畳ほどの洋間にあり、その八畳の隅に布団《ふとん》があり、布団から飛び出しているのは林久信の寝顔であった。やった、潜入成功、と希麻子は胸のなかで拳《こぶし》を突き上げた。どうやら性交はしていないようだが、この際それはかまわなかった。

希麻子は彼を起こさないようにベッドから降り、ドアを開けた。リビングとダイニングが広がっている。女がいるのではないかと思うほど清潔で、家具も趣味がよかった。あちこちにちまちました雑貨や絵が飾ってあって、そのせいでなんだか生活感のない部屋だった。壁には馬鹿でかい自作ポスターが額入りで飾ってある。ずいぶんいい暮らし向きなのだなと驚きつつ、紙とペンをさがす。キッチンカウンターにメモ用紙とペン立てがあった。

泊めてくだすってありがとうございました。ご迷惑をおかけしていたらごめんなさい。このお礼は近いうちかならず。と走り書きし、携帯電話の番号を書き入れてダイニングのテーブルに置き、それからさりげなく腕時計を外してキッチンカウンターに置いて、部屋を出た。

久信の住むマンションは、希麻子や黒田の住むアパートとはまるで種類が違った。以前入り浸っていた保土谷《ホドガヤ》槙仁《マキヒト》のマンションも、希麻子にしてみればずいぶん立派だったが、久信のマンションはそれとも異なっていた。たぶん分譲マンションなのだろう。家族連れがローンを払いながら住んでいるようなマンションだ。なぜこんなところに林久信は住めるのか。ひょっとしてイラストレーターというのはそんなにも実入りがいいものなのか。そびえたつ焦《こ》げ茶色《ちゃいろ》のマンションをふりかえりふりかえり希麻子はエントランスを出、とりあえず見当をつけて右に曲がり、最初に見つけた自動販売機でアリナミンを買ってその場で一気飲みし、今年に入って買ったばかりの携帯電話を取り出した。

午前六時五十分。まだ寝ているだろうがかまわない。希麻子は黒田の名前をさがし、発信ボタンを押す。携帯の電源が切られていたので固定電話にかけなおす。七回の呼び出し音のあとで「あい」と寝ぼけた黒田の声がした。

「クロちん、私今までだれと飲んでたと思う」自然に笑いがこみ上げてくる。

「え、知らねえよそんなの」

「林久信だよ」

「だれそれ。ちょっと眠いんですけど」

「ほら、あの林久信だよ！　ポスター頼もうって昔盛り上がったじゃん！」

「えっ、まじ？」ようやく黒田の声がしゃんとする。「なんでよ」

「ちょっと紹介してもらって。今度クロちんにも紹介してあげる」

「おれちょっと今激眠だからまた次話聞かせて」

「今日八時上がりだっけ」

「あー、今日だめなんだ、また電話する」

黒田はそう言って電話を切ってしまう。希麻子は携帯電話をバッグにしまい、ふん、と大きく鼻を鳴らし、まったく知らない町を歩く。携帯電話ってすごいよな、と希麻子は思う。今の今電話できるんだもん。マンションが続き、角を曲がると宅配会社の倉庫があり、その先に線路が見えた。スーツ姿の男が足早に希麻子を追い抜き、自転車に乗った女子高生とすれ違う。郵便ポストがあり、シャッターの閉ざされた商店がある。酒屋らしい。シャッターの前の自動販売機で立ち止まり、今度はメロンソーダを買って歩きながら飲む。空は白く、風は少しばかり冷たく、希麻子は唐突に自由を感じ、大声で叫び出したくなる。この感じは恋だと希麻子は思う。恋だ、恋だ、待ちに待った本物の恋だ！　希麻子は心のなかで叫び、力をこめてガッツポーズを作る。

林久信からはその日の夕方に連絡がきた。時計を忘れてます、と言う。

「あっ、ないないと思ってたらそこにあったんだ。とりにいってもいいですか」希麻子は片手で眉《まゆ》を描き入れながら訊く。

「届けましょうか」

「うーん、私これから仕事なので、終わったらとりにいくよ。あ、林くんがいいなら、だけど」

「何時ごろになりますか」携帯電話の向こうで、久信はやけにていねいに話す。

「十二時過ぎかな」

「えっ」

「だって仕事終わるの十二時なんだもん。仕事、新宿なんで、そこまで三十分もかからずいけると思う。迷惑だったら別の日にするけど」

「じゃああのー、仕事終わったらとりあえず連絡くれますか。電話番号は……」

久信の言う番号を眉ペンシルでティッシュに書きこみ、「じゃあまたねー」希麻子は陽気に言って電話を切った。

一年ほど前に、何かせねばならんと強く思った希麻子は、貯金をはたいて中野から中野富士見町へとさほど意味のない引っ越しをし、それまでつとめていたスナックも無断で辞めた。就職をするつもりでいくつかの会社の面接を受けたがみんな落ち、そうこうしているうちに生活費も心もとなくなり結局、ゴールデン街にほど近い場所にある、以前と似たようなスナックでアルバイトをはじめていた。時給は五十円高くなったので、それでいいかと思うことにし、それでもときたま思い出したように求人誌を買っては社員を募集している会社に電話をしてみたが、履歴書でも面接でも落ち続けていた。空《す》いている上りの丸ノ内線に乗ってアルバイトに向かうときは、このまま一生スナック勤めなのかと、思わず貧乏揺すりをしてしまうほど焦燥感を覚えることも多いのだが、その日は違った。中野富士見町から新宿につくまでのあいだに、希麻子は人生計画をたて、すべてがその計画通りに進んでいく気がして、指の先まで幸福感に満たされていた。

まず林久信と交際をはじめる。林久信は昨日、ひとりで仕事をしていると言っていたから、事務仕事を引き受ける。依頼を受けたりスケジュール管理をしたり経理を処理したりするのだ。うまくいけば会社設立なんてことになって、取締役になれるかもしれない。しばらくはスナックのアルバイトも続けなければならないかもしれないが、会社設立ということになれば辞められるだろう。そうしてこの際、結婚ということについてちゃんと考えよう。林久信の妻であり仕事のパートナーとなる。これが希麻子が十数分のあいだに考えた人生計画だった。

そのために今日すること。恋人の有無の確認。交際への準備。もし断られなかったら家に上げてもらって、お互いのことをもう少し知るために話をして、そういう流れになったら性交をして、ならなかったら始発を待って帰ろう。スナックにたどり着くまでに、今日の計画も決まった。

十七歳のときはじめて恋人を得て以来、希麻子は恋愛関係がうまくいかないことはほとんどなかった。この人と仲良くなりたいと思えばすぐになれたし、つきあいたいと思えばたいてい交際に持ちこめた。学生のころからいっしょに劇団に属しており、三年前見切りをつけて故郷に帰った山崎杏子《キョウコ》は「あんたは美人でもないし性格もがさつなのに、なぜかもてる」と率直なもの言いで首を傾《かし》げていたが、希麻子は自分がもてるとは思っていなかった。人よりも観察眼が鋭く、緻密《ちみつ》な計画をたてるだけだと思っていた。自分に興味のなさそうな人には近づかないし、一グラムでも興味がありそうならばさっと近づく。押せると思ったら押し、引いたほうがよいと判断すれば引く。そうすればたいていのことは（恋愛にかぎってだが）うまくいくのだった。うまくいかないのは黒田だけだった。

酒をつぎ、料理を運び、洗い物をし、酒をねだり、酒を飲み、ライターで火をつけ、トイレから出てきた客におしぼりを渡し、洗い物をし、酒をつぎ、愛想がないと毎度のお叱《しか》りの文句を聞き、あやまり、客の冗談にがんばって笑い、酒をつぎ、ライターで火をつけ、酒を飲み、十二時になったのを見計らって希麻子は「お先に失礼しまーす」と残っている客とママとほかの女たちに挨拶《あいさつ》をして、夜の町に飛び出す。酔いが足りないが、しかし今日のことは忘れるわけにはいかないから、缶ビールも缶チューハイも買わずに駅まで走り、小田急線に飛び乗った。

朝方歩いた道を歩く。人通りはほとんどなく、家々やマンション自体が深い眠りに落ちているようだった。

オートロックの玄関で部屋番号を押す。はい、と出た声に、

「あっ、希麻子です、夜分すみません」と言う。電話するの忘れた、と思ったが、ガラス張りのドアは、ぐいーんと音をたてててちゃんと開いた。

「ごめーん、電話するの忘れちゃった」玄関を開けてもらった希麻子は一応あやまってみる。

「うち、なんにもないけど、どっか外いきますか、っつっても、ここいら、あんまりなんにもないんだけど」

「なんにもなくても平気だよ。あっ、林くんが何か食べたり飲んだりしたいのならばつきあうけど」

久信は希麻子が廊下に上がってくるのを防ぐように入り口に仁王立ちして何か考えている。靴を脱いだ希麻子はなかに入れず、やむなくストッキングのまま玄関に立ち

つくす。足の裏が冷たかった。

「じゃ、ちょっと外いきますか。ほんと、うち、なんにもなくて」久信はそう言って明かりも消さず、そのまま靴を履く。希麻子も靴を履き、久信とともに玄関を出る。しばらく歩くのだろうと思っていたら、やってきたタクシーに久信が手をあげるので希麻子は驚く。なんか食べるためだけにタクシーに乗るのか。それとも私を家から遠ざけたいんだろうか。久信が先に乗り、運転手に場所を説明している。希麻子が久信の隣に座るとタクシーは走り出した。

「あのー、もしかして家に奥さんがいたり同棲《どうせい》相手がいたりした？」さりげなく希麻子は訊く。

「いや、いないけど。ほんと、うち、なんにもないから」

なんにもないをなぜこんなに繰り返すのか、希麻子は不思議に思いながら、

「でもあそこってなんか家族が住むようなマンションじゃん。あそこでひとり暮らしって優雅だよね。つき合ってる人とか、いっしょに住みたいって言わない？」と、なおも偵察を繰り返す。

「あ、そういう人、今いないんで」久信は律儀《りちぎ》に答える。

「へえー。林くんかっこよくて仕事もすんごいのに、おかしな話だね」心のなかで拳

を突き上げ希麻子はつぶやく。

「人に会う機会とか、あんまないし」

「あっ、そっかー、家にこもって描くのが仕事だもんね。あっ、大先生にため口なんかきいてもいいのかな」

「先生じゃないし、おれ」久信はそう言ってようやく笑った。笑うと子どもみたいになって、希麻子はなぜか小学校の同級生だった梨本《なしもと》くんを思い出す。いつも半ズボンをはいていて、頬のあたりが乾燥していて、女の子にもてていた梨本くん。

無口なわけでも無愛想なわけでもなくて、人見知りなんだなと希麻子は思う。何回か会えばもっといろいろ話してくれるようになるだろう。あの男よりずっといいや。よかった、あのときあの部屋を出て。あそこにいたらこの人に会えなかったもんな。

タクシーは渋谷の駅を通過する。希麻子は一瞬窓の外の景色に見とれる。一時近いのに大勢人が歩いていて、ビルのネオンが弾けるように色を放ち、夜空がピンク色に染まっている。夜の渋谷を車の窓から見るのははじめてだった。なんかきれい、と希麻子は思わずつぶやいた。

タクシーが止まったのは宮益坂《みやますざか》をのぼりきったところだった。久信はごく自然にタクシー代を払い釣りを受け取ってタクシーを降り、暗い路地を進み、ビルの地下に向から。あとについていくと、やけに重厚なドアの向こうにバーが広がっていた。希麻子の働くスナックとは比べものにならないくらい高級そうなソファに案内される。座るとどこまでも沈みこんでいきそうだった。

「あっ」ジントニックを頼んだ久信が叫び、希麻子はぎょっとする。「時計忘れた、馬鹿《ばか》だおれ、それ渡すために用意しておいたのに」

希麻子は心のなかで拳《こぶし》を勢いよくふりまわしながら、笑った。久信も笑う。今までにはなかった親密な空気が流れる。そのように希麻子には感じられる。

「帰り道ちょろっと寄って持ってくよー」

「申し訳ない、せっかくきてもらったのに」

これで今日一日の計画、ひいては人生計画はうまく進んだも同然だと、希麻子はこっそり思う。

久信とはとんとん拍子にうまくいった。うまくいかないことなど希麻子には滅多にないのだが、しかし昨今でも奇跡的な調子の良さだった。久信から連絡がくることはなかったが、希麻子から電話をかけて食事に誘えば、彼が断ることはなく、しかも彼のほうが店をさがして予約を入れてくれた。残暑が去って秋になり、コートを引っぱり出すころになると、希麻子は林久信についてだいぶ知ることができた。

絵とはまったく関わりのない大学生活を送っていた彼は、卒業旅行でいったオーストリアのとある美術館で、度肝を抜かれるアーティストに出会い、帰国後内定の決まっていた就職先を蹴《け》って美術学校に通いはじめる。二十四歳のとき応募した絵が大賞を取り、少しずつイラストの仕事はくるようになったもののそれだけでは生活できず、日雇いアルバイトと兼業していた。二十六歳のとき企業広告のコンペに勝ち、彼の絵はポスターになり町じゅうに貼《は》られることになった。それが転機となり、広告の仕事が一気に増え、作品集の出版も決まり、アルバイトせずとも生活することが可能になった。今現在、住居の一室を仕事場にしており、クライアントとのやりとりやスケジュール管理はみな、作品集を出した出版社に一任しているらしい。

久信の話は、希麻子には驚きの連続だった。なんというか、彼の語るひとつひとつが地に足が着いているように感じられた。希麻子だってもちろん、高校時代に小劇団の芝居を見て心を震わせ、大学時代に演劇サークルに入って自分には芝居しかないと思い、そのまま今まできた。何かに感動し、自分もその道に入り、やりたいことを模索するという意味では、林久信となんら変わりはない。けれど根本的に違うのは、彼はそれを仕事にしたいと願い、実際地道に仕事にしていた。これで食べると決めたものだった。しかも、そこに大仰さがまるでないことに希麻子はさらに驚くのだった。やってやるぜというような力みが、久信にはまるでなかった。大義名分もなかったし有言すらせず実行しているかに見えた。飄々《ひょうひょう》と世のなかをわたっているように見えた。才能ってこんなに静かなものなのかと希麻子は思わずにはいられなかった。

久信は、希麻子や希麻子の周囲にいる、たとえば黒田とは正反対だった。目標を言葉にし（何千人動員とか、どこのハコで芝居を打つとか、いくらの黒字にするとか）、意志を言葉にし（魂を売るつもりはないとか、金儲《かねもう》けがしたいわけじゃないとか、死ぬまで続けるとか）、自分の立ち位置を言葉にし（だれそれはメジャーに走ったとか、だれそれは力もないのにコネだらけだとか）、それらの言葉を交換することで前へ進んできた（前に進んだとして）自分たちとは、正反対だった。では実際、大仰な言葉で語る自分たちが社会的に認められているかと言えばそんなことはなく、生活費すらほかの仕事で稼がなくてはならないのが実状だった。

今まで、黒田以外に交際した男たちにも久信のような人はいなかった。趣味が登山の会社員とか、一年の海外放浪のためにアルバイトをしているフリーターとか、自主映画を作っている居酒屋の雇われ店長とか、トライアスロンの記録に挑戦し続けているスポーツクラブ勤務とか、元ミュージシャン現デザイン事務所とか、どちらかといえば希麻子と似たり寄ったりの男ばかりだった。希麻子は深夜アパートに戻り、チラシの裏に数字を書きこんでは、自分が何歳のときに久信が何をしていたのかを系統立てて考えてみたりした。観客の数の少なさを居酒屋で嘆いていたころ久信はオーストリアで運命の美術館に足を踏み入れたんだなとか。知り合いから紹介されたテレビの仕事で十二万円のギャラをもらって泣くほど喜んでいたとき、コンペとやらで勝ったのだなとか。スナック「火影《ほかげ》」で働きはじめたころ、ベルリンで個展をやったのだなとか。そういうことを考えていると、希麻子はことごとく打ちのめされた。自分が何ものでもなく、何ものにもなれないことを思い知らされた。そのことに傷つきはしたが、しかし不思議と爽快《そうかい》な痛みだった。打ちのめされた痛みはそのまま久信への恋心に変換された。その年の終わりには希麻子はのめりこむように久信に夢中になっていた。こんなに人を好きになるのは、十九歳のとき以来かもしれないなどと真剣に考えた。

好きだとか、今日からつき合うだとか、言い出すことはなかったが、一週間に二度、三度とアルバイトのひけた深夜に、希麻子は久信の住む駒場《こまば》東大前に向かった。久信はたいてい希麻子とともにタクシーに乗り渋谷近辺で酒を飲んだり食事をしたりし、タクシーで帰ってきた。その後希麻子は眠るが久信は起きていて、玄関わきにある仕事部屋にこもって仕事をしている。翌日昼ごろ目覚めて、二人で昼食を食べにいく。そのまま電車を乗り継いで中華街にいったり、単館ロードショーを観《み》にいくこともたまにあったが、久信は家に戻って仕事をすることが多かった。仕事部屋には入ってほしくないようだったので、彼が仕事をはじめてしまうと希麻子はとたんにひまになる。寝室とリビングをいったりきたりし、寝室の本棚に久信の作品や彼自身がのっている雑誌を見つけては読んだり、久信が出演したテレビ番組のビデオなどを見つけてはそれを眺めたりして過ごした。過去の掲載雑誌や出演したテレビだけを見ていると、久信は、希麻子が思うよりずっと有名人らしかった。希麻子はそれで不思議な気分になった。これだけの雑誌にのり、これだけのテレビに出演して、それでも、たとえば実家の母は林久信を知らないだろう。私だって黒田に聞かなかったら知らなかったろう。久信を紹介したプロデューサーは「マニアック」と言っていたし、あのときの中田舞だって当然久信を知らなかった。ということは、子どもからおばあちゃんまで、広く名を知られるには、いったいどのくらいの仕事をこなさねばならないのか。希麻子はそんなことを考えるのだった。二十代の希麻子は、役者として名を知られるようになりたいと本気で願っていたし、そうなることは可能だと信じていた。でももし今、あのころの自分に会ったならば、私は真っ先に「そんなことは世界がひっくり返っても不可能だ」と教えてやるのではないかと希麻子は思った。

話は合うようで合わなかった。久信は無趣味に等しかった。絵のことや、自分の過去の仕事、未来の展望については饒舌《じょうぜつ》になるが、そのほかにはまったく興味を示さず、希麻子が芝居をしていると言っても「へえ」とうなずいただけだし、熱心に誘えば単館ロードショーにもつきあってはくれるが、おもしろい、おもしろくない程度の感想を言うこともなかった。音楽に関しても嗜好《しこう》というものがないらしく、彼の部屋にあるCDはみな、彼がジャケットを手がけたり、知り合いから送られてきたものばかりで、しかも三分の一が開封されていなかった。希麻子自身に対しても興味があるのかないのか、「バイトいってくる」と言い残して出かけても、なんのアルバイトをしているのかと一度も訊《き》いたことがない。それでも希麻子の訪問も誘いも断らないし、何日家にいても出ていけとも言わないのだから、うまくいっているのだろうと希麻子は勝手に考えていた。話が合いそうで合わないことは、希麻子にはなんの問題にもならなかった。そんなことよりも恋心が勝っていた。

希麻子にとって久信の部屋はあまり居心地のいい空間ではなかった。きれいすぎるのだ。何かが出しっぱなしになっているということはまずなく、週に一度は業者が掃除にくるというのに久信は毎日掃除機をかけ、床には埃玉《ほこりだま》が落ちているということがない。あちこちに飾られた雑貨やオブジェは位置が決まっているらしく、落として壊したら、倒して傷をつけたら、位置をずらして何かがめちゃくちゃになってしまったら、と思うとさわることも近寄ることも希麻子はできない。キッチンには米も油も塩もなく、一度手料理を食べさせようとそれらを買ってきたのだが、そして料理をするなと久信は決して言わなかったが、次に訪ねたとき、米も味噌《みそ》も塩もみりんもみなきれいに処分されていた。ショックだった。以来希麻子は料理をしなくなった。しかも冷蔵庫を開けると、「これは冷蔵庫に見えるがそうではなく、ひとつの芸術作品なのか」と思うほど整然としている。外国製のジャムや瓶詰めのパスタソース、やっぱりこ洒落《じゃれ》た瓶に入ったマヨネーズやチューブ入りの唐辛子ペーストなどが、ディスプレイのように並んでいる。配置が計算されたように美しく並んでいるので希麻子はそれらに手を出すことができず、一週間後またおそるおそる冷蔵庫を開けてみても、一カ月後にそうしてみても、みな同じ場所にちんまりとおさまっているので、「これは冷蔵庫ではない」と希麻子は結論づけ、この部屋で手料理を作るということを完全にあきらめた。

料理も作れない、掃除もできない、雑誌や漫画を買ってきて散らかすのもためらわれる、化粧品や洋服といった自分のものを持ちこむのもためらわれる、とすると、その広々とした部屋で希麻子は手持ちぶさたにならずにはいられず、自分のアパートに帰ると安堵《あんど》のため息がもれ、まるで何かに取り憑《つ》かれたように牛すじを煮たり鯛《たい》を下ろして調理したりと手のこんだ料理ばかりを作り、ひとりでそれを平らげた。けれどその居心地の悪さすら、話の合う合わないと同じく、希麻子にとってはまったくとるに足らないことで、翌日になればまた、アルバイト帰りにいそいそと久信のマンションを目指すのだった。

クリスマスには久信がレストランを予約してくれた。何がほしいかと希麻子に訊いて、希麻子のほしがったピアスも買ってくれた。希麻子は二カ月ほど前から、知人や劇団仲間が持ってくるテレビや映画のエキストラ仕事を断っていた。そんなことをする必要を感じないのだった。

暮れから正月にかけてスナックは休みになり、希麻子は久信の家に入り浸った。久信は大晦日《おおみそか》と元旦《がんたん》の午前中だけ仕事をしないでいたが、一日の午後には仕事部屋にこもった。希麻子はベランダから正月の晴れた空を眺めて過ごした。

新年四日の夕方、新年会があると言ってめずらしく久信は出かける準備をはじめた。部屋にいてもいいと久信は言ったが、明日からまたアルバイトがはじまるので、希麻子は久信とともにマンションを出ることにした。早めに終わったら連絡する、と別れ際《ぎわ》、久信は言った。ホームで手をふって別れた。

ひとり取り残されたホームで、希麻子はベンチに座って下り電車を待った。空は高くて青い。ホームにひとけはなく、時間が止まったようにひそやかだった。電車が走りこんできて、希麻子が立ち上がったとき、鞄《かばん》のなかで携帯電話が振動した。希麻子はディスプレイに表示された名前を確認すると、電車には乗らず、ベンチに腰掛けながら携帯電話の通話ボタンを押す。電車は扉を閉じ、走り去る。ホームが再び静まり返ると、黒田の声ははっきりと聞こえた。

「何、今、外?」

「うん。でも平気だよ」

「正月、何してた」

「うん、べつに。だらだらしてた」

「飲む?」

希麻子はホームの時計を見上げる。四時を少し過ぎたところだった。ちょっと用事あるから。心のなかで言いながらも、

「あんまり遅くまで飲めないけど。それでもいいなら」と、答えている。

「ほんじゃ、どうしようか。この時間、どっか開いてるかな」

「駅前なら開いてるでしょ」

「じゃ、駅前の店にいるよ」

「ねえ、駒場東大前から江古田《えこだ》ってどうやっていくの」希麻子は訊く。

「はあ？　なんでそんなとこにいんの。まあいいや、駒場って井の頭線だろ？　渋谷に出てそっから池袋までいって、西武線。もし下りのほうが早くきたら、下北までいって新宿出て、そっから池袋で西武線」

「はあー、なんか遠そう」

「遠くないよ、四十分くらいだよ。おまえってほんと、都内の路線覚えないのな」

「じゃ、あとで」

「おう、あとで」

電話を切る。上り電車がきて、希麻子はそれに乗りこむ。東京とはいえ田園と山に囲まれた西部で生まれ育った希麻子は、十八歳のとき家を出て新宿区でひとり暮らしをはじめ、それから二十年近く、家よりは都心部に暮らしているが、黒田の言うとおり未《いま》だに地下鉄もJRも乗りこなせない。新宿から駒場東大前とか、池袋から江古田までとか、渋谷から中野までならば乗り換えに困らないが、二回以上電車を乗り換えることになるととたんにわからなくなる。携帯電話がさほど普及していなかった一年前までは、いつも黒田かそのとき交際している恋人に電話をかけて「目黒から方南町ってどうやっていくの」だの「笹塚《ささづか》から赤坂ってどうやっていくの」だのと訊いていた。もっとも的確に、しかも複数のいきかたを即時に答えるのは黒田のみで、二十歳のころの希麻子はそんな黒田を心から尊敬していた。何しろ黒田は新潟の出身で、渋谷も新宿も十八歳ではじめて降り立ったというのに、数年のあいだに路線図を網羅しているのだから。

ある場所からある場所へのいきかたをぱっと答えられる黒田を、もちろんそのほかたくさんのことをも含め、未だに希麻子は崇拝に近く尊敬していたのだが、その日、言われたとおり渋谷から山手線に乗り換え池袋で降り、もう何度も乗った黄色い電車に乗り換えた希麻子は、黒田に対する尊敬が、なんとなく目減りしていることに気づいた。

タクシーがあるんじゃん。と、暖房のきいた電車のなかで希麻子は思った。駒場東大前から江古田までの乗り換えがわからなかったら、タクシーに乗ればいいんだよ。黒田がそうしないで路線図を記憶しているのは、私がそうしないで黒田を頼るのは、単純にタクシーに乗る経済的余裕と、その余裕から生じる発想がないからだよ。

もちろん自分がそう思う背景には、久信という存在があることを希麻子は自覚していた。いともたやすくタクシーに乗りこむ久信が。

駅前の安居酒屋は空《す》いていて、クローン製造したかのように似た風貌《ふうぼう》の中年親父《おやじ》が数人、カウンターで飲んでいた。黒田は奥の座敷席にいた。ささくれた畳敷きの座敷席に向かい合って座り、希麻子はビールともつ煮を注文する。

「あけましておめでとう」と言い合ってビールジョッキをかち合わせる。泡が滴《したた》って希麻子の手のひらを濡《ぬ》らした。

もつ煮や、焼き鳥や、もろきゅうを食べながら、なんということはない話をする。黒田は大晦日も新年もなく部屋で飲み、新しい台本を書いては捨て、書いては書きなおしていて、だれとも会っておらず人と話すのも久しぶりだと言い、その話す様子からこれは嘘《うそ》だ、例のアルバイト先の若い女の子といちゃついていたんだろうと希麻子は悟るが、その嘘を暴《あば》こうというつもりもなく、へえ、そうなんだ、うんうん、と聞き、自分もまた、アパートでひとり、紅白歌合戦も新年のにぎやかなバラエティ番組も見ず、牛の尻尾を煮こんだり餃子《ギョーザ》の皮を練ったりしていたと嘘をつく。その嘘を黒田が見破っているかどうかは希麻子にはよくわからない。例の、林久信どうなった、と黒田が訊いてくれれば、少しくらいは話してやってもいいかと希麻子は思いながら言葉を交わすが、しかし黒田がその件について訊く様子はまったくない。

「そういえば、トゥルーマン・ショー、すげえおもしろかった」

「へえー。見たいかも。もう終わっちゃってるかな」

「まだやってるだろ。十一月にきたばっかだもん。でも正月映画に押しやられたかな」

「そういえば、ルル・オン・ザ・ブリッジ見にいこうって言っててそのままになってるね、あれって監督もポール・オースターなんだよね」

「そうそう。スモークもよかったもんな。あの年はいい映画多かったな」

「あれっていつだっけ？ セブンとかの年？ けっこういっしょに映画観《み》にいってたよね。時間あったんだなあ、あのころ。クロちん、ベイブ観て泣いたんだよね」

「馬鹿《ばか》、泣くか。それにしても今年は正月もたいしたことないし、あんま観たいのないよな」

「それって精神がおっさんになったってことなんじゃないの。感性が鈍るっていうか」

「いや、おれ、HANA-BI観て去年泣いたもん。まだ鈍ってねえよ」

「やっぱ泣いてんじゃん」

「違うって、おまえマジで観てみろよ、すげえいい映画だから」

ふと希麻子は、全身適温の湯に浸《つ》かったような、安堵と解放感と快感の入り交じった気分を感じる。ああ、なんと心地いいのか。そう思った次の瞬間、そう思ったことに対し焦燥を覚える。そんなこと思ったら、なんだか今まで、心地よくないところに窮屈な姿勢で閉じこもっていたみたいじゃないか。

希麻子は十八歳のときから黒田が好きだった。告白も何もなくなし崩しのように交際するようになった。デートなんかほとんどしたことがなく、いつも黒田の部屋か希麻子の部屋で会い、たまに近所の安居酒屋で飲む程度だった。希麻子は心の奥底から黒田を尊敬していた。こんなに才能に満ちあふれたかっこいい男はいないと信じていた。黒田の好きなものはみんな好きになった。ジェイムズ・エルロイもそうだ。松本清張もそうだ。ハウリン・ウルフもそうだ。ジェームス・ブラウンもそうだ。レニー・クラヴィッツもそうだ。タルコフスキーもそうだ。いかげそもいかくんもそうだ。もずくも鶏《とり》の手羽揚げもそうだ。黒田の嫌いなものはみんなださく、偽物《にせもの》くさく見えた。ベストセラーも流行の歌も気取ったフランス料理屋も、会社員も高級車もブランド品も。驚くほど価値観が似てしまい、二人で交わす会話は暗号のようだと友だちに言われたこともある。だいたい三年周期で黒田はほかの女の子に熱を上げ、深刻そうな顔で希麻子に別れを切り出した。最初に別れを切り出されたとき、希麻子は本気で自殺を考えた。自分に魅力がないのだと思いこみ、そうすれば魅力が生じるだろうと好きでもない男と寝まくった。二回目にふられたときはさほど驚かなかった。すんなり受け入れ、ちょっといいなと思った男の子とつきあった。三回目のときからは、仕組みがわかった気がした。倦怠期《けんたいき》がくるとつまり黒田はだれかを好きになってしまうのだ。でも、私に恋人ができると悔しくて戻ってくる。だから私は、黒田にふられれば速攻で恋人を作ればいいのだと希麻子は思った。四回目は余裕だった。五回目以降、つきあっているのかつきあっていないのかわからないような状態になった。希麻子にはほかにも恋人がいたが、黒田がくれば拒まなかったし、黒田に呼び出されれば恋人との約束を反故《ほご》にして駆けつけた。

黒田がアルバイト先のビデオ屋で、年若いアルバイトと恋に落ちたときも希麻子はたいして気にしなかった。いつか別れるんだろうと思った。希麻子はアルバイト先のスナックで会った元ミュージシャンの家に居候《いそうろう》した。恋に発展すればいいなと思っていたが、思うように好きになれなかった。元ミュージシャンの家を出るとき、なんだかもう全部が嫌になった。好きでもない男の家に居候するのも、それをわざわざ黒田に報告している自分も、年若いアルバイトとけっこう長続きしてプリクラなんて撮っている黒田も、それなのに惰性のように性交してしまう自分たちも、何もかも嫌になった。そんなときに会ったのが、林久信だった。林久信に希麻子は本気で恋をしていた。今までの、黒田待ちの恋とは違うと思っていた。黒田をはじめて好きになった十八のときに匹敵する恋だと思っていた。今も思っている。ただひとつ違うことは、黒田がただの貧乏学生でも恋をしてしまったのに対し、林久信が、自分の好きな、そして成功もしているイラストレーターである、ということだが、しかしその違いがなんだというのだろう。

だから今、希麻子は、黒田といることに、もううんざりだと思った場所に、安堵と解放と快感などを感じるわけにはいかないのだった。久信から電話がきたらすぐ帰ろう。自分にそう言い聞かせ、希麻子は幾度も携帯電話を確認したが、電話はかかってこなかった。それで希麻子は黒田が追加注文した野菜炒《いた》めや湯豆腐を空腹でもないのにだらだらと食べ続け、酒を飲み続けた。

十一時近くなって携帯が鳴り、希麻子はあわてて自分のそれを手にしたのだが、鳴っているのは黒田の電話だった。おお、うん、今外。ああ、うん、うん、わかった。ほんじゃ。片手で口元を隠すようにして短い会話をし、黒田は電話を切り、いかにもさりげなさを装《よそお》ってジョッキのチューハイを飲み干す。

「彼女？　電話」鼻白みながら希麻子は訊《き》いた。

「ねえ、あの女の人だれ？」

「んあ？　だれそれ」

「べつにいいよ、隠さなくたって。アルバイト先の若い子でしょ。帰ろうか」

「いや、違うけどさ、ま、いいか、帰るか。おまえあんまし遅くなってもあれだしな」自分が帰りたいくせに黒田はそんなことを言って立ち上がる。会計を済ませ、めずらしく奢《おご》ってくれるのかと思っていると、黒田は希麻子をふりむき「二千三百八十円。相変わらず安いよな」と手のひらを出した。

黒田と別れ、駅に向かう。池袋に出、渋谷に出、駒場東大前に戻ってきてしまう。まだ帰っていないかもしれないと思いながら、久信のマンションを目指して歩く。正月の夜は冷たく尖《とが》っている。希麻子は両手に息を吹きかけて歩く。黒田が恋人に呼び出されてもぜんぜん胸が痛まないや、と、希麻子は言葉にして書きつけるように思ってみる。だって私には新しい恋人がもういるのだし。と、続ける。

久信はもう帰ってきていた。部屋に入ると、久信はめずらしくソファに座って酒を飲んでいた。ソファテーブルにはウイスキーと氷、封の開いたビーフジャーキーが置いてある。「キマちゃんも飲む？」と訊く。ずいぶんと飲んだらしく、口調がおっとりしている。

「うん、飲む飲む」希麻子は言って、それもひとつの芸術品のようでなかなか触れられなかった食器棚から、やけに薄べったいグラスを取り出し、氷を入れウイスキーを注ぎ、久信の隣に座る。この部屋に、飲んだり食べたりできる湿ったものがあるだけで、希麻子は異様にうれしかった。

「楽しかった？　新年会」

「うん。先生にこれもらって」と、ビーフジャーキーとウイスキーを指す。

「先生ってだれ」

久信は名前を言い、「知らないの、もんのすごく有名な人なんだけど。おれの美術学校のときの先生でもあるんだ。毎年先生を囲む新年会があって」と間延びした声で言う。

「有名な人って何？　絵を描く人？」

「キマちゃん、なんにも知らないんだなあー」あきれたように久信が言うので、希麻子ははじめてこの男に対しかちんとくる。じゃあおまえ、ポール・オースターを知っているのかよ、ボアダムスを知っているのかよ、と言いたくなったがもちろん言わず、にっと笑ってみせ、ウイスキーを飲む。

「最初に応募して賞もらったときに、少しのあいだはよかったんだ、得意になってて。でもだんだん不安になってきた。仕事もなかったしね。美術学校にいったはいったけど、美大なんて出てないし、はじめたの遅いし。そんなことをそのころの飲み会で先生に言ったら、馬鹿だなあ、きみはなんか見て感動したんだろ、すげえって思ったんだろ、それだけでいいんだって、履歴とかキャリアじゃなくて、すげえって思った、その気持ちの強さだけがこれからのきみを引っ張ってく力なんだぞってそう言うんだよ。まいっちゃってさあ」

そう話し出した久信の声が湿っているので、希麻子は驚いて彼を見、そして度肝を抜かれた。久信が泣いていたからである。

「勉強なんか足をひっぱるだけだって。いい成績をもらえる絵が人の心を動かすかって、そう言ったんだ先生は。それでおれ、ずっとその言葉を嚙《か》みしめてやってきたんだ。今も、そう思いながらやってるんだ」

「へえ」希麻子は言った。久信がなぜ泣いているのかまったくわからなかった。先生に会えて感動したのか、でも毎年会っているようだし。思い出して泣いているのか、でも思い出すたびに泣いているわけでもないだろう。今日の会で何かかなしいことがあったのか。先生がぼけはじめていたとか、病気を告白されたとか。あるいは今、仕事で何かつらいのか。つらくてでも言えなくて、ひとりでずっと耐えてきたのか。

「でもその先生の言葉であなたはこんなに成功したんだから、すごい先生なんだね、本当に」とりあえず、何か言葉をかけたくて希麻子は言った。

「成功ってなんだと思うの？　おれ成功なんてしてないよ。仕事があってお金もあることを成功とは思わないよ。それも先生が教えてくれたことなんだよ」

たしか似たようなことをどこかで聞いた、と希麻子は思い、ウイスキーをなめ、あ、元ミュージシャンの部屋で聞いたんだと思い出す。キマちゃんの言う成功がなんなのかわからないけど、とかなんとか。成功に種類なんてあるのか、と希麻子は思う。

「今のままじゃだめだ、もっともっとがんばろうっておれ、今日思ったよ。もっとがむしゃらにやんなきゃだめだって思ったよ」

久信はすすり泣き、大きな音で鼻をすすり、ウイスキーをつぎ足して煽《あお》るように飲んだ。

「ねえ、私でよかったら手伝うよ。あのさ、面倒くさいことあるでしょ、会社に絵を届けたり、描いたものを保管したり。あと今出版社がやってるっていう電話も私が受けたっていいし。林くんが仕事をやりやすいようになるなら、面倒なことはかわりになんでも引き受けるよ」希麻子は久信に会った翌日に早々と作り上げた人生計画の一端を、ここぞとばかり提案してみた。

「ありがとう」久信は絞るような声で言い、鼻をかんだ。

ああ、人生計画が実現する。希麻子は胸の内で拳《こぶし》を突き上げ、ビーフジャーキーを口に入れて噛みしめる。さよなら黒田。私はついに自分の道を歩けるよ。心のなかで希麻子は叫ぶ。

こたつに入って向き合う黒田を、希麻子はしげしげと眺める。黒田は希麻子を見ずに、希麻子の前にあるグラスに焼酎《しょうちゅう》をつぐ。こたつの上には、コンビニエンスストアで買ってきたおでんと、6Pチーズ、封の開いたポテトチップス、希麻子が手みやげに買ってきた焼き鳥がある。希麻子は焼酎には口をつけず、ポテトチップスをつまんで口に入れる。かりかりと乾いた音がする。

「十月の終わりから一週間、青葉スタジオをおさえたからさ、そろそろ練習なんだけど」黒田は自分の前に置いた焼酎入りのグラスを見つめて言う。「稽古場《けいこば》、そろそろとろうかと思って」

今だ、と希麻子は思う。

今までずっと、スケジュールを組んだり、稽古場をとったり、団員たちに連絡をとったりという雑用は希麻子が引き受けてきた。

「もう本も書きはじめてるんだ。見る？」黒田はグラスに人差し指をつっこんで、氷をくるくるとまわす。

今だ。希麻子はもう一度思う。口を開き、また閉じ、この数日練習したせりふを心の内で繰り返し、また口を開き、今だと自分に声をかけ、ようやく言う。

「うん、あのね、私もう辞めるからさ。あとはそっちでやって」

「え？」黒田が顔を上げて希麻子を見る。驚きが顔に出ている。希麻子はにっと笑ってみせる。勝った、と思う。やっと勝った。こいつに勝った。「辞める？」

「うん、辞める。すっぱり。だからさっきの、ミネさん経由の映画の話も断っていいよ」

「でもおまえ、あれだぞ、この映画の話はかなりいいぞ」

「うん、でも辞めるから」天井を仰いで笑い出したいのをこらえて希麻子は繰り返す。

「おまえが断ると、この話、ナツミにいくぞ」

「いいんじゃない、なっちゃんで。なっちゃん喜ぶと思うよ」

「本気？」

「本気」希麻子はうなずき、もう一度にっと笑ってみせる。

黒田はねめつけるように希麻子を見、自分の焼酎を生《き》のまますすり、こたつに広げたチーズをかじり、

「それって、あのライターと関係ある？」パッケージから抜き出した煙草《たばこ》をもてあそびながら訊いた。

「ライターじゃなくてイラストレーターね。うん、そうね、ちょっとは関係あるかな」

嫉妬《しっと》してやがる。希麻子は得意げに思う。ライターなんてわざと間違えちゃって。

「でもおまえ、今辞めてどうすんの。芝居やってるから役者っていえるわけで、芝居辞めたらおまえ、ただの無職の三十六歳だぞ。あ、もうじき七か」

「うん、仕事なら見つけたから。それに今のままやってたって、どうしようもないしね」

黒田はなんにも言わず煙草に火をつける。静まり返った部屋のなかを、希麻子は眺めまわす。黒田がこの部屋に引っ越してきたのは八年前だ。１ＤＫで家賃が八万二千円。引っ越しを手伝った日のことをすぐに思い出すことができる。前に住んでいた六万五千円のワンルームから、劇団の倉本と三人で荷物を運び出し、借りたトラックに運びこみ、この部屋のドアを開けて、広い広い、出世だ出世だとみんなで笑った。そのあと焼き肉を食べにいって、黒田がおごってくれた。ＣＤラックと机とこたつは、青梅《おうめ》街道沿いのホームセンターで買った。本棚は舞台装置で作った棚を黒田が作りなおしたものだ。この部屋に置かれたものが、どのようにしていつここにやってきたのかを希麻子はぜんぶ知っている。台所の流しの下のおたまひとつですら。

「そんなわけでさあ、これからは私に連絡とることないからね。なっちゃんがずっと手伝ってくれてたから、あの子に言えばいろいろやってくれると思う。私のように有能かどうかはわかんないけどさ」

希麻子は笑う。黒田は笑わない。

「飲まないの？」

黒田は希麻子の前のグラスを顎《あご》でしゃくる。今日は一滴も酒類を口にしないと決めた希麻子の気持ちを知っているみたいに。いや、知っているんだろうと希麻子は思う。なんだって知っちゃうんだ、この人。私がそうなように。

「そっかー、辞めるかあ。まあ、人にはいろいろ事情があるしね。そんで何、そのライターと何かするわけ」おでんやポテトチップスの位置を意味もなく変えながら黒田は訊く。

「うーん、どうかなあ。それはわかんないけど」希麻子はあまりにやにやしないように慎重に答える。

「そうか、やめるか、うん、やめるか」黒田はひとりつぶやきながらうなずき、グラスの中身を飲み干してつぎ足し、「わかった。了解」と希麻子を見ないまま言った。

それきり黒田が黙ってしまい、希麻子も何を話してよくて何を話さないほうがいいのか判断がつかず黙っていた。やけに大きく秒針の音が響く。学生時代の、共通の友人の結婚パーティのビンゴゲームであてた目覚まし時計。よし、と希麻子は心のなかで号令をかけ、

「帰ろうかな」

立ち上がった。玄関まで見送りにきた黒田が、きっと一言、おまえはいてもいなくてもおんなじだし、とかなんとか、嫌みを言うだろうと希麻子は想像し待ちかまえるが、黒田は何も言わなかった。玄関の戸を真ん中に向き合って、希麻子がまたねと言うと、

「芝居、見にきてな。忘れてたら忘れてていいけど」

と黒田は言い、無理矢理作ったような笑顔を見せた。

それには答えず、玄関の戸を閉め、希麻子は駅までの道を走った。空気はまだ冷たいが、やわらかいにおいがしていた。

やった、やった、やった、やった、勝った、勝った、勝った、黒田に勝った、サラバ黒田、サラバだ黒田。ちいさく叫び、心のなかで幾度もそうしたように希麻子は拳を突き上

げ、それをふりまわして走った。やった、やったと言い続けながら、だらだらと涙が流れた。道ゆく人の目も気にせず、希麻子は突き上げた拳でそれらを拭《ぬぐ》いながら走り続けた。

モノクロ、近代アート系、犬猫もの、写真家もの、ロックもの。希麻子はカウンターの内側で、透明のビニールに入れたポストカードを分類していく。奥の事務室のドアは開け放たれていて、オーナーの矢萩《やはぎ》の声が聞こえてくる。ありがちじゃん、ありがちなもの撮ったってしょうがないじゃん、あなたさあ、こういうのいいなって思ってるんでしょ、でもこういうのはもう他の人が撮っちゃってるんだからさ、あなたがやったってしかたないわけよ、わかる？　希麻子は肩越しにふりかえり、事務室のなかをのぞく。矢萩の姿は見えず、向き合っている若い男の子だけが見える。彼は唇を尖《とが》らせてうつむいている。こんなふうにけなされることに慣れていないんだろう。「ってことで、もういいよ。おもしろいものが撮れたらまた持ってきてよ。あなただけにしか撮れないものを撮ってね」椅子《いす》を引く音がし、やがて大きな鞄《かばん》を肩から提げた男の子がうつむいてカウンターを通り越していく。ありがとうございました、と希麻子が声をかけても、ふりむきもせず店を出ていく。

「キマちゃん、おれ、昼、食ってくるね。そのままうち合わせにいっちゃうからさ、ミエちゃんがきたらキマちゃん昼いってよ」

奥の部屋から出てきた矢萩は、相変わらずハイテンションで言う。

「あーはい、どうぞ、いってらっしゃい」

「じゃあねえーん」

自動ドアを出ていく矢萩の白いシャツが、五月の陽射《ひざ》しにぴかりと光る。入れ替わりに若い女の子の二人連れが入ってくる。美大生かデザイン学校生か、どちらも奇抜な格好をしているが、「やーんこれかわいー」ととんがった格好には似つかわしくないあまやかな声を上げ、互いにポストカードを見せあっている。若いなあ。希麻子は思わず心のなかでつぶやく。

今年希麻子は三十八歳になる。芝居をしていた自分や、酔っぱらって男の家に転がりこんでいた自分が、ひどく遠いものに思える。とはいえそれはたった一、二年前のことで、本当はそういうことは二十代のうちに卒業しておかなければならなかったんだなあと、女の子たちを見つめて希麻子は考える。

希麻子の人生計画が頓挫《とんざ》したのは、つい三カ月前だった。

黒田と別れたのち、芽の出そうもない芝居からも完全に足を洗って、スナックのアルバイトを続けるかたわら、希麻子は林久信の仕事の手伝いを、半ば無理矢理はじめた。毎日のように久信の部屋に押し掛けて、雑用はないか、することはないかと言い続け、最初はなんにもないと言っていた久信だが、だんだん、新宿までいってこの絵の具を買ってきてくれとか、出版社にこれを届けてくれとか、領収書を日付順にしてパソコンに打ちこんでくれとか、あれこれ言うようになった。どれだけ希麻子の仕事が増えても久信は決して自分の仕事場に希麻子を入れず、自分の不在時にはその部屋に鍵《かぎ》をかけた。閉ざされたドアからは拒絶の空気がにじみ出ていて、ノックすることも声をかけることもはばかられ、希麻子はリビングで何か雑用を命じられるのを待つだけだった。

そのうち、希麻子が一日じゅう部屋にいることも創作の気にさわるのか、久信は事務所を借りると言い出した。そして実際、自宅マンションのそばにワンルームの部屋を借り、電話やファクスやデスクを運びこんだ。計画は滞りなく運んでいる、と希麻子はわくわくと思いながら、事務所に専念するつもりでスナックも辞めてしまった。スナックのアルバイト代を少し切るくらいだったが、給与も久信からちゃんと支払われた。それが去年のちょうど今ごろである。

希麻子はひとりワンルームで久信の指示を待ち、おつかいにいったり宅配便を出しにいったりしていた。今までだって劇団の雑用を引き受けていたのだから、希麻子にとってはなんでもないことだった。久信の仕事に余裕があるときは、落ち合って食事にいったり、以前のように遅くまでバーで飲んだりした。希麻子は久信を説き伏せ、出版社に任せている電話処理も自分で行うようになり、そうなると事務所は俄然《がぜん》事務所らしく機能しはじめた。順調だった。希麻子はその順調さに有頂天になった。ちょうどそのころ、黒田からビデオが送られてきた。いつか黒田がおもしろいと言っていた、黒田がおもしろいと言ったから反射的に観《み》たいと希麻子が言った、その映画のビデオで、希麻子は事務所の真新しいテレビでそれを観たが、まったくおもしろいと感じなかった。それればかりかくだらなく思えた。黒田と自分が、もうぜんぜん違うところにいるのだと希麻子はある優越感を持って思った。この男に教えてもらうものはもう何もないのだと。

事務所形態になって四カ月後には、希麻子はあれこれと立ち入ったことにまで口出しするようになった。事務所を株式会社にしたらどうか（もちろん自分も役員になるつもりでいた）。スケジューリングをスムーズにするため取材時には私を連れていったらどうか（久信のパートナーなのだと広く知らしめたかった）。テレビ出演は断ることもあるようだが、もっと受けたらどうか（そのテレビを自分が見たかった）。夏休みがなかったのだから冬には事務所ともども二週間くらい休みをとって、見聞を広めるために海外旅行でもしたらどうか（当然自分がいきたかった）。久信はそのひとつひとつに、そうだなあと曖昧《あいまい》な笑顔で答えるのみだったから、希麻子は自分が彼にとって早くもいなくてはならない存在になったと思いこんでいたのだが、十月になって、久信は希麻子には何も告げないまま新しい女性を事務員に雇った。元出版社勤務の女性らしく、電話の応対も、スケジュールの組み立て方も、久信の作品整理も、希麻子とは根本的に異なった要領のよさを発揮した。さらに十一月になってもうひとり、デザイン学校出の若い女の子が事務所にやってきた。この子はしょっちゅう久信から電話で呼び出され、彼の自宅マンションに赴いた。絵の仕上げや処理や梱包《こんぽう》を手伝っているだけだとその子は言うのだが、有能な二人の女の出現によって手持ちぶさたになりはじめていた希麻子は、焦《あせ》った。焦って疑心暗鬼になり、のちに思い返せばもっともやってはいけないことをやった。久信に二人の悪口を吹聴《ふいちょう》し、自分が今までひとりでどれだけがんばってきたか強調し、そして脅迫するように結婚を迫ったのである。それが昨年のクリスマスイブだった。

久信は希麻子を食事に誘うことはなくなった。希麻子が共同玄関のインターホンを鳴らしても、自動ドアがぐいーんと音をたてて開くことはなくなった。電話をかければ出るには出るし、食事に誘えば五回に一回はつきあってくれたが、部屋にはあげてくれなくなった。そうして希麻子がチョコレートを渡すために誘った二月、レストランで向き合った久信は、こともあろうに自分はゲイなので結婚はできない、とうなるように言った。だってあなた私とやったでしょう、女とできるのならゲイじゃないでしょうと希麻子は場所も忘れていきり立ったが、久信は「できるはできるが、本当に好きなのは男」と譲らない。いやゲイなはずはない、いやゲイだと言い合ううち、希麻子はじょじょに理解した。これは口実なのだと。私と無関係になりたいという苦し紛れの、もしかしたらとても思いやりにあふれた口実なのだと。さらに、かつての数カ月間の順調さが、単なる自分の大暴走だったとようやく気がついた。

その直後、事務所に三人目の女がやってきて、この女は語学が堪能《たんのう》だった。ニューヨークのギャラリーから個展の話がきていることを、希麻子はこの女から聞かされた。その日、希麻子は事務所の勤務時間が終わると久信の自宅のインターホンを押し、開かないドアを見つめながら「事務所辞めるね。今までありがとう」と言った。久信は共同玄関まで降りてきて、一瞬希麻子はやめないでくれと言われるのかと思ったが、そうではなく、彼は千切ったレポート用紙を差し出した。

「みんな知り合いのところだけど、連絡してみて。人手がほしいところばっかりだから」と久信は言い、こっちこそありがとう、と頭を下げた。一瞬見つめ合った。じゃあ、と言うと、久信はほっとしたような顔で、じゃあ、と言った。駅まで帰る道すがら、涙が出ないことに希麻子は驚いた。泣こうとしてみた。でも泣けなかった。そればかりか、高価な補正下着を脱ぎ捨てたときのような解放感が体じゅうに満ちた。今週末、牛の尻尾を煮よう、豆を煮よう、餃子《ギョーザ》の皮を練ろう。駅にたどり着くころにはそんなことを考えていた。もしかして、と希麻子は思った。私は黒田と離れるためにあんなに熱烈な恋をしたのかな、と。

希麻子が今現在勤める青山一丁目にあるポストカード専門のアートショップは、久信が紹介してくれたなかのひとつだった。

希麻子は今、十一時から五時まで準社員としてこの店で働き、六時から十一時まで洒落《しゃれ》た居酒屋で働いている。オーガニック食材を使った創作料理を出す店で、この店のオーナーも矢萩である。それらを合わせた給与は、さぼり放題だったスナックアルバイトよりよほど多く、こんなふうにして朝起きて夜眠る生活もあったのだと、希麻子は毎朝新鮮な気持ちで思う。恋人も好きな人もいなくても、日々はきちんとまわっていくのだ、とも。今では黒田も芝居も、テレビのエキストラもアルコールのにおいも、タクシーから見た夜も暴走した恋も、やけに遠い過去のものに感じられる。

女の子たちは数枚のポストカードを買って店を出ていく。遅番のミエちゃんがやってくる。希麻子は店番を彼女に任せ、事務室の後かたづけにいく。コーヒーカップを下げようとして、机の上に黒いファイルがのっていることに気づく。さっきうつむいて帰った男の子のものだ。希麻子はカップをのせた盆をテーブルに置き、ファイルに手をのばす。矢萩はポストカード専門店のほかにカフェ、居酒屋、ギャラリー、雑貨屋と手広く営んでおり、イラストや写真の持ちこみを歓迎している。目にとまるものがあれば、ポストカードを制作したり、居酒屋の壁に展示したり、そんなことはめったにないようだが、よほど気に入ればギャラリーでの個展も企画するらしい。

ページをめくる。ぼやけた中間色の写真はうつくしいが、たしかにどこかで見たような気がする。希麻子はページをめくっていく。

すげえって思った、その気持ちの強さだけがこれからのきみを引っ張ってく力なんだぞってそう言うんだよ。まいっちゃってさあ。唐突に、久信の言葉を思い出す。

恋人だと宣言することもなく、好きだと気持ちをたしかめ合うこともなく、それでも一年以上いっしょにいた彼が、なぜあのとき泣いたのか未《いま》だに希麻子はわからず、これからもきっとわからないままだろうと思う。成功というものがなんなのかも。けれど、もしかしたら、と思うのだ。久信の見ていた世界、彼が閉じこもっていた仕事場、そうしたものを希麻子は成功と呼ぶのだと思っていたが、もしかしたらそこは、成功という言葉の持つ華々しさとはかけ離れた、ぞっとするくらい孤独でさみしい場所なのかもしれない。私はそこに入ろうとして拒絶されたのだと希麻子は思う。当たり前だ、鶴《つる》の機織《はたお》りは決して見てはいけないのだし、ましてや共有なんてできないのだから。

久信と会わなくなると、何もかもなくしたような気がした。未来はもとより、過去すらも。実際希麻子は何もかもなくしたのだった。黒田も芝居も予定も人生設計も。浮き草のような気分だった。けれどだからこそ、まったく新しい生活をはじめることができた。四十歳も間近になって、新しい生活も何もないと苦笑しながらも、希麻子はそんな自分をすごいと思うのである。四十歳近い女のこの身軽さはすごい、と。この、すごい、は、久信の言っていた「すげえ」とは異なるだろうが、まあ、私は私なんだし、浮き草は浮き草なんだし、と自分をなぐさめるように思ったりする。

何も心に引っかかるところのないファイルを希麻子は音をたてて閉じ、書棚に入れてコーヒーカップを洗う。店内に戻り、お昼にいってくるとミエちゃんに告げ、財布だけ持って店の外に出る。五月の空は澄んでいて、妙に量感のある雲がいくつか浮かんでいる。車が輪郭を光らせて走り、街路樹の葉がアスファルトに落ちる陽射しのかたちをかえ続ける。パスタ、豚カツ、寿司《すし》、ラーメン。昼ごはんに食べるものを考えながら、知っている人とすれ違った気がしてふとふりむくと、背の高いビルの巨大看板に、林久信のイラストがあった。ブランコに乗った黒熊《くろくま》と犬の絵で、かわいらしいがどこか邪悪な感じがある。おお、と希麻子は口のなかでつぶやく。熊と犬は黒田と久信に見えた。おお、元気かよ。どちらにともなく言う。だれかの新譜の宣伝らしいその看板に向かって希麻子は拳《こぶし》をつきだして見せ、看板に背を向けて歩き出す。よし、昼はステーキだな、と空を仰いで希麻子は決める。

# 光の子

野坂文太《ブンタ》に会ったのは、今を遡《さかのぼ》ること十九年、一九八一年の夏で、その年、林久信《ヒサノブ》は十四歳だった。十四歳の夏休み、久信は河口湖にある牧場で過ごす羽目になった。その牧場では春夏冬と学校が休みに入るあいだ「青空教室」なるものを開催しており、全国から少年少女たちが集い、共同宿舎で寝泊まりしながら働いていた。集うのは問題のある少年少女で、自らの意志でというより、親や教師から強制的に送りこまれるといったほうが正しかった。つまるところその牧場は、春休み、夏休み、冬休みの期間、不良たちの更生施設を兼ねるのだった。

千葉の外房で生まれ育った久信は中学に上がると、反抗心も暴力衝動も感じることのないまま、ただ流されるようにしていわゆる不良になった。近所の友人たちに誘われて暴走族に入り、改造したオートバイを乗りまわし、シンナーを吸うばかりか売り買いもし、万引きをしカツアゲをし、学校へは昼過ぎに出向き、袴《はかま》のように太くて長い学生ズボンをはいていた。そうしたくてする、というよりも、ふつうにしているとそうなってしまうのだった。出席日数はもちろん足りず、三年生の保護者会で、青空教室に一夏参加すれば卒業資格を与えると教師に通達された。両親に叩《たた》き出されるようにして久信は河口湖に向かったのだった。

金やピンクや白に頭を染めた、自分と似たようななりの全国各地の少年少女たちと、牛舎の掃除をしたり餌《えさ》をやったり、牧場内で家族連れ相手にソフトクリームを売ったり「ふれあい広場」のスタッフをしたり、早朝から日暮れまで働かされ、その後は班をつくって勉強や運動をさせられた。ほとんどの男女が、ポーズなのかそうでないのか、とにかくたるい、冗談じゃない、と悪態をつきたげに日を過ごしているなか、やけに生き生きとしている男がいて、それが野坂文太だった。文太は率先して働き、みずから進んで料理班の主任になり、くじでいやいや料理班になった三、四人の男女をうまく使って、総勢四十人ぶんほどの食事を毎回作るのだった。「あいつ場違い」「ひとりでやってろ」と、陰口をたたく子どもたちもいたようだが、総じて文太は人気があった。思いを寄せる女の子も数多くいたようである。

久信も最初はほかの少年少女と同じく、何ごとにも、とにかくたるい、冗談じゃねえという態度でのぞんでいた。けれど実際のところ、家を離れて見知らぬ土地で暮らすことに興奮していたし、牛はかわいかったし糞《ふん》のにおいも気にならず、売店で夏休みの家族連れに「おにいちゃん、えらいねえ」などと声をかけられるのもうれしくてしかたなく、そして何より、食事の時間が待ち遠しかった。久信の母親はめったに料理をせず、朝でも夜でも納豆に漬け物に味噌汁《みそしる》がくりかえし出て、魚肉ソーセージを焼いたものやツナが加わればよいほうで、近隣に住む祖母がときおり煮物を届けてくれればそれがご馳走《ちそう》だった。だから牧場で供される食事は段違いにハイカラに思えた。朝はフレンチトーストやパンケーキや粥《かゆ》やサンドイッチが出た。昼はお好み焼きやタコスやスパゲティや冷やし中華が出た。夜はビーフストロガノフや野菜のごろごろ入ったグラタンや、ビーフシチューやタイカレーや、チーズ入りのハンバーグや炊《た》き込みごはんが出た。フレンチトーストやパンケーキ、タコスやドリアやビーフストロガノフといった料理名を、その夢のような味とともに久信はこの夏に覚えた。

　自分と同い年の不良学生がこれらの献立を決め、作っていることに久信は感動と驚異を感じずにはいられなかった。それで、牛舎の仕事がいっしょになったとき、久信は文太に声をかけたのだ。自分、えらいな、あんな立派なメシ作れて。

　文太は久信を見てにこりと笑った。あまりにも邪気のない、乳幼児が見せるような笑顔だったので、久信はぱっと顔が赤らむのを感じた。しかし自分は今照れているのだと自覚するより先に、文太が口を開いた。「うまいと思う？」そう訊《き》かれて、「うまいよ、すげえうまい」久信は答えた。

　それから顔を合わせれば会話をするようになった。文太は中学三年に上がってからほとんど学校にいかなくなり、それで親が青空教室に申しこんだらしかった。とはいえ「学校にいきたくないとか、いじめられてるとか、そういうんじゃなくて、ほかにもっとおもしろいことがあって、そっちを優先したくて」いかなくなったのだと言う。文太の言う「ほかにもっとおもしろいこと」は料理だった。学校にいかず、日がな一日台所で菓子や料理を作り続けていたのだと言う。

「おかんもばあちゃんも、最初は助かる助かるって喜んで食ってたくせに、教師から呼び出されたら血相変えて学校いけって言うんだもんな。でもよかったよ、ここ、楽しいし、おれの作ったものをおいしいって家族以外にはじめて言われたし」文太はそう言って笑った。

　そのとき久信は気づいたのだった。カツアゲも万引きも、集会もシンナー売りも、そのほかのあれこれも、したいと思ってやったことなどただの一度もない、ということに。この牧場にきて、そういうものと無関係の日々がいかに自分を安堵《あんど》させているか、にも。

夏休みが終わり、みなそろって根元の黒くなったピンクや金や白の頭髪の子たちは、それぞれの家へと帰る。すっかり親しくなった久信は文太と住所交換をした。文太は東京の中野という町に住んでいた。以降、久信は見も知らぬ中野という町に幾度も手紙を書いた。携帯電話もメールもなかった。

青空教室から帰った久信は、両親や教師から見れば立派に「更生」していた。友だちがそうしているから、断る理由がないから、ただひまだから、そういった理由だけで行動することを久信はやめた。集会にもいかなくなった。万引きもしなくなった。歩くのにうっとうしい袴ズボンもやめた。高校にいけたのは文太のおかげだったとのちに久信は思うようになる。自分の人生を救ったのは文太であると、もっとのちに久信は思うようになる。

文太からの誘いは、この十九年、めったなことがないかぎり久信は断らない。記憶が正しければ会えなかったのはただの三回、祖母が危篤《きとく》だったとき、イベントのために大阪に出張していたとき、個展のためにベルリンに滞在していたとき、その三回。文太と飲むためだけに取材をドタキャンしたこともあるし、座談会の日にちをずらしてもらったこともある。それほどまでに文太に会いたいというより、この数年、住所不定の文太が連絡してこないかぎり、連絡する手だてがないのである。現に大阪出張ののちは、すっかり連絡がなくなって、文太が生きているのか死んでいるのか、どこにいるのかいないのか、しばらく不明だった。連絡があったときに実物をつかまえ、何をしているのか、どこにいるのか、これからどうするのかを聞きただささないと、いともたやすく音信不通になってしまうおそれがあった。

久信はタクシーの窓から外を見る。タクシーはちょうど原宿の駅前を通り過ぎたところだった。通り沿いの店はほとんど明かりを落としているが、それでもぽつぽつと飲食店の明かりが灯り、昼間のように大勢の若者が歩いている。久信はいらいらと腕時計を確認する。九時を過ぎたばかりである。信号が赤に変わり、列になった車の後ろでタクシーも停まってしまい、久信は舌打ちしたいのを堪《こら》える。

本当は、今日の予定だって以前みたいに打っちゃってしまいたかった。作家や音楽家や映画監督など文化人六人で、その年に発売された家電のベストデザインを決める賞があり、今日がその審査会で、久信は二年前から審査委員のひとりだった。久信以外はみな五十代の重鎮で、何も自分なんかがいかなくとも、と思うのだが、いったん引き受けた仕事なのだし、最年少のあなたが休むのはどうかと思うと事務所の中村咲《サキ》絵《エ》に正論を吐かれ、不承不承出かけたのである。

したいことをしたいようにやるためには、まず知名度を上げねばならぬ、と、二十代のころ久信は痛感した。それで知名度獲得のためにがんばった。あのころ願ったような知名度は、たぶん手に入れたんだろうと久信は思う。町を歩いて声をかけられることはめったにないが、ベストデザイン賞の審査委員を依頼されるほどの知名度ならば。実際、したいと思うことは、十年前よりも格段に自由にできるようになった。今は仕事を選ぶことができる。関係者しか読まない業界誌に、絵も美術もわからない編集者から幾度もだめ出しされながら、名前も入らないカットを描くようなことは、もうしなくていい。この製品に絵を描いてみたいな、となんとなく口にしていればそういう仕事がくるようになったし、ミュージシャンとのコラボレーションでTシャツやキャップを作るという、おもしろそうだと素直に感じる仕事も増えた。

けれど仕事以外の自由は反比例して制限されるようになった。仕事より私的な約束を優先することはそうかんたんにできそうにない。そんなの当たり前じゃないですか、と事務所で働いている咲絵は真顔で言う。それが大人になることであり、それが成功するということなのだそうだ。

成功ねえ。暗いタクシーの車内で久信はつぶやき、苦笑いする。やっとタクシーは走り出す。ネオンサインとそぞろ歩く若者の笑顔が、背後に流れていく。

た。弁天町の幽霊坂で降りたら電話ちょうだい。三日前の電話で、文太はそう言っていた。PHSを買ったらしく、〇七〇ではじまる番号を口にしていた。幽霊坂なんてあるの？　と訊くと、わかんなかったら宝竜寺坂って言えばわかるよ、と言っていた。渋谷でつかまえたタクシーの運転手には、幽霊坂ですぐ伝わった。

言われたとおりにタクシーを降り、飲食店も商店もまったくといっていいほどない、暗い道ばたで久信は携帯電話を取りだし、電話をかけた。もう九時半を過ぎているし、もしかして気が変わって出かけてしまい、電話には出ないかも、と心配していたが、三回ほどの呼び出し音のあと、

「おう、着いたか、迎えにいくぞ」と文太の声が応じた。

石段に腰掛けて待つ。夜気は煮詰めたように蒸し暑い。ぷいん、と耳元で蚊の飛ぶ音がする。

文太、今はこのあたりに住んでいるのかな。久信は考える。半年ほど前に連絡があったときは青山で会った。青山なんか面倒だな、と文太は言ったが、しかし食事を奢《おご》ってほしくて電話を掛けてきたのだろうし、青山にできたイタリア料理の店に文太をぜひとも連れていきたかった。今は友だちのとこに居候《いそうろう》してる、とそのとき文太は言っていた。ちょっと前まで恵比寿《えびす》に部屋借りてたんだけど、もうじきスペインにいく

ことにしたから、引き払っちゃったんだ。そう言っていた。その前は「目黒に部屋を借りてたけど、ポルトガルにいくから部屋を引き払ってカプセルホテルに泊まってる」と言い、その前は「広尾に狭い部屋借りてたんだけど、ベルギーにいくから中野の実家に戻ってる」と言っていた。ポルトガルもベルギーもスペインも、実際文太がいったのかどうか、久信は知らない。

幽霊坂というからには幽霊が出るのかな。久信はふりかえり、闇《やみ》へと続くような階段を見上げる。すうっと人影があらわれ、ひ、とちいさく声をあげると人影は片手をあげた。

「よう」

文太だった。半年ぶりに会った文太は、顔が丸くなり腹まわりにだいぶ肉がついていた。けれど笑った顔は十四歳のときのままだと久信は思う。

文太が連れていったのは階段を上り、さらに坂を上がったところにある古いビルの三階だった。促されるまま部屋に上がる。玄関を入ったところがすぐ台所になっており、屋外で使うようなプラスチックの丸いテーブルが置いてあった。シンクの前で野菜を刻んでいた女が、いらっしゃいと笑いかける。久信には見覚えのない女だった。部屋はがらんとしていて、引っ越してきたばかりのように壁際《かべぎわ》に段ボール箱が積まれている。部屋のなかは冷房が効いていて、思い出したように汗が噴き出す。

「ビール飲むか、焼酎《しょうちゅう》もあるぞ、芋がある」テーブルにつき、文太は向かいに座るよう手振りで示す。

「暑いからビールをもらうよ」これもまた屋外で使うような折り畳み椅子《いす》に座ると、女がにこやかにグラスと瓶ビールを置いた。

「この人、そのちゃん。苑子」文太が言うと、どうも、と頭を下げて彼女はシンクに戻る。「久しぶりだったなあ、元気だったか？　忙しいのに悪いな、呼び出して」

「いや、もっと早くきたかったんだけど、遅くなっちゃって」

「忙しいんだから仕方ないよ、おまえはすごいもんな、大先生だもん」

「そんなこと言うなよ」

「これ、どうぞ。こんなものしかないんだけど」

苑子が小皿をいくつかテーブルに並べる。お新香、焼き茄子《なす》、揚げとこんにゃくを和《あ》えたようなもの、じゃこと葱《ねぎ》とピーナッツを炒《いた》めたようなもの、セロリとキュウリをにんにく醤油《じょうゆ》で和えたようなもの。瞬間、久信は沸騰《ふっとう》するように怒りを覚える。なんでここに文太がいるのに文太に料理させないんだ。なんでこの女は文太の前に、平気でこんな貧乏くさい料理を並べるんだ。けれどももちろんそんなことは言わない。あ、すんません、いただきます、と礼儀正しく久信は言い、ビールを半分ほど飲み干して箸《はし》をつけ、「うまいっすね」と苑子に笑いかける。

「だろ？　こいつ、こういうの、うまいんだよ」

「お褒めにあずかりまして」苑子は笑顔で言い、まだ何か出す気なのか、冷蔵庫を開けたり閉めたりしている。文太は芋焼酎を飲みながら、楽しそうに次々話した。風呂《ふろ》が故障して銭湯通いをしたこと、幽霊坂で幽霊らしきものを見たこと、草野球チームで活躍したこと、それから十九年前の夏のこと。いつもそうだ。文太の話にはいつも脈絡がなく、ひとしきりしゃべったあとは、必ず河口湖の青空教室へと戻っていく。あのとき久信の頭、すんげえ剃《そ》りが入ってたんだよな。眉毛《まゆげ》なんかなくってさ。ソフトクリーム売場を任されたとき、子どもが続けざまに三人、泣いたじゃないか。休みの日に河口湖で泳いだの覚えてるか？　水着なんかないからフルチンでさ。そんな具合に。

文太の話に相づちを打ちながら、久信はさりげなく台所で立ち働く苑子を盗み見た。美人とはとても言い難い上に、ずいぶんと老《ふ》けているように思えた。染《し》みも皺《しわ》も隠さないいつもりらしく化粧気がまるでなく、やけにちいさい。タンクトップからのびる二の腕の白さとはりのなさを見ると、四十を過ぎているようにも思えた。なんとはなしに久信はかなしくなる。今まで文太の女は大勢見てきた。十四のときからかわらず文太はもてるのだ。時代の寵児《ちょうじ》だったときにもてたのは当然としても、その後もずっともて続けている。仕事がなくとも、金がなくとも。三十を過ぎるころから女のレベルが下がったと久信は思っているが、それも当然といえば当然なのだ。文太は自分ではまったく意識せず、ひどく無邪気に女に寄生する。若くて美しい女が寄生させてくれるはずはない。それでも、こんな貧乏くさい年上らしき女に頼らなければならないほどではなかった。しかも、平気で文太の前に安っぽい総菜じみた料理を並べるような。おまえはそんなに落ちぶれちゃいないぞと、文太の伸びきったTシャツの衿口《えりぐち》をつかみ、諭したい気分になる。

「しかしおまえはすごいよな。ほんと、おれ、心から尊敬しちゃうよ。そのちゃん、こいつほんとすごいんだぞ。なんとかってアイドルのCDだってこいつが作ったんだし、帽子とかTシャツだって作ってるんだ。眉毛そり落としてたやつと同一人物だっておれは未《いま》だに思えないんだよ」

「何度も聞いてるよ、文ちゃん。ほんと、ご活躍、いつも立派だと思ってます。文ちゃんも何度も話してくれて」苑子は久信に向かって笑いかける。

評価してほしいのはポップ歌手のCDジャケットや半ば遊びでやったコラボTシャ

ツなどではなくて、二カ月前にやった新作個展とか、アメリカのアート誌にのったほぼ絶賛の批評なのだが、しかし文太がいつも自分のことを話していると言われて久信の顔はにやつく。

「そんなことないですよ、文太のほうがずっと立派です。おれ、ずっと文太を目指して仕事してるんですから」

久信は社交辞令ではなく本音を言った。苑子は困ったように笑い、文太は「ほら、こいつのビールもう空いてる。新しいの、新しいの」と、久信にはどこかわざとらしく聞こえる言い方で苑子をせかした。

「じつはおれさ、引っ越すんだ」文太は新しいビールを久信のグラスにつぐと、言った。鼻の穴がぷんと広がる。今度はイタリアか、フランスかと久信は身構えつつ、「あ、だから段ボール箱だらけなんだ。今度はどこ？」と訊いてみる。しかし文太は、「熱海」と、にこにこして答えた。

「へえ、熱海」意外に思いながら久信はくりかえす。

「熱海にさ、飲み屋のおねえさんたちが住んでる寮があってさ、そこで賄《まかな》いの募集してるの。住み込みで。そんでこの際引っ越すことにしたんだよ。な？　一回見にいったんだけど、部屋は広くないけど窓開けると海なんだ。な？」

「海っていっても、切り分けたピザみたいなかたちの海がちらっと見えるだけなんだけど」苑子は笑う。

「ピザだろうがパスタだろうが海は海だよ。引っ越しは九月だから今年はもうあれだけど、来年、泳ぎにこいよ。庭があるからバーベキューもできるぜ」

「庭っていったって、猫の額じゃない」

「猫だろうが鼠《ねずみ》だろうが庭は庭だろ、それに庭が無理なら浜辺でやりゃあいいんだよ」

久信はぼうっとした顔で文太と苑子を交互に見た。文太は実際に興奮しているのか、あるいはそうやって気分を盛り上げているだけなのか、やたら饒舌《じょうぜつ》に熱海のよさを話し、下手な漫才のつっこみのように苑子がところどころ口を差し挟んだ。熱海。三角形のかたちのちっぽけな海。飲み屋の女たちの食事。ぼうっとかすんだような久信の頭のなかにやけに生々しく映像が浮かぶ。水垢《みずあか》で汚れたシンク、油のこびりついたプロペラ型の換気扇、二口しかないコンロ、茶渋のついた茶碗《ちゃわん》に、ちいさな羽虫のたかる蛍光灯。文太が、この五年ほど、まったく何もしようとしなかった文太がはじめて働く意志を見せた職場。

「そんなの、文太には似合わないんじゃないの」

久信は胸の内でつぶやいたつもりだった。が、実際口にしていたのだと、その後の沈黙で気づいた。エアコンがからからと音をたてているほか、部屋は静まり返る。

「おれねえ、もう地に足を着けようと思うんだよ」文太は目の前のグラスを人差し指でこすりながら、ぽつりと言った。グラスにはりついた水滴が文太の指をつたう。「そこの住み込みの入居条件は夫婦ものってことなんだ。いわば女子寮だから、問題起こさないようにってことだろうね。そんでおれ、こいつと籍入れて引っ越すんだよ。それ、今日おまえに話したくて連絡したんだ」文太は久信を見ず、執拗《しつよう》にグラスを指でなぞりながらぼそぼそと言う。さっきからずっと立ったまま、空いた皿を片づけたり、文太のグラスに氷を加えたりしている苑子は、テーブルのわきに立ったまま、ちらちらと文太を見ている。

ふたたび訪れた沈黙のなか、久信は、真意をさぐるように文太を見る。地に足。熱海。籍。何かたくらみがあるのか、それともこの女にそそのかされたのか。ふと文太が顔を上げ上目遣いで久信を見、

「そいつはおめでとう」久信はあわてて笑みを作って言った。「地に足か、文太からそんな言葉を聞くとは思わなかったな、でもおれら、もうすぐ三十代半ばだもんな」もう飲みたくはなかったが、グラスに残ったビールを飲み干す。ごていねいに苑子が

またそそぎ入れる。苛《いら》つく気分を隠して笑顔を作り、ありがとう、と言ってから久信はそのビールも飲み干す。

「おれ、気づいたんだよなー、おまえみたいにはなれないんだって」椅子に寄りかかり、天井を見上げ、びっくりするほどの大声で文太が言う。

「なんだ、それ」

「一発逆転をずっとねらってたんだけど、そんなのってあるはずがないし、おまえみたいな活躍はおれには無理だって、人には天分ってものがあって、そんでその天分には器ってものがあるんだって、おれ、最近になってようやくわかったんだよ」

何言ってんだよ。こんな地味な女といっしょにいるからそんなふうに考えたんだろ？　おれが毎日何を目指して仕事していたと思う？　文太みたいになりたいってずっと思っていたんじゃないかよ。何が地に足だ、何が天分だ。熱海で賄いなんて、文太のやる仕事じゃないぞ、脱サラした定年近い親父《おやじ》にでもやらせておけばいいじゃないか。頭のなかをさまざまな言葉が急速回転するが、何ひとつ舌を滑り落ちてこなかった。さらにつぎ足されたビールは、顔をしかめたくなるくらい苦く思えた。

「そんなわけだから、引っ越す前に話せてよかったよ。これからちょっとあわただしくなるけど、引っ越したらすぐ連絡するから、遊びにきてくれよ。夏を待たなくてもさ。な？」文太は久信にではなく苑子に確認するように言った。

タクシーのつかまりそうなところまで送っていくと、文太が言ってくれるのではないかと期待していたが、文太は玄関先で「じゃあな、あの坂、幽霊出るから気をつけろよ」とにやにや笑いで言っただけだった。苑子は文太の隣に立って、深々と頭を下げた。

「あ、ここんちの電話番号も教えてくれる？」去りがたい久信は玄関先で言った。

「でも、引っ越すんだぞ」と言いながら、文太はチラシの裏に固定電話の番号を書き入れた。

ひとけのない暗い階段を下りながら、久信は舌打ちをくりかえした。思い出すつもりはなくとも、文太のわきに立っていた苑子の、すでに中年の夫婦然とした様子が思い出されてむしゃくしゃした。あの女の差し金に違いなかった。今までの女のように文太をふらふらと遊ばせておくことを、あの女はよしとしなかったのだろう。自分の先行きが不安なものだから、文太をいっしょに熱海くんだりに引っ張っていくんだろう。そんなことさせるか。そんなことさせるかよ。

坂を下りても、車一台通っていなかった。夜がしんしんと広がっている。もうひとつ舌打ちをし、とりあえず大通りにつながっていそうな方向に久信は歩きはじめる。

幽霊なんか出るか馬鹿《ばか》。だれに向かってかわからないまま、ちいさくつぶやく。

十八で上京してから、久信と文太は手紙のやりとりではなく、会うようになった。久信は私立大の経済学部に通っていたが、授業にはさっぱり興味が持てず、また女の子と親しくなりたいためだけに入ったオールラウンドサークルも退屈で、しょっちゅう文太とつるんで遊んでいた。文太は新宿にあるイタリア料理店でアルバイトをして暮らしていた。久信の暮らす四畳半一間トイレつき風呂なしのアパートに文太はしょっちゅうやってきた。徳用サイズの焼酎《しょうちゅう》や日本酒を飲みながら、文太の作る料理を食べて、だらだらと話しているうち朝になった。翌日久信は大学をズル休みしたが、文太は徹夜のまま仕事へと出かけていき、その後ろ姿を見送っていると久信はいつもかすかな自己嫌悪《けんお》を感じた。

文太が調理師免許をとったのは二十歳になってすぐのことで、それから半年もしないうち、「修業の旅」と称して海外に旅立った。久信のもとにくる葉書の消印は、イギリス、イタリア、ドイツ、フランス、ポルトガルとさまざまで、ある葉書には日本料理店でお運びをやっていると書かれており、ある葉書には地元の食堂で皿洗いをしていると書かれており、ある葉書には一週間頼みこんで厨房《ちゅうぼう》に入らせてもらったと書いてあった。短くて一カ月、長くて三カ月ごとに消印の場所は変わったが、受け取る久信が感じたのは、腰の定まらなさやいい加減さではなくて、何か異様な熱気だった。異国の地で文太は、今まで自分が感じたことのないような激しい切実さで、何かを学ぼう、何かを吸収しよう、何かを得ようと必死なのだと久信は思った。

旅だってから一年後、文太はぱたりと移動をやめた。葉書の消印は、いつもスペインだった。グラナダのアルハンブラ宮殿近くにある大衆食堂で、泣くほどうまい料理を食べさせる店があり、そこで働いているのだと葉書には書いてあった。店の人間が親切であること、はじめて買い出しに連れていってもらったこと、素材を見極める目の大切さ、そんなことがさらに熱を増した文章で書かれていて、ときどき熱がこもりすぎて意味不明の文章になっていた。久信が大学三年に進学したときはバブル経済で、就職は売り手市場だった。さほど苦労することもなく証券会社の内定を得た久信は、けれど、文太の葉書が届くたび、とんとん拍子の自分に違和感を覚えずにはいられなかった。

卒業旅行で久信は文太のいるスペインにいくつもりだったが、その直前、休暇をもらえたのでオーストリアにいくと文太から葉書をもらい、急遽《きゆうきよ》いき先を変更しオーストリアに飛んだ。久信はスペインの住所しか知らず、オーストリアの滞在先までは知らなかったので、会えるかどうか賭《か》けのような気持ちだった。毎日文太をさがすように町を歩き、そうして迷いこんだ住宅街の一角で、不思議な建築物を見つけた。建築物はそのまま美術館になっていた。引きこまれるようになかに入り、そして久信は、自分が文太をさがしていることなど完璧《かんぺき》に忘れた。今自分がここにいるのは、この美術館を訪れるためだったのだと強く思った。それくらい、そこに飾られている絵画に魅せられたのだった。

翌日も、その翌日も、結局帰国する日まで、久信はその美術館に通い詰めた。原色を多用した抽象画で、見るたびに違う絵に変わるようだった。そうして額におさめられた強烈な色彩は、毎回久信に話しかけてきた。

何嘘《うそ》ついてんの？　なんですぐ流されんの？　なんで考えるのをいつも放棄すんの？　本当っておまえのなかのどこにあんの？　ひとつひとつの絵が、久信の心臓をじかに鷲摑《わしづか》みにしてそう語りかけてくるのだった。スゲエスゲエスゲエ。スゲエスゲエ。くりかえすうち、なぜか泣けてきた。久信は鼻水も涙も垂らしたまま絵の前に突っ立っていた。

結局文太に会うことはできなかった。内定を断わろうと、帰りの飛行機のなかで決意した。証券会社に入ることは、反抗心を持たず頭に剃《そ》りを入れカツアゲをし単車を乗りまわすことと、久信のなかで同義だった。中学生のときは文太が救ってくれたが、今度も文太が救ってくれたのだと久信は思った。文太がオーストリアにいくという葉書をよこさなければ、あの絵には出会えなかったのだ。内定を蹴《け》った久信に怒った両親は仕送りを打ちきってしまったので、久信はアルバイトを掛け持ちして生活費を稼ぎ、美術学校の入学金と授業料を稼いだ。一日三時間寝られればいいほうだった。けれどちっとも苦にならず、しんどいこともなかった。深夜、人のいないビルの清掃をしているとき、街頭で人数調査をしているとき、西洋美術史の分厚い教科書を読んでいるとき、隣にいつも文太がいるような気が、久信はするのだった。おんなじように眠い目をこすり、筋肉痛に顔をゆがめ、頬に汗を光らせて、文太もひとり、延々玉ねぎを刻んだり、肉を煮こんだり、馬鹿でかいシンクを磨いたりしているように思えた。

最初は、オーストリアで見た画家の劣化コピーのような絵しか描けなかった。美術学校の教師たちは「どこかで見たような絵」としか評価してくれなかった。マスコミで文太の名前を目にするようになったのは、美術学校に通いはじめて一年たったころだった。スペインから文太はいつのまにか帰国していて、バンを改造した移動式スペイン料理屋台をはじめたのである。美術学校の友だちが持っていた雑誌の、「What's new?」というような特集ページで久信はそのことを知った。中野の実家に連絡すると、文太の両親は文太が帰国していることも知らなかった。その後さまざまな場所で久信は文太の「移動するスペイン料理屋」の噂《うわさ》を聞いた。夜は下北沢に出没するらしいと聞いて下北沢に通い詰めたこともある。昼は大手町の会社員をターゲットにしていると別の雑誌で読み、大手町をうろついたこともある。文太ののっていそうな記事をさがして、情報誌やグルメ雑誌、業界紙まで立ち読みした。そうして久信はがむしゃらに絵を描いた。火のついた棒で背中をつつかれているような気分だった。劣化コピーだろうがなんだろうが、かまわず描いて、そうしているうち、だんだん、劣化コピーのなかから絵柄が浮き上がってくるようになった。久信は劣化コピーの絵を塗りつぶすように、その浮き上がってくるものをなぞり続けた。気がつけば久信の絵は劣化コピーを脱しはじめていた。そして久信が文太の屋台を見つけるより早く、文太から連絡がきて、青山にあるバーで四年ぶりの再会をした。

ひとしきり近況報告をしあったあとで、「屋台はもうやめるんだ」と文太は言った。バーを出て、路地裏の工事現場に久信を連れていき、半年後ここに建つビルに店を持つのだと文太は言った。「大衆食堂みたいな店を作りたいんだ。予約なんかせずにふらっとラフな格好できて、値段が安くて、ばんばん食べられてがんがん飲めて、ああ生きてるのってほんとたのしいよな、って無意識に思えるような店にさ。おれが働いてた店、そういうところだったんだよ。労働者ばっかが集まって、わいわいがやがや食べて飲んで大声で笑ってるような」

青いビニールシートに覆《おお》われた工事現場に、久信はその店を見た。どことなく垢抜けないが清潔で、あまりお洒落《しゃれ》ではない客でにぎわっていて、近くを通りかかっただけで腹が鳴るようないいにおいの漂っている店を、見た。そこで客たちは、はじめて目にした料理を夢心地で味わい、その料理名を覚え、それを味わわせてくれたのが若きシェフであることを知って驚くのだ。十四歳の自分のように。

半年。あと半年。文太の店ができるまでに、おれも何かかたちにしなくては。久信は今までに増して絵を描いた。アルバイトを減らし、そのぶん減った収入は食費を削り、ともかくも劣化コピーから浮き上がる自分だけの絵に目を凝らし筆を動かし続けた。そうして、文太の店がオープンして一カ月後、新人の登竜門と呼ばれているコンテストで大賞を勝ち取ったのである。

スペイン料理屋台が店を構えたと、文太の店は早々と評判になった。情報誌ばかりでなくファッション誌にもとりあげられた。スペイン、フランス、イタリア、ポルトガル、日本、中国と、ジャンルを越えて作られた無国籍の創作料理は瞬《また》く間に評判となり、なおかつ見栄《みば》えのよい文太は雑誌やテレビにも取り上げられるようになった。昼間のワイドショーでは「ブンタのリラックスごはん」という五分間のコーナーを持ち、いくつかの雑誌では文太のレシピを紹介していた。予約なんてせず気軽に入れる店、という文太の理想とは裏腹に、文太のレストランTierraは、二週間先の予約すら取れない状態だった。大賞をとったとはいえ、ほとんど仕事はなく、アルバイトもやりたくもない仕事もこなさなければならない久信は、どんどん文太が遠のいていくような、さみしさと焦《あせ》りを同時に感じた。あまり遠くにいかれることのないよう久信にできることといえば、やっぱりただ一心に描くこと、ぐだぐだ考えずにまず描くこと、立ち止まらずに描くこと、他人の作品も評価も気にせずただ描くことしかなかった。いつでもメシを食いにこい、タダで食わすから、と文太に言われていたが、久信はめったに青山の店にはいかなかった。文太の料理は食べたかったが、何も成していない自分が、文太の作品をタダで食らうことなどできるはずがないと思ったのだった。

自分に才能なんかないんじゃないかと思うとき、絵で食っていけることなんて一生ないんじゃないかと思うとき、自分の絵はちっとも売れ線ではないのではと立ち止まりそうになるとき、久信は懸命に思い出した。オーストリアの美術館で聞いた声を。何嘘ついてんの？　なんですぐ流されんの？　なんで考えるのをいつも放棄すんの？

本当っておまえのなかのどこにあんの？　それは久信の耳の奥で、いつしか文太の声になっていた。

二十六歳で、ようやく久信はアルバイトをしなくても食べられるようになった。おもしろいように仕事がくるようになったのは二十七歳のときだ。それと反比例するように文太はうまくいかなくなった。

バブルの崩壊がごくふつうの暮らしに浸透し、そのまま不景気へと突入していく九〇年代の半ば、文太は青山の店の賃料を数カ月続けて不払いにし、立《た》ち退《の》きを要求された。そんなふうになった本当の理由を、久信は知らない。一品一品の値段が安いのに素材にこだわって採算がうまくいかなくなったのだと文太は説明したが、それだけとは思えなかった。ちょうどそのころ購入したパソコンで店の情報を検索すると、「味が落ちた」「接客態度が悪すぎる」「シェフ、テレビ出ていい気になりすぎ」「厨房にいないらしい」などネガティブな意見ばかりが出てきたが、それも本当かどうか、久信にはわからなかった。ともかく文太は店を離れ、あれだけ文太を持ち上げていたマスコミは、早くも新たな料理研究家をもてはやし、文太の存在などけろりと忘れたようだった。文太は賃料の安い川崎のニュータウンで店をはじめたのだが、一年もせず閉店になった。そのころから文太は住所不定で、彼に会いたいときはひたすら連絡を待たねばならなくなった。閉店直後に呼び出されて久信は文太に会った。立ち退き、閉店と続き、さぞや落ちこんでいるだろうという久信の予想に反して、文太は以前と変わらず陽気で前向きだった。

「やっぱり郊外はだめ。おいしいものの好きな人間は都心で食べてきちゃうし、ファミリーが多いから外食っていえばファミレスだし」と、閉店の理由を説明したのち、「友だちの店が吉祥寺にあるから、そこ手伝うことにしたわ。おれ、帰国してからとんとん拍子だったから、修業も勉強もなんにもやってないんだよな、だからさ、修業のつもりでがんばってみるよ。おまえも食べにきてくれよ」と明るく言い放ち、吉祥寺の店のカードを手渡した。創作料理を出す居酒屋のようだった。しかし三カ月後、ようやく時間を作って久信がその店を訪れると、ぱりっと白いシャツを着て働く若いスタッフのなかに、文太の姿はなかった。カウンターに座っていた久信は、厨房で働く店主らしき男に文太はどうしているのかと訊《き》いた。文太の名前を聞くと、彼はあからさまにいやな顔をし、二カ月も前から音信不通だと言った。

閉店間近になって手が空くと、店主は厨房から出てきて久信の隣に座り、まるでずっと溜《た》めこんでいたかのように、文太に対する不満を一気に話した。

「あいつとは中学の同級生で、頼みこまれたから雇ったけど、まるでオーナーになったような勢いで勝手に厨房使うし、客にはメニュウにないもの勧めて出しちゃうしで、注意したんすよ。おれの店だし、おれがシェフなんだから、とにかくよけいなことはしてくれるなって。アドバイスくれるのはありがたいからいくらでも聞くけど、勝手にあれこれ変えられちゃ困るんだって。あいつだって店やってたんだからわかるはずでしょう。けど、やれスペインではこうだった、イタリアではこうだったって自慢げに言うばっかりで、話になんないんすよね。そんで最初の給料払ったらぱったりこなくなっちまった。こないならこないでこっちもありがたいけど、あのままだとあいつ、どうしようもないですよ。プライドばっか高くて、まだ自分がいけてるって思いこんでるんだから。もし会ったら言っておいてくださいよ、いい気になるなって。時代は変わるんだって。過去にしがみついてると置いてかれるだけだって」

その後も幾度か文太から連絡はきて、そのたび久信は文太の指定した時間、指定した場所に赴いた。かつて青山のバーだったり評判のレストランだったりした文太の指定場所は、そのころにはチェーン店の居酒屋、大衆酒場になり、文太もやけにみすぼらしい格好であらわれ、飲み代は割り勘から久信の奢《おご》りへと変化した。文太とは反比例して仕事も忙しくなり、収入も増えた久信は、チェーンの居酒屋で文太と向き合うことが耐え難く、そのうちインターネットで検索し、評判のいい高級店を自分から指定するようになった。そして久信は、吉祥寺の店主の言葉をついぞ文太には伝えなかった。時代だの過去だの、文太という才能には関係がないと強く思っていたからだった。十四のときから料理で人を感動させた男なのだ、二十四歳で自分の店を持った男なのだ、予約が取れないほどに店を繁盛《はんじょう》させた男なのだ、世のなか全体が不景気で、安くてうまいB級グルメが横行している今、だれしも節約に徹しているから文太の才能に気づかないだけなのだ、でも近いうちぜったい本物志向のだれかが気づく、本当の料理ってものに気づく、そのとき文太は帰ってくる、あの華々しい場所に帰ってくると、久信は心の奥底から信じていたからだった。

二十九歳のとき久信ははじめてベルリンで個展をやり、大盛況のうちに終え、興奮も冷めやらず帰国したのだが、留守電に残された「あ、いないの？ いないならいいや、また今度」という文太の声を聞き、思わずベルリンにいったことを後悔した。それ以降、数カ月に一度顔を合わせる文太の様子がどうも変わってきたと感じるにつれ、その後悔はいよいよ大きくなった。陽気で前向きだった文太が、何やら卑屈になってきたように久信には感じられたのだった。文太を刺激するために評判のレストランに連れていくと「おまえはいいよなあ、こんなとこでめしが食えてさあ」と歪《ゆが》んだ笑みで言う。仕事の話をすると「おまえはすごいよなあ、それに比べておれはおしまいだな」とにやにや笑いで言う。交際しているらしい女を連れてくることも増えた。「こいつ、すごいんだぜ、有名なイラストレーターで、海外でも引っ張りだこなんだ」などと、鼻の穴をぷんと膨らませて連れの女に言う。自信に満ちて堂々として、まるで光に縁取られていたような文太が、どんどんくすみ、しぼみ、精彩を欠いていくように久信には見えた。

「おれなんか、スペインの食堂で働いたってくらいでちゃんとした修業もしてないし、バブルのおかげでうまくいったようなもんだから」とあるとき文太が言い、久信は思わず力んで言い返した。

「履歴とかキャリアなんか関係ないよ、定石通りの修業なんて足を引っ張るだけだよ、文太、スペインから送った葉書覚えてるか、すげえ料理出す店なんだ、そこで働けるんだって書いたの覚えてるか、それだけでいいんだよ、すげえって思った、その気持ちの強さだけが文太の財産なんだよ、文太の才能を押し出す源なんだよ」仕事がなかったころに聞いた、教師の受け売りだった。スキンヘッドのその先生は、肩書きはアーティストだが音楽活動もやれば本も書く、いっぷう変わった人で、久信は学生時代からこの客員教授を敬愛していた。

「も一回、どっかいこうかな。思えばあれがスタート地点だもんな。も一回あちこち放浪して、どっかで働かせてもらって、屋台からはじめっかな」そのとき文太がそんなふうに言ったので、久信はうれしかった。自分の言葉が文太を動かしたのだと思った。そうだよ、そうしなよ、なんならおれ、旅費を出してもいいよ。それは心のなかでだけ言った。旅費を本気で出したかったが、そんなことを言ったら文太のプライドを傷つけると思ったのだ。もし頼まれたらぽんと出せばいいと久信は思った。そして文太に、いつまでも海外に旅立つ気配はなかった。

成功ってなんだと、三十歳になった久信は考えるようになった。文太のことばかりでなく、自分の仕事についても考えるようになった。やりたくない仕事はやらなくてすむようになっていた。個展は四年先まで決まっていた。個展をやれば自然と作品集の出版の話になった。広告の仕事で描く絵には信じがたい値がついた。サイン会をやれば長い列ができた。受験したら逆立ちしても入れなかっただろう美大から講演依頼もくるようになった。ごくまれにだが、街頭で握手を求められることもあった。

でもそれが成功なんだろうか。おれが成功していて、文太は失敗しているんだろうか。マスコミに取り上げられれば成功で、取り沙汰《ざた》されなくなれば失敗なのか。そんなにシンプルなものなんだろうか。おれの感じた「すげえ」は、そんなのとちっとも関係ないような気がする。けど、何人もが「すげえ」と思ったからあの画家は美術館を作ることができたわけで、もしあのすげえ絵が自宅にひっそりと放置されていたら、すげえってことすら、だれもわからないことになる。今、文太がすげえ料理人だってだれも知らないのとおんなじに。成功ってなんなんだろう。おれはどこを、何を目指せばいいんだろう。

考えながら絵を描いた。取材がくれば受け、興味深い企画がくれば話にのった。仕事部屋にこもって絵を描いていると、劣化コピーしか描けなかった二十代のころを思い出した。自分の指先から生まれる絵は、自分の思う「すげえ」とどんどんかけ離れていくように思えた。それでも久信に立ち止まることは許されていなかった。「すげえ」がどこにあろうとも、一個一個片づけていかなきゃそこにはたどり着けないのだと思った。そういうことを、いつか文太と語り合える日がくるのだろうかと久信は考えていた。

一年前に事務所形態にしてから、仕事の効率は格段に上がった。プライベートな約束ごとを仕事より優先することはできないが、電話応対、絵の梱包《こんぽう》や発送や管理、海外との七面倒なやりとり、単なる顔合わせといった些事《さじ》はみな、事務所の女の子たちがやってくれる。とはいえ、そのぶん空いた時間に、久信はつい仕事を入れてしまうから、時間的にも体力的にも余裕ができたとはとても言えない。

八月半ばのその日も、なんとか時間を作ったのだった。どこかのスナックで働いているのだろうという久信の予想に反し、苑子はごくふつうの会社勤めをしており、文太には内緒で会いたいんだけれどと連絡をすると、昼休みの一時間程度でよかったら、という返事だった。退社後は引っ越しの準備もあるし、文ちゃんもだれと会っていたのかと訊くから、と言うのである。それで、その日締め切りの絵を午前中に仕上げて咲絵に渡し、久信は京橋までやってきたのである。

携帯で連絡を取り合い、駅にほど近い店で落ち合った。ランチ営業をしている全国チェーンの飲み屋で、店内はやけに広かった。苑子は先にきていて、暗い喫煙席から久信に向かって手をふった。馬鹿《ばか》でかいテーブルに向き合って座ると、吹き出た汗が急激に引いて、脇《わき》の下や背中がひんやりと冷たくなる。苑子は日替わりランチを頼み、久信はまぐろ丼《どん》を頼んだ。

「こんなところでごめんなさいね、このあたり、ちいさなお店が多いから、ゆっくり話せないし、場所も説明しづらいの。食通の久信さんには悪いんだけど」

苑子は、数週間前にマンションで会ったときより口数が多く、明るい印象だった。

けれど、ずいぶん年をとっている、不細工、というのはあまり変わらない、と久信はこっそり思った。小柄さがかわいさではなくその不細工を強調しているように久信には思えた。

「食通なんかじゃないですよ」久信は愛想よく笑ってみせる。

「あら、でも、文ちゃんが言ってました。あいつはいろんなおいしい店を知ってて、ずいぶんご馳走《ちそう》になったんだって」

それは文太のために調べたんだ、とは言わなかった。料理が運ばれてくる。いただきまーす、と苑子は両手を合わせ、海老《えび》フライとメンチカツの日替わり定食を食べはじめる。久信もまぐろ丼に箸《はし》をつけたが、二口ほど食べて顔を上げ、

「引っ越したら、仕事やめるんですか」と苑子に訊いた。

「ええ、もうそのことは上の人にも話してあります。だから今はほとんど毎日引き継ぎね」片手で口をおさえ、咀嚼《そしやく》しながら苑子は答える。

「時間もないでしょうし、単刀直入に言いますと、熱海に文太を連れていかないでほしいんです」久信はこの数日練習していた言葉を一気に言った。「あなたは知らないんでしょうけど、文太ってすごいやつなんです。十年くらい前はものすごい勢いで、青山に店持っててテレビにコーナー持ってて、それでもぜんぜん疲れてなくて生き生

きしてて料理するの楽しそうで、あれが本当の文太の姿なんです。熱海なんかいって、ホステスたちの賄《まかな》いなんてやったら、あいつもうそれっきりです。本来の力を発揮できないで終わっちゃうと思うんです」

苑子はちいさく相づちを打ちながら、箸を止めずにランチを食べ続けている。この人不細工な上に鈍感なのかな。久信はちらりと思う。

「あなただってこっちで仕事があるんだったら、やめてまでいく必要ないと思うんですよ。だいたい住み込みで賄いやるなんて、三十代の男がすることじゃないと思うけどな。もしあなたが十年前から文太を知ってたら、ぜったいそんなことはさせないと思いますよ。今あいつはちょっとスランプかもしれないけど、ぜったいいまた浮上すると思う。すごいことはじめると思う」

さっきまで半分ほどしか埋まっていなかった席は、いつのまにか会社員ふうの男性客で混み合っていた。だれも彼もが煙草《たばこ》をくわえ、暗い店内は白く煙り、久信は気分が悪くなる。

「じゃあどうしたらいいと思うの？」食事を続けながら、ちいさな声で苑子は言った。

「ちょっと見守ってやってるだけでいいんです」

「見守って？」苑子はくり返し、くすりと笑った。

「今までおれ、何人か文太の恋人に会ってきたけど、みんなそうでしたよ」むっとして久信は語気を強める。「みんな文太の活躍を知ってたし、ちょっと今は休んでるだけだから放っておいて、また何かはじめるときには応援しようって、みんなそんな感じでしたよ」

「でも何もできなかったじゃない、あの人は」急にふてぶてしく言い捨てると、苑子はまたしても両手を合わせ、「ごちそうさまでしたー」と小首を傾《かし》げて言った。見ると、皿も茶碗《ちゃわん》も味噌汁《みそしる》の椀《わん》もすべて空だった。この女食うの早、と久信は胸の内でつぶやく。

通りかかった店員にコーヒーを頼むと、まだ食事を終えていない久信にかまわず煙草に火をつけ、苑子はおっとりと微笑《ほほえ》みながら言った。

「あのね、熱海にいきたい、住み込みで賄いやりたいって言ったのは私ではなく文ちゃんなんです。やっとやる気になったのよ、水さしてどうするの。私だって今の会社勤めて十二年だし、やりがいあるし、辞めたくはないわよ、でも文ちゃんがいくって言うんだからいくのよ。あんなに楽しみにしてるの、あなた、見たんじゃない」

何この女、急に偉そうに。正体をあらわしやがったな。しかも勤めて十二年なら同い年じゃないか。なんでそんなに老《ふ》けてんだよ。

文太に対する気持ちは感謝を含んだ尊敬であると、久信はずっと思っていた。会いたいと思うのは、話したいと思うのは、文太に認められたいと思うのは、追いつきたいと思うのは、尊敬以外の何ものでもない。仕事のなかった二十代のころ、久信は文太のようになりたかった。自分の体ひとつでぐんぐんと前に進み、ほしいものをつかみ、つかんでも尊大にならず、飄々《ひょうひょう》と笑い、さらにほしいものをてらいなく口にできる文太のようになりたいと思っていた。

久信がはじめて女の子と交際したのは高校二年のときで、三年の夏に初体験をすませた。大学時代にも恋人はいたし、美術学校時代にもいた。毎回長続きはしなかったが、それでも仕事のないとき、奢ってくれる年上の恋人がいたし、急激に忙しくなってからは誘いを受けることも増えた。女の子がまわりにいることは久信にはごくふつうのことだった。

けれど去年、ある女性と交際していたとき、久信ははっきり気づいたのだった。自分が文太に向けた気持ちは尊敬でも感謝でも憧《あこが》れでもなく、恋にひどく近しいものだと。

彼女、片田希麻子《カタダキマコ》はどこか飢えたような女だった。文太とちょっと似ていると久信は思っていた。頭で考えるより先にがんがん動いてしまうタイプだ。才能ってなんだとか、成功ってなんだとか、そんなことは考えたこともなく、お金はないよりあったほうがいいし、テレビは出ない人より出る人のほうが偉いと単純に考えるようなシンプルさがあった。今まで久信は、交際して半年もたつと、退屈だとか、冷たいとか、私に興味がないのねとか、自分のことしか考えてないなどと相手から言われ、ふられることが多かったのだが、片田希麻子はそんなことはいっさい言わず、必死になって久信の仕事をバックアップしようとしていた。彼女に勧められるまま事務所を作り、それはそれで仕事の効率がぐんとあがったのだが、しかしそのころから次第に、久信はなんとも言えない不快感を感じるようになった。自分の目標設定を操作されているような、自分の目的地をいつのまにか彼女のそれにすり替えられているような、そんな不快感だった。それでも希麻子を嫌いだとは思わなかったし、いっしょにいて楽しいことも助かることもあったのだが、彼女がついに結婚という言葉を持ち出したとき、袋小路《ふくろこうじ》に追いこまれたような恐怖と焦燥を感じたのだった。結婚は、確実に自分の未来を狭め、意思を奪うように久信には感じられた。それは永久にハンドリングされることを意味した。

そのとき静電気が走るように唐突かつ強烈に、久信は気づいたのだった。自分がずっと本気でいっしょにいたいのは、同じように遠くに目を凝らしていると信じられるのは、自分よりも興味が持てるのは、文太ただひとりではないかと、気づいてしまったのだった。抱きしめたい、唇を重ねたい、寝たい、挿入したいされたい、という欲求は湧《わ》いてこないので、正確には恋愛とは言えないのかもしれない。けれど、長い時間をずっといっしょに過ごしたいと思うのは、目の前の希麻子ではなく文太だった。今まで交際してきた女の子たちと、同棲《どうせい》したいとも結婚したいとも思い到ったことはなかったが、文太とならばいっしょに暮らせるだろうし暮らしたかった。希麻子からは逃げ出す格好で別れてしまった。あまり罪悪感は感じなかった。別れても彼女はひとりでがしがしと生きていけるだろうと思った。べつのだれかの目的地を自分のものにしながら。新しい仕事を紹介したのは、罪悪感ではなく感謝の気持ちからだった。希麻子がいなければ、文太への気持ちに気づかなかっただろうから。

恋かもしれないし恋じゃないかもしれないが、そんな定義はどうでもよかった。自分のなかにある「本当」は文太なのではないかと久信は思った。何嘘《うそ》ついてんの？　なんですぐ流されんの？　なんで考えるのをいつも放棄すんの？　本当っておまえのなかのどこにあんの？　つねにそう問うているのは文太であるように思えた。

交際とか結婚とか、接吻《せっぷん》とか性交とか、そうしたものをいっさい含まない文太への気持ちは、久信には楽ちんだった。純粋に好きだという気持ちは、こんなにも楽なものかと久信は思った。ただ見ていればいいのだ。応援していればいいのだ。本来の文太が戻ってくるのを待てばいいのだ。

なのにこの年増女《としま》は文太を自分から引き離そうとしている。自分とはまったく異なる、下心まみれの「好き」を文太に押しつけようとしている。久信はいらいらと言葉をさがす。この女の短い昼休憩の時間に、なんとしても思い知らせなくてはならない。熱海にいきたいならひとりでいくように説得しなければならない。

「何もしてない文太しか知らないからそんなふうに真に受けるんですよ、文太はほんとすごいやつなんです、パソコンあるなら検索してみてくださいよ、野坂文太がどんな天才かわかるから。あなたは文太のこと、なんにも知らないんだ。あなたが焦《あせ》ってるんでしょう、結婚とか将来とかに」久信はずけずけと言った。必死だった。

「私からすれば」苑子は鼻の穴からもわんと煙を出し、あいかわらず笑みを浮かべたまま言う。「文ちゃんは天才でもすごいやつでもないわ、ただ料理の得意な無職の三十三歳でしかない。熱海いって賄いやりたいって言い出したとき、ほっとしたんだもの。無職の三十代にならないでよかったって」

「だから、今はそうかもしれないけど、本当はそうじゃないんだってば。もう少し見守ってやれば四十までにはきっとなんかしでかすと思うんだ」

「今、しかないじゃないの」ふいに笑顔を引っ込めて、苑子はぴしゃりと言った。「才能だのなんだのが有効なのはいつも今しかないじゃないの。過去に何やったかなんて関係ないし、未来に何をしようが関係ない。今何ものでもなきゃ、何ものでもないってことよ。今何かしなきゃ、未来につながるものだってなんにもないってことよ。ゼロかけるゼロはゼロで、文ちゃんは今ゼロなのよ、あなたの記憶とは関係なく」久信をにらみつけるようにして言うと、苑子は運ばれてきたコーヒーカップをやけにのんびりした仕草で口元に持っていった。

なんだとこのブス。偉そうに。今何かしなきゃ未来につながらないって焦ってんのはおまえだろう、年増女。とっさに悪態をつきそうになったが、けれどあふれる言葉を久信は飲みこんだ。何かわかりかけた気がした。この女に悪態をつくよりもその何かをつかまえるほうがだいじに思え、久信は口を閉ざしたまま目の前のまぐろ丼を凝視した。成功が何かわからない、けれど一個一個やっていかなきゃきっと「すげえ」と思えるところにはたどり着けない。この数年、ずっと考えていることと、今、目の前の年増女が言っていることとは、おんなじことではないのだろうか。

「ねえ、久信さんってアーティストなのよね」

身を乗り出して苑子が言い、久信が考えるのを遮る。

「アーティストっていうか」

「あなたに心底憧れて、あなたみたいになりたいって思ってる若い子は、いっぱいいるんでしょうね」

「はあ？」苑子が何を言い出したのか、久信にはまったくわからなかった。

「昔、そういう子を知ってたの。あるアーティストに心酔しきってて、生活も嗜好《しこう》も変えちゃって、そりゃもう恋みたいだった。その人みたいになりたいって、もしかして恋の原型の気持ちなのかもしれないよね」

「なんの話でしょう」文太に対する自分の気持ちを見透かされているようで、久信はちらりと不快感を覚えながら言う。

「私、思うんだけど、あなたは文ちゃんを超えちゃったんだと思う。それって知名度とか収入とか、そういうことじゃないわよ。そのことに、あなただけが気づいてない」

もう超えちゃったんだと思うのよ。こうなりたいって思うものを、あなたは何言ってんだこの女。わかったようなこと言いやがってこのブス。

「私ね、子ども服の会社にいるの。つまんない仕事ばっかやらされて、自分が地味でみみっちく思えて、格好悪いなあってずっと思ってた。だけどそれでもちょっとずつ仕事はおもしろくなっていって、地味とかみみっちいとか、人生にぜんぜん関係ないじゃんって思うようになったの。入社してからずっと希望してた部署に配属になったのが二年前。今は本当に仕事が楽しい。熱海から通えないこともないから、仕事続けようかって最初は思ってた。でもねえ、今いっしょにいる人が何かやりたいって言うんだから、私、そっちをとろうと思うのよ。キャリアも無駄になるしお給料だって馬《ば》鹿《か》みたいに減るだろうけど、私はもう知ってるんだもの、地味とかみみっちいとか、キャリアとかお給料とか、人生になーんにも関係ないんだって。なりたいものになるにはさ、自分で、目の前の一個一個、自分で選んで、やっつけてかなきゃならないと思うの。文ちゃんも今、そう思ってるんだと思う」

なんだこのチビ。何言ってんの。目の前に手ぬぐいが差し出される。それでようやく、自分が泣いていることに久信は気づく。なんだよ手ぬぐいって。ハンカチだろう、ふつう。差し出されたうさぎの絵つきの手ぬぐいを、ひったくるように受け取り、がしがしと顔を拭《ふ》く。手ぬぐいを顔から離すと、透明な鼻水が弧を描いた。ちくしょう、なんだよブスチビ。かなわないじゃん。かなわないじゃんそんなこと言われたら。おれだっておれだっておれだって文ちゃんが好きなのに、かなわないじゃんかよう。

苑子はそれきり何も言わず、煙草を吸い、コーヒーを飲んだ。久信はまぐろ丼《どん》を残したまま、壊れた水道みたいに水滴を流し続ける目を手ぬぐいでこすり続けた。

もしこの女と違うところで会ってたら、案外話が合ったのかもしれないと、手ぬぐいで鼻をかんで久信は思った。成功ってなんだろうとか、やりたいことやるってどういうことだろうとか、格好いいってどういうことだろうとか、年とるってどういうことだろうとか、文太とは決して言葉では会話できなかったことどもを、いつまでも話していられたかもしれない。今まで好きになってきた人のこと、好きになってくれた人のこと、好きになってもらえなかった人のこと、その人たちが自分に何を与えてくれて何を与えてくれなかったかを、青くさいような言葉で話せたかもしれない。

「ごめんなさい、もう戻らなきゃ」

うつむく久信の耳に苑子の声が聞こえる。ほとんど手をつけていないまぐろ丼に額をつっこむほど深く頭を下げ、

「文太のことよろしくお願いします」

かろうじて久信は言った。

夏には暑中見舞いが、年のはじめには年賀状が、文太と苑子の連名で必ず熱海から届き、その都度「遊びにこい」と殴り書きのように書かれていたのだが、久信は一度も訪ねたことはなかった。文太に会ったのは、だからあの夏の日が最後だった。仕事

が忙しかったせいもあるが、それよりも、やっぱりこわかったのだろうと思う。さびれた女子寮の、さびれた厨房《ちゅうぼう》で、あの文太が背を丸めて料理をしている様を見るのが。

何も予定のない三日間をようやく確保し、熱海にいく気になったのは、文太たちに子どもが産まれたからだった。苑子と久信は三年ほど前からメールのやりとりをするようになった。本当は文太とメールをし合いたいのだが、文太はパソコンのキーボードも打てず、携帯電話のメール機能すらも使いこなせないらしい。苑子とのメールのやりとりで、七年前、熱海に引っ越したときから彼らは子づくりに励んでいたのだが、なかなかうまくいかず、この三年ほどは不妊治療をしていることを知った。それでもうまくいかないのであきらめかけた去年、苑子は冗談みたいに妊娠し、今年のあたまに四十歳を目前にして男の子を生んだ。メールに添付された写真で赤ん坊の顔は見ていたが、久信は文太の子どもをどうしてもじかに見てみたかった。そうしてようやくスケジュールの空いた七月の終わり、熱海行きの東海道本線に乗ったのだった。

あまりなじみのない土地で、ずいぶん遠くというイメージがあったのだが、電車はあっけないほど早く熱海に着いてしまった。久信は改札を抜け、苑子が送ってくれた地図を取りだし、陽のあたるロータリーを横切る。駅から商店街に沿ってしばらく歩くと海に出た。海水浴場には海の家が並び、色とりどりのパラソルが砂浜を埋め尽くしていた。それらの向こうに平べったい海が見えた。

文太たちが引っ越してからの七年、久信にはとくに大きな変化はなかった。仕事はますます忙しくなり、海外出張も増え、事務所も少々大きくなり、今では五人のアルバイトが働いている。目の前のひとつひとつを片づけるのに必死で、成功とは何か、自分が目指すものは何かということを、以前のようには考えなくなった。考えたって詮方《せんかた》なし、と思うようになったことを、たのもしいとするか、さみしいこととするか、久信には判断がつかない。希麻子と別れて以来、何人かの女性と食事をしたり、ときには寝ることもあったけれど、交際と呼べるほどのつきあいには至っていない。たぶん結婚もしないのだろうと最近は思うようになった。巷《ちまた》では「林久信ゲイ説」も出ていると、若いアルバイトが冗談めかして教えてくれた。老齢の両親が電話口で言うように、このまま仕事ばかりしてひとりで暮らしひとりで死んでいくのかと思っても、さみしいとはあまり感じなかった。年をとって仕事もなくなったら、熱海に家でも買って、文太たち夫婦と行き来しながら暮らそうと考えるときもあり、そんなときは気持ちがやっぱり華やいだ。十四のときからいっこうに変わらない文太への気持ちがなんであるのか、久信には相変わらずわからなかったけれど、恋だとか尊敬だとか、そんな名前を当てはめなくてもいいのだと思うようになった。名前をつけないかぎり終わらないように思えた。文太への気持ちも、自分たちの関係も。

鞄《かばん》のなかで携帯電話が鳴る。取りだし、耳にあてると、

「着いた？　今、どこ？」

文太の威勢のいい声が聞こえてくる。その明るい声に、久信は、光の粒子が弾《はじ》けたような錯覚を抱く。

「どこって、わかんないけど海沿いを歩いてる」

「貫一とお宮過ぎた？」

「えっ、何それ」

「銅像銅像」

「え、そんなのあったっけなあ」久信は立ち止まり、あたりをきょろきょろと見まわすが、銅像らしきものは見あたらない。

「まあいいや、今から迎えにいくから、そのままずーっと海沿いを歩いてきてくれるか、すぐいくから！」

最後は携帯電話を耳から離さなければならないほどの大声で言い、文太は電話を切った。携帯電話を握りしめたまま、速度を落としぶらぶらと歩く。平べったい海が、じょじょに大きく見えてくる。波打ち際《ぎわ》には浮き輪やビーチボールが浮かんでいるが、

沖のほうには人影もなく、陽射《ひざ》しを受けて鉄板のように輝いている。右手にのびる道路をひっきりなしに車が通っていく。大音量のヒップホップや流行歌が近づいては遠のいていく。

やがて、ずっと先の道沿いに、こちらに向かって歩く人影を久信は見つける。顔の判別はつかないが、それが文太と苑子であると久信にはわかる。文太が赤ん坊を抱いていることもわかる。

走り出したいのをこらえて、久信はゆっくりと歩く。汗で湿ったシャツを海風がはためかせる。赤ん坊、どっちに似ているんだろう。苑子だろうか、文太だろうか。文太に似ていたほうが子どもにはしあわせだろうな、苑子はどっちかっていうと地味な顔だから。そういえば、子どもの名前はなんていうんだろう。写真を送ってきたのに、苑子は名前を書き忘れていた。それともあのときはまだ名前がついていなかったのか。

人影はだんだん大きくなる。今でははっきり、それが文太と苑子だとわかる。苑子が大きく手をふっている。あいかわらずチビっこい。文太は幽霊坂で会ったときよりさらに横に大きくなっている。赤ん坊を掲げるようにして文太がこちらに向かって走り出す。あぶないよ、と笑いながら叫ぶ苑子の声が聞こえる。赤ん坊は陽射しを受けながら笑っている。文太が掲げるようにしているのは生後半年ほどの子どもではなく、何か、光のかたまりであるように見えた。それくらい、文太の手に支えられたそれはきらきら光っていた。その光のかたまりが、自分が文太に対してずっと抱いてきた、名づけようもない気持ちであるような気がした。

「やっときたなあ、久信先生よう」

赤ん坊を抱き、息を切らした文太から、汗と醤油《しょうゆ》の混じったようなにおいがした。

赤ん坊はよだれを垂らして笑っていた。

「文太ジュニアか。なんて名前？」

「あれ、言ってなかったっけ。事後承諾で悪いけど、おまえみたいにグローバルに活躍してもらおうと思って、一字もらったぞ」

「こんにちは、久しぶり」追いついた苑子が文太の背後から顔を出す。背丈はちいさなまんまだが、文太と同じにやっぱり横に大きくなっていた。

「え、なんて名前にしたの？」

「久太《キユウタ》。久しいに太い」

それを聞いて久信の足はかすかに震えた。文太は赤ん坊を久信に向かって差し出す。久太、言おうとしたが声が出なかった。油断をしたらその場に泣き崩れそうだった。

踏ん張ってその場に立ち、鞄をアスファルトに落として久信は両手を差し出し、光を受けて笑う子どもを落とさないよう慎重に受け取った。

# 乙女相談室

交際した男性の数を勘定し、ふられた回数を勘定し、その双方がぴったり同じであると山里こずえが気づいたのは、三十六歳のときだった。

そのときこずえは、長いすったもんだの末、協議離婚を成立させて間もなかった。結婚生活は五年続いたが、最後の一年は、ほぼ離婚について話し合っていた。離婚の原因は、夫であった日向徹《ひゅうがとおる》に好きな女性ができたからで、けれどこずえは、そう告白され、「だから別れてほしい」と嘆願されても、まだ自分たちの結婚がなんとか軌道修正できるのではないかと信じていた。「好きな女性がいる」の告白後、三カ月は深夜まで続く話し合いに費やされ、その後の半年は、週末ごとに徹は公然と無断外泊をするようになり、最後の三カ月をかけて、こずえは離婚に納得したのである。納得し手続きを進めてみれば、気持ちはじょじょにさばさばして、ほかの女のところに心身ともにいってしまった男に、なぜこれほど拘泥《こうでい》していたのかと不思議な気持ちになった。慰謝料として、徹は2LDKの分譲マンションの頭金を支払った。離婚届が受理され、そのマンションに引っ越したのが二ヵ月前である。築五年の中古だが、八階建ての六階、東南角部屋で、月々のローンは自分で三十年ほど支払っていかねばならないが、洋菓子メーカーの広報部で働くこずえには、家計を圧迫するほどの額ではなかった。徹と暮らしていた賃貸物件の、折半していた家賃より安いほどだった。引っ越してから二ヵ月、週末ごとに家具屋やインテリアショップに足を運び、貯蓄を崩して気に入った家具や雑貨を買い求めた。徹とともに暮らしていたときより、よほど趣味にかなった清潔な部屋がじょじょにできあがり、同時にひとりのペースというものもつかめてきて、平日は家に帰り着くのが楽しくなってきたころだった。

その日曜も、こずえは鼻歌をうたいながら上機嫌で料理をしていたのだ。夕方に、学生時代の女友だちが二人遊びにくることになっていた。午前中、少し離れた外資系スーパーまで足を伸ばし、塊のタンだの、ドライトマトだの、ニョッキだの、ワインだの、ババロアだの、どっさりと買いこんできた。

牛タンを煮込み、野菜を刻み、鼻歌のとぎれ目に、離婚してやっぱり正解だった、一年もなぜ無駄にがんばったのだろう私、などと考え、人参《にんじん》を乱切りにしながら、ふと、本当にふと、今まで何人の男とつきあってきたのだっけな、と思った。手を止め、台所の窓から大きく広がる空を眺めてひとりふたりと思い出しつつ勘定し、そしてふられた回数まで勘定してしまった。

おんなじじゃん。こずえは包丁を握りしめたまま唖然《あぜん》として窓の外を眺めた。つまり、結婚も含め交際した男全員に、ふられたってこと？　心のなかでそうつぶやくと、足元がやわらかく揺らぐような不安を覚えた。え、これってどういうこと？　これってどういうことなの？　考えると手が震えだした。こずえは震える包丁の先を見て、「おお、危ない」低い声でつぶやくとそれを途中まで切った人参のわきに置いた。

そのままこずえは流し台を離れ、食材が散らばるダイニングテーブルに移動し、椅《い》子《す》に座って意味もなく指先のにおいを嗅《か》いだ。人参のほのかに甘いにおいを嗅いで、五回、とつぶやく。中学生のときのクラスメイトは、一年の交際ののち、「下級生に告白されて、つきあうことにした」と親に報告するようにこずえに言った。高校二年のときに、乞《こ》われて交際をはじめた一学年上の男子生徒は、希望大学に入学し上京するとぱったりと連絡をよこさなくなり、下宿先に電話をすると「遠距離恋愛はおれたちには無理だと思う」と宣言され、それきりになった。こずえも東京の大学に進学し、一年のときに交際をはじめた同い年の男の子とは四年と少しつきあった。おたがいに就職したのち、「きみより仕事のほうがおもしろい」と、仕事と並列にされてふられた。二十四歳から交際をはじめた二歳上の恋人は、五年間もつき合い、こずえが結婚を意識しはじめた矢先、「昔の彼女が忘れられない」と言って去っていった。そして三十一歳のときの結婚も、言ってみれば「ふられた」部類に入る。

　こずえは指のにおいを嗅ぐのをやめ、天井を見上げる。これってどういうこと、これっていったい……。ごうごうと胸の内を疑問が吹き荒れる。つねに私に問題があるってこと？　それとも、私が私をふる男ばかりを選んで好きになってしまうってこと？　私のどこがいけないのだ？　何が問題なのだろう？　いや、こんなことを考えてみたってしかたない、と立ち上がり、しかし立ち上がったそばから何をすればいいのかわからなくなり、また座り、また立ち上がり、ああ料理だ料理、と包丁を握るが、刃先がまだぶるぶる震える。

　そんなわけで、学生時代の友人、公実《クミ》と深雪《ミユキ》がやってきたとき、タンはじゅうぶん煮えていたがシチュウはまだできておらず、サラダは冷やしてあったがトマトソースのニョッキも、チーズリゾットも手つかずだった。結局、夕方までの時間を、こずえは今までの恋愛遍歴を、包丁を握ったり離したりしてまるまる思い返していたのである。五時過ぎにインターホンが鳴り、ようやく我に返ってオートロックを解除した。

「やだ、とっちらかってるじゃないの」

「もしかして何か作ってる途中だった？　手伝おうか」

二人はこずえに手みやげの紙袋を手渡し、台所で順々に手を洗い、「ねえ、何すればいいの、この人参はどうするの」「ここに出てるニョッキ、作っちゃっていいの」と、はじめて訪れる友人の部屋を知り尽くしているように、台所でこまこまと動き出す。こずえは紙袋を手にしたまま彼女たちの背後に突っ立って、「それ、タンシチュウを作ろうと思ったの」「そのお米は洗ってあるから炒《いた》めて、その白ワインを……」と夢から覚めたような顔で指図した。結局、ほとんどすべての料理を公実と深雪が仕上げ、テーブルに並べた。

「ねえ、公実、あんた、ふられたことある」

ビールで乾杯をしてそうそう、こずえは訊《き》いた。

「何言ってんの、そりゃあるよー」公実はけらけらと笑う。

「じゃ、深雪は」

「あるに決まってるじゃん、どうしたの突然」サラダを取り分けながら深雪が眉間《みけん》にしわを寄せる。

「私ね、あんたたちがくる前に、自分の過去の恋愛を思い返してみたんだよ。そうしたら、おっどろいたことに、ぜんぶがぜんぶ、ふられてるんだよ私！」

ビールを一口飲んだだけのこずえは、目を丸くして訴えてみせた。公実と深雪はべつだん驚いたふうでもなく、二人で顔を見合わせただけで食事に戻ってしまう。

「まあ、そういうこともあるんじゃないの。巡り合わせっていうか」

「それにさ、ふられるより、ふるほうがうんとつらいんだよ。でも、今回だってよかったんだよ、離婚できて」

「そうだよ、そのお祝いの会じゃないの。過去なんて振り返ってないで、前を向かなきゃ、前を」

二人は交互に言いながら、あっという間にビールを空け、二人で台所にいき、ワインとワイングラスを手に戻ってくる。

「でも、私、どっかおかしいんじゃないかなあ、こんなにふられてばっかりなんて。ねえ、公実も深雪もふられたことはあっても、ふったことだってあるんでしょ？」

「そうね、二回くらいあるかな。あと、つき合ってって言われて断ったこともある」

「私は半々くらいだよ。ほんと、ふるっていやーなもんだよ。ふられたほうが、まだなんぼかましって話」

「私、ふったことないんだよ！」

もう一度こずえは声をはりあげてみたが、二人はまたしてもちらりと目配せをして、

「三十六歳にもなってそんなことどうだっていいじゃないの」「離婚は間違ってなかったって。早く終わってよかったんだよ」「ここ、いいマンションじゃない、タダでは転ばないこずえ、えらいと思うよ」などと、とんちんかんななぐさめの言葉を言い続けた。

サラダもニョッキもリゾットもタンシチュウも、瞬《また》く間になくなり、気がつけばワインもすでに四本目である。あんまりしつこく言い続けてもいけないと思い、こずえはもう「ふられ問題」に触れないようにしたが、しかしずっとそのことが頭から離れなかった。今日の集まりの趣旨はたしかにこずえの離婚祝いで、二人はさんざんこずえの元夫をこきおろしたり、こずえの英断を褒めたりしていたが、やがてその話題にも飽きたのか、自分たちの、おもに恋愛を中心とする近況を、ろれつのまわらない口調で言い合っていた。公実は七年つき合っている恋人がいるが結婚するつもりはないらしく、深雪は昨年恋人と別れ、今、紹介される男性に片っ端から会っているところらしい。その恋人と別れたのだって、深雪がふったんだ、仕事のことをとやかく言われるのが嫌になってふったんだ、と、そんなことばかり考えながら、こずえは二人の話に相づちを打った。

こずえが用意したワイン二本、二人が持ってきたワイン二本プラス焼酎《しょうちゅう》一本がすべて空になり、酔っぱらった頭でかろうじてババロアを思い出し、こずえはふらふらと台所に向かってババロアを皿に移した。手元が狂ってつぶれたが、かまわず運ぶ。酒のいちばん強い深雪がコーヒーをいれてくれる。

「ふられるってさあ、なんか精神的ダメージに加えて、肉体的ダメージもあると思うんだよね」と、ババロアをスプーンですくいとりながら、またしてもこずえは言った。

「またその話？　ねえ、もしかして、離婚、すっごくつらかったの？　まだうじうじしてんの？」酔うと少々攻撃的になる公実がテーブルに身を乗り出す。

はて、自分は離婚の話をしたかったのだか、ふられ続ける謎《なぞ》についていっしょに考えてほしかったのか、飲み過ぎたこずえにはよくわからず、公実の質問を胸の内で繰り返すうち、たしかに離婚はほんっとうにつらかった、と思い出した。

「すっごくつらかったよう、びっくりしちゃったよう」こずえは言った。「たった五年かそこらなのに、もう、股《また》裂きの刑かと思うくらいだった」言いながら、さばさばしたつもりでいたが、まだ乗り越えていなかったのかもしれないとも思う。

「なーに、股裂きって」深雪がげらげら笑う。

「自分の体をずぱーっと引き裂かれる感じっていうのか。こう、べりべりって肉体をひっぺがされる感じっていうのか」

「へえー、あんなしょうもない浮気男でもそんなにかなしいもんなの？」

「それで一年も引っ張ったわけ？　最初に『離婚してくれ』って言われたときに応じてたら、案外もっと楽だったのかもしれないのに」

「あんたさあ、プライドってもんがないんじゃないの。ほかの人を好きだって言ってる馬鹿《ばか》男に、何が肉体をひっぺがされるよ。もともと他人じゃないの」

「あんたたちにはわかんないよっ」こずえは苛々《いらいら》と声をはりあげた。ああ、私、酔っているなあと頭の隅で思いながら。「ふったことのあるあんたたちにはわかんないっ」

「あーはいはい」二人は声を合わせて言い、コーヒーをすすった。

深雪も公実も、職場の同僚も先輩も後輩も、みな、こずえのふられ問題を真剣にとらえてはくれなかった。こずえがその話をはじめると、決まって別の話題に逸《そ》れていった。たとえば「ふられたことのない人は男でも女でも我慢ならないほど自信家である」という話で盛り上がったり、「ふるのとふられるのとどちらがよりしんどいか」で議論になったりするのだ。こずえはそういう話がしたいのではなかった。「すべてふられて関係が終わる私はどこかおかしいのか」と、話を元に戻してみても、みな「そんなことないない、たまたまだって」と、こずえにはいい加減に聞こえる口調で言い、また自分たちの興味へと話を逸らしてしまう。だれ彼となくひっつかまえて話をし、それでこずえがわかったことはふたつある。ひとつは、オールふられ問題を自分がいかに深刻にとらえているか、だれもわかってくれない、ということと、もうひとつ、すべての交際をふられて終わった人間はそうそうはいないらしい、ということである。理解したその二点とも、こずえには不満だった。理解なんてしたくなかったと思うほどに。

そしてあるとき、見覚えのない名前の女の子からメールが送られてきた。差し出がましい真似《まね》をして申し訳ありませんが、よかったらのぞいてみてください。と、何かのウェブサイトのURLが貼《は》りつけてある。差出人は「商品管理部　佐竹祐子（アルバイト）」とあった。そのURLをクリックすると、ラベンダー畑の壁紙をバックに「乙女相談室」という文字が出てきた。ご挨拶《あいさつ》、今までの活動、予定表、活動趣旨、掲示板、などがある。そのひとつひとつをこずえは眉間に深い皺《しわ》を寄せて見ていった。どうやら、失恋した女たちが傷を舐《な》め合うページのようである。

こずえはそのページを閉じると席を立ち、エレベーターには乗らず階段を駆け下りて商品管理部を目指した。たまたま席にいた同期の紀子に「佐竹祐子ってどの子」と、嚙《か》みつくように訊いた。通路で段ボール箱を開いていた女の子が、脅《おび》えたような顔でこずえを見上げる。「あの子だけど、どうしたの」と言う紀子の声を最後まで聞かず、こずえはつかつかと佐竹祐子に近づいた。

「あれ、何？」こずえは彼女の前に仁王立ちになって言った。

「あのー、すみません、よっちゃんから、聞いたもんで」と、その子はおずおずとこずえを見上げて言う。

「え？　何を聞いたの」

「あのー、山里さんが、ふられてばっかりで悩んでいるって」

「よっちゃんってだれ」そうするつもりはないのに声が刺々《とげとげ》しくなった。

「えーと、アルバイトの吉川さんです」

アルバイトの吉川さんなら知っているが、こずえは彼女にふられ問題について話した記憶はない。たぶん、年若い社員の工藤美千代あたりがアルバイトたちと飲みにいったときに話したのだろう。名前を知らない若い子にまで自分のオールふられ歴が知られているのか、と思うと、こずえは腹立たしいような情けないような気分になった。

「で、なんなわけ、あれは」

「いやー、あの、あやしくないんです、私も前に失恋したとき、ちょっといったことがあって、それで立ちなおれたようなところがあるもんで」

こずえは仁王立ちのまま、脅えるうさぎのような佐竹祐子を見下ろしていたが、そうしているのもなんだか馬鹿馬鹿しくなって、

「ありがと」素っ気なく言って、彼女に背を向けフロアをあとにした。

自分のデスクに戻り、あたりにだれもいないのを確認してから、こずえは乙女相談室のページをもう一度呼び出した。

たしかに佐竹祐子の言うとおり、あやしくはなさそうだった。代表を務めているのは吉井麻子という（アップされている写真で見るかぎり）四十代後半とおぼしき女性で、本業はフードコーディネイター。かつて友人が失恋を苦に自殺したことがあり、そういう悲劇を食い止めるためにこういう場を作った、夢はこの会をいつかＮＰＯ法人にすることだと「ご挨拶」にはあった。掲示板では、ふられて立ちなおれない女たちが、意見を交換したり、自分の体験を綴《つづ》ったり、励まし合ったりしていた。「削除」が多いのは、それだけいたずらの書き込みも多いのだろう。今までの活動を見ると、不定期に都内各所でオフ会が行われ、ときたま著名人を講師に招いてのトークイベントなどもあるようだ。掲示板に書きこんでいる女たちは、その自己申告が正しければ十代から二十代の前半だった。拙《つたな》い言葉で切々と失恋のつらさを訴え、また拙い言葉がどこかで聞いたような励ましの言葉を懸命にかけていた。

「ふうん、いろんなものがある世のなかだこと」

ひとりごちてこずえはそのページを閉じた。

年齢を経てからの失恋に、いいことがひとつあるとするなら、いかに動揺していても、自分は今動揺しているという自覚があることだと、こずえは、自宅マンションの書斎でパソコンを前にして考える。若いときはそうではなかった。五回の失恋は、それぞれに感触が違った。中学のときは「自殺してやる」と思い詰めたが、三日後にはもう別の好きな人ができた。高校生のときは、ひとり東京までいった。住所を頼りに恋人の下宿をさがし歩いたのだが、見つけることができなかった。自身が上京してもまだ忘れられず、東京の地理を覚えるのだと自分に言い聞かせ、その住所をまたしてもさがした。今度は見つかったが、「うさぎ荘」のポストに彼の名字はなかったのに、一軒一軒ドアをノックし、住人が彼でないことを確認せずにいられなかった。思えばあのとき、自分が動揺しているなんて思いもしなかった。当然のことをしている、と思っていた。

「きみより仕事」のときは、給料額を上まわる買いものを三カ月続けた。そのときも、自分が動揺しているとこずえは気づかなかった。夢遊病のように、気がつけばレジでクレジットカードの売上票にサインしているのだ。はたと気づいたときには消費者金融に五十万の借金があった。親に泣きついて払ってもらい、その後五年にわたって親にちょびちょびと返済した。

元の彼女を選ばれたときは、しょっちゅう電車を乗り過ごした。ぼうっと考えごとをしていると、アナウンスが聞き慣れない駅名を告げている。上りと下りを間違えて乗り、気づかないまま知らない町に運ばれていくこともしょっちゅうだった。そのときこずえはわかったのである。私は今、ふつうの精神状態ではないのだな。私のなかで何かが壊れてしまったのだな。だから必死にこずえは自分に言い聞かせた。だいじょうぶだいじょうぶ。壊れたけど、すぐに元に戻るからだいじょうぶと、見知らぬ駅のホームで、なかばやけくそ気分で立ち食い蕎麦《そば》を食べながら。

だから今回も、こずえはきちんと理解していた。ふだんならぜったいにしないであろうことをしているのは、動揺しているからだ。夫と別れたことに、そして、すべてふられたという事実に、あまりにも動揺しているからこんなことをしているのだ。さっぱりした、なんて嘘《うそ》だ。ひとりの家に帰り着くのが楽しいなんて、まやかしだ。それを続けていると動揺は雪だるま式に大きくなって、とんでもない事態になる。動揺しているときは、したいだけさせておいたらよろしい。ノーガード戦法で闘うしかないのだ。と、そんな大仰なことを考えながら、こずえは書斎にした部屋で「乙女相談室」のサイトを立ち上げ、予定表のページをじっと凝視している。

　もっとも近いオフ会は、梅雨が明けるころ、新宿の居酒屋で行われる。定員二十五名、先着順、会費五千円。「お申し込みはこちらから」という文字にマウスポインターを合わせると、矢印が人差し指を立てた手にかわる。私は今動揺しているんだ、だからとりあえず、この動揺に身を任せるしかない。そう念じるように思いながら、こずえはクリックする。あらわれた申し込みフォームに、猛然と文字を打ちこんでいく。そうだそうだ、動揺しているのだ、だからちっともかまいやしない。十代、二十代の女の子たちといっしょになってサワーをがばがば飲み、つらいねえ、つらいよう、と言い合ったってちっともかまいやしないのだ。自分で自分を乙女に分類したってだれからもとがめられまい。動揺とみっともなさはセット商品のようなものなのだから、致し方なし。ひとつうなずいて、送信ボタンを押す。

サイトのページを閉じ、メール機能に切り替えて、送受信ボタンを押す。このボタンを押すとき、いつも何かを待っている自分に気づかされる。ほんの少しだけ、わくわくするのだ。元夫からの連絡かもしれない。昔自分をふっただれかからの、久しぶりという陽気な連絡かもしれない。何かの抽選に当たったとか、興奮的に楽しそうなパーティの誘いとか、そんなものがきているかもしれない。ともあれ、何かなつかしいもの、うれしいもの、興奮するもの、良き知らせがきているような気がしてしまう。もちろん元夫からは別れて以降連絡はないし、その前に別れた恋人は今のメールアドレスを知らない。抽選には申しこんでいないし、飲み会の誘いはたいてい職場のアドレスに届く。自宅のパソコンに届くのは八割が迷惑メールだ。けれどやっぱり、「受信しました」の文字を見ると、かすかながらわくわくする。そして今、こずえはやはりわくわくと受信メールを開ける。「乙女相談室　事務局」から、参加申し込みを受諾しましたという事務的なメールだった。それでもじゅうぶん、こずえはうれしかった。雨の音が聞こえはじめていた。

乙女相談室は、当初こずえが想像していたような若い女の子の集まりではなかった。動揺していたわりには、そのときの自分にまったくぴったりな場所に巡り会えたとも言える。

三十六歳、離婚して三カ月目のこずえが、おそるおそる訪ねた場所は、西新宿にあるフランチャイズの居酒屋だった。インカムマイクをつけた店員に、照れと羞恥《しゅうち》を押し殺しながら「乙女相談室の……」と告げると、奥の個室に通された。三十人は収容できそうな大きな和室だった。数人の女たちがすでに席についていて、入ってきたこずえをちらりと見た。出入り口に若い女の子が座っていて、こずえの名前を確認し、手作りの名札を手渡し、五千円の会費を受け取った。こずえが空いた席に座ると、すでに座っていた女たちは愛想よく挨拶した。七時に会の開始が宣言され、乾杯がなされた。数えてみると女たちは二十五人、こずえが想像していたような若い娘ばかりでなく、八割が三十代以上に見えた。どう見ても五十代の女性もいる。ウェブサイトで見た主宰者の吉井さんは、きていないようだった。

乾杯のあと、すぐに自己紹介があった。右まわりで名前と参加回数を言っていく。こずえのようにはじめての参加者は五人、あとは二回目、六回目、二十回目とまちまちだった。みんながみんな顔見知りではないようだったが、どういうわけだか女子校の同窓会のようななつかしい和やかさに満ちていた。こずえは漠然と、断酒会や依存症患者の集いのように、みんなで順繰りに自分のふられ話を披露していくのか、あるいはふられエキスパートの女が恋愛指南をするのかと想像していたのだが、会がはじまってもいっこうにそんなことにはならず、ただだらだらと酒を飲み、テーブルに並んだ料理を食べ、隣り合っただれかと旅先で交わすような会話――仕事何してるんですか？　どこに住んでるんですか？　この会ははじめて？――を交わし合った。会が進むにつれて、二十五人は思い思いに四、五人のグループに分かれ、話も旅行者会話からもう少しつっこんだものになって、不思議な盛り上がりをみせはじめた。

こずえはたまたま席の近かった女たちと話した。年齢のばらばらな彼女たちは、最初こそ遠慮がちに、携わっている仕事の話やおいしいレストランの話などしていたが、次第に己の恋愛話を暴露しはじめた。名称からして胡散臭《うさんくさ》い会に、だれしも（きっと過度に動揺しながら）申しこみ、藁《わら》にもすがる思いで集まった女たちなのだ、当然の如《ごと》く、彼女たちの話は、恋のはじまりのきらきらした時間とか、恋の初期段階の地に足の着いていない感じとか、好きだと言い合う恍惚《こうこつ》とか、好かれているという絶対的自信に根ざしたのろけとか、そうしたものとは無縁だった。語られる話は、語る本人がどのように茶化し笑わせても、やはり光よりは陰が、足の着かない地よりは足をのみこむ沼地が、恍惚よりはため息が、自信よりは自信喪失が、希望よりは絶望臭が漂う、そんな話ばかりだった。

他人の、しかもよく知らない女の失恋話など、こずえは興味を感じたこともないのだが、はじめて得体の知れない会に参加した興奮も手伝って、耳をかっぽじって聞き、そのどれもを興味深く思った。たとえばユリエという、こずえとほぼ同世代に見える女性は、長年憧《あこが》れていたロック歌手と恋愛をしていたのだと話した。彼に言葉や態度でふられたのでなく、彼をしょっちゅう訪ねてくる親戚《しんせき》の女に負けたように勝手に感じ、自分から別れてしまった。形式上で言えばそれはふられたのではなくふったのだが、まったくふられた気分だったのよう、とウーロンハイのジョッキを握って彼女は話した。見捨てられて、ほかの女を選ばれて、自分がなんの取り柄も魅力もない石ころになったような気分だった、と。ここで話を聞いていた全員は、真顔で幾度もうなずいた。もちろんこずえも。

だけどこれだけじゃ終わらなかったの。と、ウーロンハイのおかわりを注文してユリエは続けた。「いくら落ち目になっていたとはいえ、ずっと好きだったバンドマンなんかと下手につき合ってしまったがために、その後、ふつうの男がとことんつまんなく思えちゃうの。好きだって言われてつき合ったり、かっこいいなって思って近づいたりして、なんとか交際まではこぎつけるんだけど、つまんなくなっちゃうの。自分のわがままが通ったり、相手がこっちに遠慮したりすると、もうだめ。何よこのつまんない男。やっぱサラリーマンなんてだめだよねって思っちゃうの。私、あのときの恋愛から逃れられなかったらどうしようって今でも本気で思ってるの」

話を聞くかぎりユリエはふられてはいないし、その後ふられっぱなしというわけでもなさそうだったが、こずえは彼女の抱える恐怖と不安がよくわかった。「ふられたことのないあんたにはわかんないっ」とはとても言えなかった。自分とは種類の違う闇《やみ》のなかを、この人も歩いているのだと思うのだった。

なんとなくグループになった女たちがひとしきりしゃべり終え、みな、ちらりとこずえを見る。話したくなかったら話さなくてもいいし、話したかったらどうぞ、というような、ゆるやかな寛容が感じられ、こずえは手にしたチューハイを一気に飲んで、口を開いた。

「私三カ月前離婚しましてね、ほかに好きな人がいるって言われて離婚したわけなんですけども、まあそりゃショックですよ、いっしょにやっていこうって約束した相手に、四年目で見切られたわけなんですから」なんとなく私、キャラ違うな、と思いながらも、差し出されたチューハイを受け取り、それを飲み飲みこずえは話し続けた。「ただあの、その離婚自体というよりもですね、私、人見知りなのにこうした会合に思いきってきてしまうくらいショックだったことがあって、それは今までの人生でふられた経験しかないってことなんですよ。離婚して二カ月目にはたと思い至って、それでびっくりしちゃって、どうしようどうしようって思って、人格に何か問題があるんじゃないか、名前の字画とかそういうのが悪いんじゃないかってずっと考えて、でもだれも真剣に話を聞いてくれなくて」

「わかるわー」と身を乗り出したのは、つい先ほど、半年前に年下の恋人にこっぴどくふられた話を披露したサトミである。「だってふられるって存在を否定されるようなものでしょ。それが続いちゃ、いくらなんでもつらいわよ」

「いや、私はね、それは存在の否定ではないと思うの」と低い渋い声で割って入るミナは、さっき自分は四十三歳だと断ってから失恋話をした人だ。「否定ではないのよ、決して。なんていうのかしら、ふつうに道を歩いてたら、その先がいきなり分断されてる感じ？　振り返ってもなぜか切り立った崖《がけ》って感じ？」

「こうしようと思ってた未来が、切り崩されるわけよね」と静かに言葉を挟むのは、ずっと烏龍茶《ウーロン》しか飲んでいないキクコ。

「あとさー」ロック歌手とつきあっていたユリエがだらけた口調で言う。「だれかとつき合うってさー、その人に合わせて、自分の分身みたいなのを一個作るような感じ、しない？　えーと本来の自分とは違う、その人といっしょにいるためだけの自分、みたいなのができあがって、別れたりふられたりすると、その自分をさー、こうべりべりっと剝《は》がして、いたたたたたっていうか」

「股裂き《また》！」こずえは思わず大声を出した。

「え、なあに、それ」

「股裂きの刑くらいつらいって思ったんです私」

「そうそうそうそう、そういう感じ。否定されたとかじゃなくて、股をぐーっと裂かれる感じのつらさなんだと思う」

「それで私思うんですけどね、そういう物理的な痛みを伴うわけでしょ、それで毎回ふられる私ってのは、毎回毎回痛い思いばっかりさせられて、これって何かものすごく不公平っていうか」

「違うわ、こずえさん、それ、ふられる痛みじゃないの。別れる痛みなの。ふる側もそりゃあ痛いのよ。ふられるのはしんどいけど、それは予知できなかった驚きも痛みに加味されるからで、ふるほうもおんなじ痛みは味わってるものなの」

ミナは訥々《とつとつ》と話し、四十三歳が言うと妙に説得力があるとこずえは思う。

「ふる、ふられるって、その交際が真剣であればあるほどそんなに大差ないと私も思うなー。それにさー、私さっき話したけど、この男つまんないって考えに取り憑《つ》かれて、別れようって切り出すとき、ふったっていう感覚じゃなく、ふられたっていう感覚だったもん。例のバンドマンに、またふられちまったよっていう」

「あー、なんかそれわかるわー」

初対面の彼女たちの話を集中して聞き、その一言一言を胸におさめながら、こずえは和室を見渡した。どこでもかしこでも女たちはそれぞれ輪になって、笑ったり、話しこんだりしている。泣いている女もいる。泣きながら笑っている女もいる。テーブルの料理はほとんどがなくなり、そこここに空いたジョッキやお銚子《ちょうし》が並び、「結局二股で」だの「忘れられなくて」だの「彼氏ほしーい」だの「もう頭がおかしくなりそうなくらいつらくて」だの、陰と沼地と、ため息と自信喪失と絶望の声が、どの輪からもきれぎれに聞こえてきた。

きっかり三時間でお開きになった。なんとなく別れがたくて、こずえはユリエとミナを二次会に誘った。二人とも気安く応じ、高層ビル街の路地にある赤提灯《あかちょうちん》に向かった。狭い店内にいるのはくたびれた中年男ばかりで、冷房があんまりきいておらず、店内に三つある扇風機が、どれも汚れたプロペラを違う速度でまわしていた。そこでも三人は、テーブルを囲んで湿っぽい話ばかりを繰り返した。四十三歳のミナは、十二年間続いた妻子ある男との別れ以来、真剣にだれかと交際することがこわくなってしまって、この六年ほどだれとも恋愛をしていないと、さっきの席で話していた。だから乙女相談室のオフ会に通い続けて、もう四年になるのだと言う。

「もっと若い人ばっかりかと思ったから、安心した」こずえが言うと、

「若い人もくるけどね。ほら、私たちの世代は、掲示板に書きこんで気持ちが晴れるってことがないじゃない？　やっぱり人と、じかに会って話したいわけよ。だから平

均年齢が高くなるのかもしれないわよね」と、冷や酒を飲みながらミナが言った。

人とじかに会って話したいという気持ちがあれば、恋愛くらいできるだろうにとこずえは思うのだが、この場でそんなことを言い出すのははばかられた。さっき過ごした三時間で、こずえにはわかったことがあった。わかりやすいアドバイスやあたりさわりのない慰めの言葉などを欲してあそこにきている人はだれもいない、ということである。そんなこと大したことじゃないわ、もっとつらい思いをした人もいる、十年たてば笑えるはず、恋愛なんて人生の重要事ではないじゃない。そんなことを口にすれば、取り返しのつかないほど場が白けるだろうことは、初心者のこずえにもわかった。だれも彼も、それぞれの痛みを今もって抱えていて、奇妙な暗闇のなかを歩いていて、ただ「痛いよう」「暗いよう」と言いたいだけなのだ。その痛みや暗さを、いくら言葉を費やして話したところで、現実味を持って共有してくれる人はいないとわかりつつ、ただそうしたいだけなのだ。発展性はまるでない、進歩も前進もない、前向きさのかけらもない、そういう場所をこそ、さっきの女たちは求めているのだろうとこずえは理解したのだった。もちろん、自分も、である。

盛り上がる女三人を奇異なものを見るような目で見ながら飲んでいた男性客たちはあらかた帰り、気がつけば二時をまわっていた。割り勘で会計を済ませ、外に出る。

ラーメン食べたい、とユリエが言うので、ねっとりと蒸し暑い夜のなか、三人でラーメン屋をさがして副都心を徘徊《はいかい》する。一軒ようやく見つけ、カウンターに並んで、汗をだらだら垂らしながら麺《めん》をすする。住所を言い合い、方向がいっしょのユリエとタクシーに乗りこんだ。

「あー、なんか今日たのしかった」こずえが言うと、

「ほんと。またいこうね」ユリエも言う。

「にんにくくさいね、私たち」こずえは笑った。

「こずえさんって会社員なんだよね」ユリエに訊《き》かれ、そうだけど、とこずえは答える。「仕事がおもしろいと、恋愛のこととかって考えなくなる?」

「うーん、そんなことはないかもなあ」離婚届を出すまでの三カ月ほど、単純ミスが続いて、このままでは給料カットではないかと真剣におそれたことをこずえは思い出す。給料カットされてもいいから徹くんの気持ちを返してくださらない? と神さまに珍妙な取り引きを申し出たことも。

「私はさ、さっきの、すごく好きだった人と恋愛してるとき、その人に合わせるために仕事辞めて、でもそれでいいと思ってたんだ。仕事なんてどうだっていいって。だってこんなすごいことする人のそばにいるんだから。だけどね、その人と離れてみる

と、自分、なーんにも持ってないわけよね。今私仕事してるけど、それがたのしいのかどうか、やりたいことなのかどうか、よくわかんないの。別れたバンドマンだけがかっこよく自分らしく生きてて、自分はただぼうーっと日々をやり過ごしてるような、そんな劣等感ばっかり。そんな状態で、自分と似たような男の子と交際すると、苛々《いらいら》してきちゃうの。それで、こんなことになったのもあの人とつきあうとき、せっかくおもしろくなってきた仕事を辞めたからだ、とか、もうとうに会わなくなった人を恨んでみたりして、けっこうめちゃくちゃ。仕事と恋愛って、けっこう複雑に絡《から》み合ってるよね」

今日の会の浮ついた興奮の余韻のように、ユリエは窓の外を見ながら切れ目なくしゃべった。こずえに、というより、ひとり日記を書くように。

「そうなのかな。私は仕事がたのしいかとか、自分に向いているかとか、やりたいことかとか、あんまり考えたことないからわかんないけど。でも、もしすっごくやりがいのある、自分らしい仕事をしていても、別れたあとはしんどいと思うよ」

「あの人みたいになりたいって気持ちと、恋って似てるよね。でもきっと、違うものなんだよね」

こずえはしばしのあいだ今までの恋を回想してみた。しかし、その人みたいになりたいと思ってだれかに恋をした記憶はひとつも見あたらず、従ってユリエの言っていることも本当にはわからなかった。

「ユリエさん、その、バンドの人と別れたのはいつなの」

「えーと」ユリエは座りなおして指を折り、「四年前」と言った。それを聞いてこずえは少々ぞっとした。あと四年、私も今のままの場所にいたらどうしよう、と思ったのだ。

「長いね」思わず言うと、

「長いよ」ユリエはまじめくさった声で言った。「人と関わるってこわいことだよ」

と、つけ足した。

方南町に住んでいるというユリエと、久我山に住んでいるこずえは、そっちが先に降りたらいいと譲り合い、結局じゃんけんをして久我山が先になった。タクシー代の半分をめどにユリエに渡し、こずえはタクシーを降りる。暗闇に走り去るタクシーに向かって手をふる。

今日、いったいいくつのだめになった恋話を聞いたことやら。ひとつひとつ思い返しながら、こずえはマンションへと向かう。街灯にちいさな羽虫がたかっている。そのどれも、本当にはよくわからなかった。ユリエの話だってそうだ。仕事と恋愛の関係なんてこずえは考えたことがなかった。でも、不思議な高揚があった。まるで、恋の予感を覚える相手とはじめてデートをした帰りのような高揚だった。

エレベーターに乗り、玄関の鍵《かぎ》を開け、けっこういい会じゃないの、とこずえはつぶやく。脅えた目でこずえを見上げた、アルバイトの女の子を思い出す。あの子もだれかにふられたんだな。立ちなおれなくて、何回かあの会に顔を出したんだな。脅えさせるような態度をとったことを、今さらながら申し訳なく思う。今度ランチに誘ってみよう。もうとうに慣れたような、まだまだ慣れないような暗闇《くらやみ》に手をのばし、部屋の明かりをつける。

のめりこんだわけではないが、その後もこずえは何回となく乙女相談室の集まりに出向くようになった。くるメンバーは毎度違ったが、幾度も顔を合わせて気安くしゃべれる人も増えた。一次会で帰ることもあれば、少人数で二次会、三次会となだれこむこともあった。そこには、ほかの友だちとでは得られないものがあった。理不尽な痛みを抱えているのは自分だけではないという安堵《あんど》、そこから無理に抜け出そうとしないでいいのだという気楽さ、プライドや見栄《みえ》と関係なく話せるあっけらかんとした心地よさ、それから、好き勝手に自分の話をする女たちとの、ゆるく薄いつながりというものもこずえには必要なものに思えた。人と関わるのはこわいとユリエは言っていたが、自分もどこかでそう思っているのかもしれないとこずえは思った。名前とだいたいの年齢と、あとはその人がどういう経緯でふられたかしか知らない、そのくらいのつながりしか、今は持ちたくないのかもしれないと思った。

二回目の飲み会で会ったとき、ユリエとこずえはメールアドレスを交換し、ときどきメールを送り合うようになった。誘い合って乙女相談室の飲み会にいくこともあれば、今回はやめようと不参加を決めたりもした。ごくまれにだが、二人で飲みにいくようにもなった。けれど会って話すことといえば、やっぱり自分の失恋話から一歩たりとも動かず、お互いの履歴や趣味や価値観などはわからないままだった。

そのユリエから、好きな人ができた、今度はうまくいくかもしれないと聞かされたとき、こずえは少なからずショックを受けた。気がつけば乙女相談室の飲み会にはじめて参加してから、二年近くがたっていた。当然、こずえの年齢もふたつ多くなっていたが、日々は二年前と何ひとつ変わっていなかった。いや、二年前よりも悪化しているように思われた。分譲マンションにはごたごたと荷物が増えたが、引っ越して二カ月目の、あの軽やかな解放感はもう失われ、ただただ見慣れた生活空間になり果て、最近では友人を招くこともめっきり減っていた。「好きな人がいる、だから別れてほしい」という元夫の声を昨日聞いたかのように覚えていたし、失敗に終わった結婚のことを思うと、さばさばするというよりはひりひりした。すべての交際がみなふられるかたちで終わった、という過去の事実も、依然として忘れることはできず、人と（とくに男性と）深く関わることに二年前より慎重になっていた。だから、いいなと思う男性に会っても「好き」にまで気持ちは発展しなかったし、慎重さという殻を破ってこずえに愛の告白をする男性もあらわれていない。

なのに、ユリエには好きな人ができた。自分は離婚時と同じ場所、もしくは数歩後ずさってすらいるのに、ユリエはいつの間にか先を歩いている。

十月の祝日、大久保の韓国料理屋で行われる乙女相談室の飲み会に、「卒業するために参加する」とユリエは言い、こずえはショックを隠しながらも、ユリエの卒業を祝うためにいくことにした。

思えばこの二年、見知った顔の幾人かは「卒業」していった。ようやく好きな人ができたと言い、今までありがとうとしゃちこばった挨拶《あいさつ》をする人もいれば、何も言わずこなくなった人もいる。そういう女たちをあたたかく祝福し、もしいやになったら帰っておいでと、まるで実家の父親のように見送るのが、乙女相談室の暗黙のルールになっていた。

その日はコートが必要なほど寒くはなかったが、こずえは買ったばかりのコートを着て大久保に出向いた。コートばかりではない、薄手のセーターもスカートも靴も新品だった。前の週末、ユリエに好きな人が、ユリエに好きな人が、とつぶやきながらデパートに向かい、妙な焦燥感を覚えながら、一カ月分の給与とほとんど同額をつぎ込んで冬物を買い漁《あさ》ったのだった。

さほど広くない韓国料理屋は借り切ってあった。受付の女の子に会費を払い、名札をもらい、席に着く。ビールを頼み、顔見知りの女たちと乾杯をし、はじめて参加したのだろう新顔の女たちと旅行者のような自己紹介をし合う。ユリエはまだきていなかった。

開始時間の七時を少し過ぎてユリエがあらわれた。うむ、とこずえはユリエを見て思わずちいさくつぶやいた。恋は女をきれいにすると女性誌によく書かれているが、そんなことはないとずっとこずえは思っていた。けれど久しぶりに会うユリエは、色あせたトレーナーにジーンズという出《い》で立《た》ちなのに、たしかに妙に艶《なま》めかしく美しかった。

二十数人の女たちが揃《そろ》い、いつものように乾杯をする。ユリエは乾杯ののち立ち上がり、今日で卒業しますと照れ笑いで言い、またひとしきり乾杯があり、ユリエに質問が集中する。どんな人？　何歳？　何してる人？　どこで会ったの？　今どのくらいの関係？　もうチューはしたの？　どっちから誘ったの？

ユリエはそのひとつひとつに馬鹿《ばか》まじめに答えた。最近通いはじめたスポーツクラブで知り合った二歳年下の男で、制作会社に勤め、主にミュージシャンやタレントのビデオクリップ制作を仕事とし、向こうから食事に誘われ、幾度かいっしょに飲むうちお互いに盛り上がってきて、チューは二週間前、それ以上のことは一週間前に済ませた関係である、らしかった。ひととおり質問し、さんざん冷やかしたり茶化したりし終わると、興味の満たされた女たちはいつものごとく数人に分かれて自分たちの話をしはじめた。

「よかったね、ほんとおめでとう。すごくうらやましいよ」

隣に座ったユリエにこずえは言った。てへへ、とユリエは笑う。

「ねえ、今度は例の恋から抜け出してうまくいく自信があるの？　それはなんでなの？」

真っ赤なケジャンにかぶりつき、まだまだ興味の満たされないこずえは訊いた。

「なんか私、気づいたんだよ。今まで、自分がつまんないのを他人に押しつけてたって」

「何それどういうこと」

「やりたい仕事もわかんなくて、ただ日銭を稼ぐように仕事して、そういうつまんない毎日をさ、好きになった男が救ってくれると思ってたんだ。つまり例のバンドマンだったらば、彼がやってることに乗っかって満足しようとしてるっていうか。私の毎日はこんなにちんまりしててつまんないけど、でも私の男は何ごとか成した人なんだもんね、っていうか。それ、すっごく間違ってるって、突然わかったの。私のつまんなさは私のものだし、私は私以上にはなれないんだって、頭じゃなくて、なんていうの、もう全身でびんびんわかったの。わかったらすぐに今の人と仲良くなれたから、きっともうだいじょうぶって、勝手に思ってるだけなんだけど。もしかして半年後、やっほーなんて戻ってきてるかもしれないけど」

「よかったね、ほんとよかったね」こずえはユリエの空いた器にマッコリをつぎながら言った。「ねたましいくらいうらやましいよ、さみしいし。本当言うと半年で戻ってきてほしいくらいだよ。私にもそんな相手が見つかるかな」薄くゆるいつきあいだが、本音を言っても気を悪くしない人だということをこずえはすでに知っている。だい、と言いかけてから口をつぐみ、「私だってこずえさんの三倍くらい時間かかってんだよ。何しろ六年も一個の恋を引きずったんだから」と言ってマッコリを飲み干した。

だいじょうぶ、すぐあらわれるよと言おうとしてやめたのだなと、こずえにはわかる。そういう通り一遍の気休めは、この会では禁句なのだとあらためて思い出す。

「でもさ、この会にはもうこなくなっても、ときどきはいっしょに飲もうよね」

ユリエとはこのまま疎遠《そえん》になっていくような予感を覚えながら、こずえはそう言った。

「もちろんだよ。今までどおりメールもするし、飲みにいこうよ」

ねたましいからではなく、落ちこみそうだからでもなく、自分たちの関係というのは、そういうものなのだろうとこずえは思っていた。失恋という過去の一点でのみ交わることのできた、その一点でのみ必要とし必要とされた、薄くゆるい関係なのだろうと。

実際、ユリエとはその後すぐに音信不通になった。連絡をしようかな、いっしょに飲みたいな、話したいな、と思うことは幾度かあったが、先へ歩いていったユリエに、数十メートル後ろから話しかけるのは気恥ずかしいような、情けないような気がして、こずえはなかなか連絡をとることができなかった。毎日は前の日のコピーのように続いた。日にちはどんどん過ぎていくのに、こずえはまったく同じ場所で足踏みをしているようにしか感じられなかった。

もしかして乙女相談室の存在がいけないのかもしれない。あんなところに通い続けているから、私はそこから一歩も動けないのかもしれない。そうも考えるが、しかし毎夜ウェブサイトを見ずにはいられなかったし、十代、二十代の女の子たちが掲示板に書く失恋話すら読まずにはいられなかった。飲み会の案内があれば参加申し込みをせずにはいられなかった。

そうして年が明け、三年目にさしかかりつつある乙女相談室の新年会に参加するため、井の頭線で渋谷に出、恵比寿に向かうべく山手線の乗り場を目指して歩いていたこずえは、向こうからやってくる人混みのなかに、かつての夫である徹を見つけた。この三年、まったく会っていなかったのに、徹はまるで電飾を体じゅうに巻きつけて歩いているかのように、ぱっと目に飛びこんできた。

向こうは気づいていない、知らんぷりするか、いや、声をかけるか、通り過ぎるか、声をかけるか、なんと言って声をかけるか、やっぱり知らんぷりで通り過ぎるか。めまぐるしく考え、考えがまとまらないうちにこずえは人の流れを横切って徹に近づき、「こんなところで会うなんて」と、話しかけていた。もし女連れだったら声をかけなかったろうと、そう言いながら思った。

「ああ、びっくりした」徹は心底驚いた顔で言う。少し太ったかもしれない。老《ふ》けたようでもある。着ているコートが三年前と変わっていない。素早く目を走らせると、左手の薬指に指輪はない。

「ものすごく久しぶり。元気だった？」

「ああ、そっちも元気そうだね。どっかいくんだったの？」

「うん、新年会。あなたは？」

「永福で知り合いが店開いて、そのお祝いがあって」

会話がとぎれる。前後からくる人々が、突っ立っている二人を迷惑そうによけていく。じゃあまた、と言われたらどうしようとこずえは思う。話すことは何も思い浮かばないのに、そのまますれ違って別方向に歩き去るのは嫌だった。

「すぐいかなきゃなんない？」思いきって訊《き》く。徹は腕時計を見る。「お茶でも飲まない？」こずえはあわててつけ足す。指輪があったら誘わなかっただろうと、こずえはまたしても思う。

「少しなら」困ったように徹は笑った。

マークシティ内にある喫茶店で、こずえと徹は向かい合って座った。六時過ぎの喫茶店は空《す》いている。窓の向こうに重たい曇り空が広がっている。

「雨が降りそうだね」どうでもいいことと知りながらこずえは言う。

「天気予報では曇りのままだったけど」たぶん徹も同じだろうとこずえは思う。

沈黙。コーヒーが運ばれてくる。黙ったまま、二人でコーヒーをすする。三年ぶりの元夫は、まったく知らない人みたいで落ち着かない。こずえは救いを求めるように、隣の椅子《いす》に丸めて置かれた徹のコートを見る。コートのほうが本人よりよほどなじみ深かった。

「永福の知り合いって……」

「ああ、職場の上司が、早期退職して飲み屋はじめたんだ、突然」

「山野辺さん？」

「よくわかったね、そう、山野辺さん。会ったことあるんだっけ」

「会ったことはないけど、話はよく聞いた気がする。料理がうまくて、いつか飲み屋をやるって言うのが口癖で……」

「そうそう、その人、その人」

「すごいね、本当に実現させちゃったんだ」

「そうなんだ、みんな驚いてさ。今日がオープニングで、会費三千円で飲み放題食べ放題の大盤振る舞い」

　こんなことはちっとも話したくないと思いながら、こずえは笑ってうなずいた。

「きみの新年会はどこ？」

「恵比寿」

「そうなんだ。そう言えば、新居……ってもう新居じゃないけど、あのマンション、住み心地はどう？　困ったこととかない？」

「ないよ、ぜんぜん快適。ローンの支払いも安いから助かってる。まだひとり暮らしだけど」

　徹はまた、困ったような顔で笑った。

「あなたは……」言いかけて、こずえは口をつぐむ。あなたはどうしてるの、好きだった人とどうなったの？　指輪はしていないけど結婚したり婚約したりしているの？　それともだめだった？　猛烈に訊きたいが、しかし各々の質問は喉元《のどもと》に引っかかって出てこない。「時間、だいじょうぶ？」

「ああ、そうだな、遅れてもいいんだけど」と言いながらも、徹はそそくさとコーヒーを飲み干す。

　会計は徹がした。ごちそうさま、と頭を下げると、いやいや、と徹も頭を下げた。

二人で縦に並んでエスカレーターに乗る。何か、何か言わなくては。こずえは焦《あせ》る。この見知らぬ男のような元夫と、もし次にすれ違ってもきっと気づかないだろう。電飾は光ってくれないだろう。だってもうすでに、こんなにも知らない人みたいなんだから。だから、最後に何か言わなくては。こずえは胸のなかに散らばる言葉をひっかきまわす。いちばん言いたいことはなんだろう。

乙女相談室のこと。そうだ、これなら笑い話として軽く話せるのではないか。あなたと別れてから私気づいたの。今までずっとふられてきたって気づいてびっくりしちゃったの。それで不安になってそんな会にいったの、馬鹿みたいでしょ。似たような女ばっかりが集まって、昔の男を罵《ののし》ったり、笑い話にしたりして、笑ったり泣いたりするの。あなただってずいぶんネタにされたんだよ。魚の食べかたが汚いこととか、料理を作ってもお礼も言わなかったとか、ビジネス書しか読まないのに読書家だと思ってるとか、みんな知ってるよ。そんなことばっかり話してる、夢も希望もない暗い会だよ。だいたい私、そんなところに通ってるから好きな人もできないの。あなたと別れた、そのまんまの場所にまだいるの。ねえ、どうしてくれんのよ。私をふらないただひとりの人に、なんでなってくれなかったの。好きだって言ったのに。

「あ」

心のなかで猛烈に言葉をこねくりまわしながら、こずえはあることに気づいた。私には乙女相談室は必要だったのだ。ユリエにも、あそこにかつて集った、今も集う女たちには、必要な場所なのだ。人はかように必要なものをさがしあてる。恋だってそうだ。四回もふられたのに、この男に果敢にも恋をしたのは、そのときの自分に必要だったからだ。

「何？」

前に立つ徹がふりかえって訊く。

「いや、あの」こずえは口ごもる。エスカレーターを並んで乗り換える。「私たち、結婚していたんだなと思ってさ」咄嗟《とっさ》に思いついたことを口にする。

数秒の沈黙のあと、「悪かった」と、ちいさな声で徹は言った。

「ううん、そういうんじゃなくて。結婚してたんだね」

「してたなあ」

こずえは笑い出した。徹も、こずえに合わせるように笑う。

乙女相談室で会った、幾人もの女たちを思い出す。二十人いれば二十通りの恋があり、二十通りの失恋がある。みなそれぞれ、そのときの自分に必要な恋をしたのだ。

その人のようになりたいと思ってはじまる恋もある。似ているから好きになる恋もあり、あまりに違うから好きになる恋もある。好きだと言われてはじまる恋も、同情を勘違いしてはじまる恋もある。だれしもそのとき自分に必要な相手と必要な恋をし、手に入れたり入れられなかったり、守ろうと足掻《あが》いたり守れなかったりする。そしてあるとき、関係は終わる。それは必要であったものが、必要でなくなったからなのだろう。たぶん、双方にとって。

でも、そのことには気づかない。自分にもうその関係は必要ないのだとわからない。関係を終えることはあまりにも馬鹿《ばか》でかいからだ。

目の前が真っ暗になる。世界が終わるんじゃないかと思う。終わっちまえばいいと思う。胃が痛み、何を食べてもおいしいと思えない。自分がなんの取り柄も魅力もない石ころに思える。思いきり存在を否定されたように感じる。頭がおかしくなるのではないかと思う。いっそおかしくなってくれればいいとすら思う。ふつうに道を歩いていたら、なんの前触れもなくその先が分断されている。戻る道も残されていないと思う。未来が勝手に切り崩される。町の至るところに元恋人との思い出がこびりついていて、出歩くとめまいがする。勝手に涙が流れてくる。人と関わるのが、こわくなる。

いっときでも関わった人と別れるのは、そのくらいたいへんなことなのだ。四年も五年も引きずる場合だってある。ミナはまだ、乙女相談室の飲み会に参加し続けている。

自分には必要でないということがわからないまま、過去にじっとうずくまる。記憶にしがみつく。なぜなら次に何が必要か、自分にはわからないから。あるいはまだ、だれも必要としていないから。けれど、だけど、不思議なことに、私たちは立ちなおるのだ、とこずえは思う。

「うまくいかなかったけどね」

エスカレーターは井の頭線の改札があるフロアに着く。

「ほんと、悪かった。ごめん」

エスカレーターを降りると徹はふりかえり、深々と頭を下げた。

「こっちこそ、ごめん。うまくできなくて」

ふったのでもふられたのでもなく、二人で手放したのだとこずえは自分も頭を下げてから思った。必要でいるということを、守りきることができなかった。

「いやいや、そんな」

徹はあわててまた頭を下げる。頭を下げ合う自分たちがおかしくてこずえは笑う。徹も笑う。困ったようにではなく笑っている。そのことに、こずえは自分でも驚くほど深く安堵《あんど》する。

「じゃあ、またね」

「ああ、元気で」

人混みのなかで手をふり合う。見慣れたコートを着る見知らぬような男の姿をまじまじと見てから、こずえは彼に背を向けた。

最後に会ったユリエの姿が思い浮かぶ。色あせたトレーナーに着古したジーンズで、それでも美しかったいっときの友だち。私たちはそれでもきっと立ちなおって恋をするんだと、彼女の姿はこずえに告げる。あんなにつらい思いをしたのに、また性懲《しょうこ》りもなくだれかを必要とし、恋をして、無謀にも関係を作るのである。四回ふられても私は恋をした。五回ふられたってまた恋をするのだろう。その恋が、またしてもふられるかたちで終わったとしても、おそろしいことに、きっと自分はまただれかを好きになるのだ。

なんてことだろう。人を思う気持ちというものは、私たちのどんな器官より現金で頑丈なのだ。スキーで大怪我《けが》をしたらもう二度とスキーなんかしないだろう。熱湯でやけどをおったら、その痛みが熱湯に近づくことを避けさせるだろう。大量の酒を飲んで急性アルコール中毒になったらもう二度と一気飲みなんかしないだろう。でも、私たちはいつか恋をする。骨折よりやけどより急性アルコール中毒より、手痛い思いをしたというのに。

だいじょうぶだと、頭ではなく全身でびんびんとこずえは思う。自分に、それから、乙女相談室で会った、名前と失恋話しか知らない幾多の女たちに向けて。人の流れに混じってこずえは早足で歩く。乙女相談室にはもういかなくてもいいかもしれない。私もたった今、卒業したのではないか。こずえは思い、肩越しにそっとふりかえる。遠ざかる人の流れのなかに、見慣れたコートがちいさく見える。さっき彼を縁取っていた見えない電飾が、ひとつずつ、ゆっくりと消えていく。そして彼のコートは人混みにまぎれ、見えなくなる。

# あとがき

男の人にとっての仕事は、女の人にとっての恋愛だというような意見を聞いたことがある。男は女のように恋愛には夢中になれず、そのかわり仕事には夢中になる。女はその逆、ということらしい。

それが真実なのかそうでないのかは私にはわからない。そうかもしれないな、と思うときもあるし、そんなの人それぞれだろう、と思うときもある。

ただ、男女の差なく、ある年齢のときの恋愛には、いやがおうでも仕事がかかわってくるのではないかとは、自身の若き日を思い出しても周囲を見ていても、思う。自分が格好いいと思うような仕事をしている人に、猛然と恋をしてしまうことがある。その人の仕事のやりかたがあまり好もしく思えず、恋がさめることがある。こんなふうになりたい、と思った人にいつのまにか恋をしている。ある恋が仕事観をがらりと変える。(相手ではなく)その恋に触発されて、俄然《がぜん》仕事をがんばりはじめる。

そんなようなことは、男女ともに経験があるのではないか。

この小説に書いた男女は、だいたい二十代の前半から三十代半ばである。一九九〇年代から二〇〇〇年を過ぎるくらいまでの時間のなかで、恋をし、ふられ、年齢を重ねていく。そう、この小説では全員がふられている。私はふられ小説を書きたかったのだ。

ふられることがいいことだとは思わないけれど、でも、旅を一回するようなことくらいのよさはあると思う。ある場所を旅することによって、今まで知らなかったものを見る、食べたことのないものを食べる、親切な人に会ってうれしいときもあれば、だまされて地団駄踏むこともある。一概にいい思いばかりで旅を終えることはできないが、旅から帰れば、以前とは違う場所にいる自分に気づく。ふられる、ということには、そんなような面がたしかにあると思うのだ。

そしてその恋が、自分にとって意味を持ったものならば、たとえ別れ際《ぎわ》がどんなに嫌なものでも、またどんなにこっぴどいふられかたをしたとしても、ふられる以前の関係は、私たちを構成するあるパーツとして私たちの内に在る。もう、どうしようもなく、在る。

まだ仕事をしていなかった十代のころや、二十代のはじめ、私はふられるたんびに

「ぜったい作家になるんだ」と思った。恋と自分の将来の希望はなんの関係もないにかかわらず。それは「作家になって相手を見返してやりたい」というのとはまるきり違って（そもそも作家というのは相手を見返すことのできる職業ではないと思う）、なんか自分に足りない、すごく足りない、その足りない部分を職業的自信で埋めたい、と思っていたのだと思う。それから、ものを書くことを生業《なりわい》として以降、恋をするたびに「もっとなんかすごい小説書きたい」と焦《じ》れるように思った。それもやっぱり、すごい小説を書いて相手に尊敬されたいからではなくて（すごい小説もやっぱり尊敬に値するか否《いな》かは不明）、恋する相手に比べれば自分は格段にちっこく思え、ちっこい、ちっこすぎて置いていかれる、というような焦燥があり、これまた職業的自信でもってその焦燥を鎮《しず》めたい、というような思いがあったのだろう。すごい小説、というのはだから、相手がすごいと言ってくれる小説、ではなくて、自分ですごいと思えるものでなければならなかった。

　お金がなくともアルバイトと兼業していても、評論家にけちょんけちょんに言われても自信がきれいさっぱりなくなっても、自分が今もまだ物書きでいられることには、もしかしたら、かつての恋とふられ体験も一役かっているのかも、などと思うこともある。

私はもうすぐ四十二歳で、たぶん今恋をしても、それと仕事は切り離されているだろうと思う。仕事ぶりがかっこいいという理由で恋をすることはないだろうし、恋をしたから仕事をがんばることもないように思う。仕事は、あまりにも確固とした何かになってしまった。そうなる以前にいる人々の、仕事と複雑に絡《から》み合った恋愛を書きたかったのである。

読んでくださって本当にありがとうございました。

角田光代

# 解説

加藤千恵

『くまちゃん』は、雑誌連載時から楽しみに読んでいたけれど、まとめて一冊の本として読むのには怖さもあった。理由は二つあり、最初の一つは、登場人物が失恋する物語が詰まっているとわかっていたから。一見絵本かと思ってしまいそうなほど可愛いタイトルも表紙も、けして一筋縄ではいかないものだと知っていた。

失恋は怖い、なんて十代の頃にさんざん話しつくしたようなことをいまだに思っている。歳《とし》を重ねると、怖いものは減っていくように思えるけれど、失恋はそうじゃない。むしろ大人になってからの失恋のほうが、若いときのそれよりも鋭く突き刺さるように感じる。やけどや骨折だって、大人になってからのほうがずっと治りにくいように。

だからといって、失恋する物語すべてを避けているわけじゃない。何よりも二つ目の理由、角田光代さんの小説である、というのが大きかった。

内容にかかわらず、角田さんの小説を読むときには、いつだって緊張がともなう。そこには自分の気持ちが書かれている気がするからだ。毎日、たくさんのことを思っても、なかなか言葉にはできない。あるいは言葉にしても微妙に違うものになってしまったり、そもそも自分がなにを思っているのかうまく気づけなかったりする。

角田さんの本には、そうしたものがたくさん詰まっている。自分で気づいていたのにうまく表せなかった気持ち。自分で気づいていたけど見なかったふりをした気持ち。自分で気づいていなかった気持ち。読み進めているうちに、過ぎ去った感情が、ふっと目の前に差し出される。

一旦《いったん》ページをめくったなら、読む前に感じていた緊張も怖さもすべて置き去りになって、物語の中に連れ去られてしまうのも、角田さんの本の特徴だ。どっぷりと引き込まれ、はまりこむ。自分が今立っている場所と、登場人物が立っている場所の区別がつかなくなるほどだ。そこには引き込まれているという感覚すらない。

登場人物の性別も年齢も性格も軽々と飛び越えて、感情は心に届く。彼らが見た景色を見て、彼らが感じる痛みを感じる。似たような経験をしたのであればもちろん、まるで知らないものですら、いつか自分が経験したように思えてくる。

『くまちゃん』もそうだった。読みながら数々の出来事を思い出した。不思議なことに、知らないことまで思い出せた。

本書は主人公が入れ替わっていく連作短篇の形式が取られている。第一話で主人公をふった彼が第二話でふられ、ふった彼女が第三話の主人公となっていく。読み進めるうちに、物語の主人公は最後にふられてしまうということがわかってくるので、幸せな光景が描かれていても、かえってせつなくなってしまったりする。

形はさまざまであっても、彼らの生活には恋愛があり、仕事があり、それらは複雑に絡《から》み合って、彼らの言動を作り出している。さっきまで語られていた人物と、次の話で主人公となっている人物が、同一人物とは思えなくなるほど、そのとき一緒にいる相手によって変わったりもする。その人の性格って、性質って、いったいなんなのだろう、と考えさせられるけれど、確かにかつての自分もそうだったことを思い出し、苦しくなった。

当たり前のことを書いてしまうけれど、恋愛は一人でするものじゃない。自分が相手の言動に傷ついているとき、相手もまた何かを思っていて、自分の言動が相手を苦しめてしまうことだってある。

失恋して一人で泣いていたかつての自分の思考からは、相手の存在すら吹き飛んでいた。悲しみも孤独も自分だけのもので、世界中の誰も分かち合うことができないのだと信じ込んでいた。ひどいおごりだったというのは、過ぎ去った今だから気づけることだ。入れ替わる主人公たちは、そのことを優しく教えてくれる。彼らは恋を終えても生活を終えない。また別の誰かを好きになって、永遠に似た何かをすがるように信じてみたりもする。

最後に「光の子」で印象的だった一節を引用したい。お花見で知り合った正体不明の男の子と仲良くなる、表題作の「くまちゃん」や、昔からのファンであるミュージシャンと付き合う「勝負恋愛」などももちろん魅力的だけれど、失恋を一つの軸としながらも、それぞれに手触りが異なる魅力的な短篇群の中で、あえて特に惹《ひ》かれた話を一つだけ選ぶとするのなら、わたしはこれをあげる。

「私ね、子ども服の会社にいるの。（中略）キャリアも無駄になるしお給料だって馬鹿《ばか》みたいに減るだろうけど、私はもう知ってるんだもの、地味とかみみっちいとか、キャリアとかお給料とか、人生にな一んにも関係ないんだって。なりたいものになるにはさ、自分で、目の前の一個一個、自分で選んで、やっつけてかなきゃならないと思うの。文ちゃんも今、そう思ってるんだと思う」

冒頭で、本書を読むのは怖かったと書いた。予想していたとおり、物語を読み進めながら、かつての自分や蓋《ふた》をしたものや見ないふりをしていたものと、何度も向き合うこととなった。

けれど読み終えたあとに残っていたのは、何かを思い出したことによる嫌悪《けんお》や羞恥《しゅうち》ではなく、真逆ともいえるほど穏やかな気持ちだった。世の中は全然甘くないし、好きな人に好きでいてもらえるなんて、奇跡にも等しいことだ。夢見たはずの成功なんてちっとも近づいてはこない。それでもなお、生きていく気持ちを信じたいと思ったし、続けていくしかない弱さを受け入れたいと感じた。誰かの、そして、自分自身の。

（平成二十三年九月、小説家）

この作品は平成二十一年三月新潮社より刊行された。

角田光代著
キッドナップ・ツアー
産経児童出版文化賞・
路傍の石文学賞受賞
私はおとうさんにユウカイ(=キッドナップ)された！　だらしなくて情けない父親とクールな女の子ハルの、ひと夏のユウカイ旅行。

角田光代著
真昼の花
私はまだ帰らない、帰りたくない――。アジアを漂流するバックパッカーの癒しえぬ孤独を描いた表題作ほか「地上八階の海」を収録。

角田光代著
おやすみ、こわい
夢を見ないように
もう、あいつは、いなくなれ……。いじめ、不倫、逆恨み。理不尽な仕打ちに心を壊された人々。残酷な「いま」を刻んだ7つのドラマ。

角田光代著
さがしもの
「おばあちゃん、幽霊になってもこれが読みたかったの?」運命を変え、世界につながる小さな魔法「本」への愛にあふれた短編集。

角田光代著
しあわせのねだん
私たちはお金を使うとき、べつのものも確実に手に入れている。家計簿名人のカクタさんがサイフの中身を大公開してお金の謎に迫る。

角田光代
鏡リュウジ著
12星座の恋物語
夢のコラボがついに実現！　12の星座の真実に迫る上質のラブストーリー&ホロスコープガイド。星占いを愛する全ての人に贈ります。

角田光代著

予定日はジミー・ペイジ

妊娠したのに、うれしくない。私って、母性欠落？　運命の日はジミー・ペイジの誕生日。だめ妊婦かもしれない〈私〉のマタニティ小説。

中沢けい著

楽隊のうさぎ

吹奏楽部に入った気弱な少年は、生き生きと変化する――。忘れてませんか、伸び盛りの輝きを。親たちへ、中学生たちへのエール！

中沢けい著

うさぎとトランペット

呼吸を合わせて演奏する喜び、ブラスのきらめく音に宇佐子の心は解き放たれていく――トランペットに出会った少女の成長の物語。

いしいしんじ著

麦ふみクーツェ

坪田譲治文学賞受賞

音楽にとりつかれた祖父と素数にとりつかれた父。少年の人生のでたらめな悲喜劇を貫く圧倒的祝福の音楽、そして麦ふみの音。

いしいしんじ著

トリツカレ男

いろんなものに、どうしようもなくとりつかれてしまうジュゼッペが、無口な少女に恋をした。ピュアでまぶしいラブストーリー。

三浦しをん著

風が強く吹いている

目指せ、箱根駅伝。風を感じながら、たすき繋いで、走り抜け！「速く」ではなく「強く」――純度100パーセントの疾走青春小説。

江國香織著

東京タワー

恋はするものじゃなくて、おちるもの――。いつか、きっと、突然に……。東京タワーが見える街で繰り広げられる狂おしい恋愛模様。

江國香織著

号泣する準備はできていた

直木賞受賞

孤独を真正面から引き受け、女たちは少しでも前進しようと静かに歩き続ける。いつか号泣するとわかっていても。直木賞受賞短篇集。

江國香織著

がらくた

島清恋愛文学賞受賞

海外のリゾートで出会った45歳の柊子と15歳の美しい少女・美海。再会した東京で、夫を交え複雑に絡み合う人間関係を描く恋愛小説。

井上荒野著

潤一

島清恋愛文学賞受賞

伊月潤一、26歳。気紛れで調子のいい男。女たちを魅了してやまない不良。漂うように生きる潤一と9人の女性が織りなす連作短篇集。

井上荒野著

しかたのない水

不穏な恋の罠、ままならぬ人生。東京近郊のフィットネスクラブに集う一癖も二癖もある男女六人。ぞくりと胸騒ぎのする連作短編集。

井上荒野著

切羽へ

直木賞受賞

どうしようもなく別の男に惹かれていく、夫を深く愛しながらも……。直木賞を受賞した繊細で官能的な大人のための傑作恋愛長編。

久間十義著
刑事たちの夏（上・下）
大蔵官僚の不審死の捜査が突如中止となった。圧力の源は総監か長官か。官僚組織の腐敗とその背後の巨大な陰謀を描く傑作警察小説。

久間十義著
ダブルフェイス（上・下）
渋谷でホテトル嬢が殺された。昼の彼女はエリートＯＬだった。刑事たちの粘り強い捜査が始まる……。歪んだ性を暴く傑作警察小説。

本谷有希子著
生きてるだけで、愛。
25歳の寧子は鬱で無職。だが突如現れた同棲相手の元恋人に強引に自立を迫られ……。怒濤の展開で、新世代の〝愛〟を描く物語。

太田　光著
トリックスターから、空へ
自分は何者なのか。居場所を探し続ける爆笑問題・太田が綴った思い出や日々の出来事。〝道化〟として現代を見つめた名エッセイ。

田中慎弥著
切れた鎖
三島由紀夫賞・川端康成文学賞受賞
海峡からの流れ者が興した宗教が汚す、旧家の栄光。因習息づく共同体の崩壊を描き、格差社会の片隅から世界を揺さぶる新文学。

前田司郎著
グレート生活アドベンチャー
30歳。無職。悩みはあるけど、気付いちゃいけないんだ！　日本演劇界の寵児が描く、家から一歩も出ない、一番危険な冒険小説！

唯川恵著
あなたが欲しい
満ち足りていたはずの日々が、あの日からゆらぎ出した。気づいてはいけない恋。でも、忘れることもできない——静かで激しい恋愛小説。

唯川恵著
5年後、幸せになる
もっと愛されれば、きっと幸せになれるはず……なんて思っていませんか？　あなたにとっていちばん大切なことを見つけるための本。

唯川恵著
いっそ悪女で生きてみる
欲しいものは必ず手に入れる。この世で一番好きなのは自分自身。そんな女を目指してみませんか？　恋愛に活かせる悪女入門。

黒川創著
かもめの日
読売文学賞受賞
「わたしはかもめ」女性宇宙飛行士の声は、空から降りて、私たちの孤独をつなぐ。FM局を舞台に都会の24時間を織り上げた物語。

小川洋子著
博士の愛した数式
本屋大賞・読売文学賞受賞
80分しか記憶が続かない数学者と、家政婦とその息子——第1回本屋大賞に輝く、あまりに切なく暖かい奇跡の物語。待望の文庫化！

佐藤友哉著
1000の小説とバックベアード
三島由紀夫賞受賞
二十七歳の誕生日に〝片説家〟をクビになった僕。謎めく姉妹。地下他界。古今東西の物語をめぐるアドヴェンチャーが始まる。

# 新潮文庫最新刊

# くまちゃん

新潮文庫　か－38－8

平成二十三年十一月一日発行

著者　角《かく》田《た》光《みつ》代《よ》

発行者　佐藤隆信

発行所　株式会社新潮社

郵便番号　一六二―八七一一
東京都新宿区矢来町七一
電話　編集部(〇三)三二六六―五四四〇
読者係(〇三)三二六六―五一一一
http://www.shinchosha.co.jp



印刷・大日本印刷株式会社　製本・憲専堂製本株式会社



ISBN978-4-10-105828-3 C0193